레전드급 전생자 6

홍성은 퓨전 판타지 소설

초판 1쇄 찍은 날 § 2021년 6월 15일
초판 1쇄 펴낸 날 § 2021년 6월 22일

지은이 § 홍성은
펴낸이 § 서경석

총괄팀장 § 노종아
편집책임 § 이민지
디자인 § 스튜디오 이너스

펴낸곳 § 도서출판 청어람
등록번호 § 제387-1999-000006호
등록일자 § 1999. 5. 31
어람번호 § 제1-3140호

주소 § 경기도 부천시 부일로 483번길 40 서경B/D 3F (우) 14640
전화 § 032-656-4452 팩스 § 032-656-4453
http://www.chungeoram.com
E-mail § chungeorambook@daum.net

ⓒ 홍성은, 2021

ISBN 979-11-04-92353-1 04810
ISBN 979-11-04-92312-8 (세트)

청람

레전드급 전생자 6

홍성은 퓨전 판타지 소설

FUSION FANTASTIC STORY

목차

제1장

—

골목상대

시티 오브 페르핀.

제국 중앙과 서쪽 변경을 잇는 항로의 중계점이라는 좋은 접근성과 아름다운 풍광 덕에, 제국 중앙의 귀족들도 간혹 관광지로 택하곤 하는 도시다.

5령급 정령 검사, 루에노는 이 도시에 체류하고 있었다.

딱히 어떤 특별한 이유나 목적이 있어서 이 도시에 온 건 아니었다. 그저 발 닿는 데로 오다 보니 이 도시로 오게 되었다.

5령급이라는 경지에 다다른 그는 더 높은 경지를 향해 나아가야 했으나, 6령급에 오르기 위해서는 무엇을 어떻게 해야 하는지를 몰랐다.

루에노의 스승이었던 이도 4령급에 머무르다 죽었다. 루에노는 다른 누군가에게서 배운 것을 모두 체득하고 그다음으로 나아간 자였다.

더욱이 정령술의 비의는 문서에 기록되거나 한 것이 아니거니와, 외인에게 함부로 전수하지도 않았다. 그런 까닭에 루에노는 6령급이라는 경지에 오르려면 어떻게 해야 하는지도 모를 뿐 아니라, 그 경지가 실존하는지조차 몰랐다.

어쩌면 자신이 오를 수 있는 마지막 산정이 5령급인지도 모른다.

오롯이 정령술의 극의를 깨닫기 위해 노력하고 노력한 일생이었다. 만약 5령급이 정령술로 다다를 수 있는 최후의 경지라면, 그는 인생의 목표를 이루어 버린 셈이 된다.

목표를 이뤘다고 하면 듣기에는 좋지만, 루에노가 느끼기에는 성취감보다는 불안감 쪽이 훨씬 더 크게 느껴졌다.

목표를 이뤘다기보다는 길을 잃었다는 감각이 훨씬 더 가까웠다.

그렇다.

루에노는 방황하고 있었다.

"아니, 나는 충분히 이뤘어."

끊임없이 몰아치는 파도를 바라보며, 루에노는 홀로 읊조렸다.

"단순히 다섯 정령을 불러낸 것에 그친 게 아니야. 자기 정령화라는 기술을 혼자 개발해 냈지, 정령 합일이라는 기술도 내가 알아낸 거야. 아무도 알려주지 않았어. 오직 나라는 인간의 천재성만이 이 모든 것들을 가능하게 한 거야!"

목소리는 읊조림에서 혼잣말로, 그리고 이윽고 웅변하듯 변했다.

"나는 훌륭해!"

쏴아아아아, 철썩!

유난히 큰 파도가 쳐, 해변에 있던 루에노를 덮쳤다. 그러나 루에노는 휩쓸려 가지 않았다. 그뿐만이 아니라, 아예 옷자락조차 젖지 않았다.

완벽한 정령 활용이었다.

"후……."

그럼에도 불구하고 루에노는 만족하지 못했다.

이런 곳에서 눌러앉아 안온히 여생을 보낸다는 선택지는 없었다. 루에노는 줄곧 자신의 앞길을 스스로 개척해 왔기에, 앞으로도 계속 나아가야만 하는 인간이었다.

설령 자신의 앞길에 커다란 암초만이 놓여 있다 한들, 루에노는 멈출 생각이 없었다.

차라리 전력으로 달려가다 부딪혀 깨지리라!

"……!"

그렇게 마음먹은 순간, 익숙한 기운이 나타났다. 그 익숙한 기운은 하늘을 가르고 시티 오브 페르핀의 상공을 쏜살처럼 지나쳤다.

이게 뭐더라, 하고 고개를 갸웃거리던 루에노는 곧 답을 찾아내었다.

"레너드 몬토반드. 아니, 잭 제이콥스였던가."

아마도 그 둘 다 아니리라. 시티 오브 카를의 변경을 방황하던 때 우연히 만났던 청년. 레너드와 닮았지만 분명히 레너드가 아닌, 누군지 모를 그 녀석.

"나의 제자."

그 단어를 입 밖에 내고 잠시 굴려보니 달콤한 맛이 났다.

그래, 설령 6령급이라는 경지에 도달하지 못하더라도 내가 정령사로서 존재했었다는 증거만큼은 제자가 가지고 가리라. 그렇다면 의외로 이 생애도 의미 없지는 않으리라.

그러나 그런 감성에 빠지는 것도 잠시였다.

루에노는 눈을 번쩍 떴다.

"저 녀석, 언제 5령급이 됐지?"

이름도 모르는 제자에게서 느껴지는 정령의 기운은 분명 다섯. 다섯 번째 정령은 완전히 성장시키지 못한 것 같지만, 아무튼 5령급은 5령급이었다.

"허."

녀석과 처음 만난 건 지금과 같은 계절이었다. 즉, 1년이 될까 말까 한 세월이 흘렀다.

그때의 녀석은 분명 1령급이었다. 그것도 하나의 정령조차 완전히 성장시키지 못했던 애송이. 굳이 말하자면 1령급조차 아니고 기껏해야 0.2령급이나 0.3령급이라 칭해야 했으리라.

자신이 준 약을 먹고 2령급이 되었을 가능성이 있지만, 그건 그저 가능성일 뿐이었다. 그 약의 약효도 정령력을 조금 늘려주는 것에 그친다. 정령을 억지로 성장시켜 준다거나, 그런 눈이 확 뜨일 만한 효력은 없었다.

그런데 지금 지나간 녀석의 궤적이 길게 남기고 간 기운은 틀림없이 5령급의 정령력이었다.

불과 1년 만에 일어날 수 있는 변화라고는 믿기지 않는 성장세였다.

"말도 안 되는 재능이로군."

루에노는 눈을 감았다.

4령급이었던 스승의 얼굴이 떠올랐다.

자신의 재능을 질투한 나머지 자신을 죽이려든 스승.

그러나 스승은 죽었고, 그는 살아남았다.

그 후, 루에노는 5령급에 올랐다. 스승이 두려워하던 일이 결국 벌어진 셈이다.

제자가 자신을 추월하는 광경을 보고 싶지 않아 했던 스승은 소원대로 루에노의 성취를 보지 못한 채 떠났다.

그리고 지금, 루에노의 앞에 전례 없는 재능을 지닌 제자가 나타났다.

"무서운 재능이야. 몇 년 후면 나를 훌쩍 뛰어넘을 재능……."

저 재능이라면 6령급에 도달할지도 모른다. 자신에게는 미답의 경지인 그 경지에…….

그런 생각을 하자, 불길과도 같은 질투심이 솟아올랐다.

그러나 루에노는 고개를 저었다.

"…나는 스승과는 달라."

그 순간, 루에노는 자신이 나아가야 할 길을 정했다.

배울 것이 있다면 제자에게서라도 배우겠다. 이 앞으로 나아갈 힌트가 될 만한 것이 있다면 뭘 지불해도 상관없다. 돈이나 재화는 물론이고, 지식과 경험, 정보와 기술, 자존심, 수치심, …목숨까지도.

방황은 끝났고, 방향은 정해졌다.

그렇게 루에노는 시티 오브 페르핀을 떠나기로 마음먹었다.

*   *   *

예언자는 요즘 기분이 좋았다.

예언이 백발백중인 덕이었다.

심지어 서쪽 변경의 예언을 해도 틀리지 않을 정도였다.

레너드 몬토반드가 완전히 자취를 감췄다는 소식도 들어왔다. 그뿐일까, 꽤나 수상했던 잭 제이콥스라는 방랑신관의 소문도 싹 사라졌다.

루브스 페르핀이 사실상 시장직을 내려놓고 남부 대륙으로 잠적해 버린 건 꽤나 의외였으나, 그것이 자신에게 좋은 일임은 금방 깨달을 수 있었다.

예언에 변수가 없다.

모든 계획이 설계한 대로 진행되고, 틈도 흠도 없다는 것이 이렇게 상쾌한 일인지 전까지는 몰랐다. 사람은 잃고 나서야 소중한 걸 알게 된다던가. 모든 것이 뜻대로 된다는 것에 지루함을 느낀 적도 있지만, 적어도 지금은 그렇지 않았다.

삶이 재미있었다.

오래간만에.

"일시적인 일에 불과해."

예언자는 들뜨려는 기분을 억지로 내리누르며 뇌까렸다.

예언을 틀리게 만드는 존재가 자연 소멸 할 리가 없다. 그저 운 좋게 예언의 범위에서 벗어나 있는 것뿐이다.

머리로는 그러한 이론을 이해하고 있으나, 실제로 모든 일이 잘 풀리고 있다 보니 마음이 풀어지는 건 어쩔 수가 없었다.

"이럴 때일수록 주의해야지."

예언을 틀리게 만드는 자의 진짜 정체는 알 수 없으나, 드러 낸 정체만 보면 사실상 레너드 몬토반드이자 잭 제이콥스이자 루브스 페르핀이다.

즉, 상당한 실력의 검사임과 동시에 마치 신성력이 마르지 않는 것처럼 기도술을 남발할 수 있으며 심지어 암살자로서의 소양까지 갖고 있다는 소리다.

아무리 상대가 한 명이라지만, 결코 무시할 수 없는 힘을 갖 추고 있다. 한 사람이 어떻게 그런 걸 다 다룰 수 있는지도 의 문이지만, 적의 정체는 예언을 틀리게 만드는 자이며 예언할 수 없는 자이기도 하다. 이 정도 이상성은 차라리 당연하다고 볼 수 있었다.

따라서 예언자는 만약의 일에 대비해 밑바닥을 다지는 것을 게을리하지 않았다. 최근에는 예언의 빈도수를 더욱 늘리고, 추종자를 모으고, 그 영향력을 바탕으로 금력과 권력을 욕심껏 모아들였다.

"놈은 반드시 돌아온다."

물론 그 목적은 단 하나.

레너드 몬토반드든, 잭 제이콥스든, 루브스 페르핀이든. 어차피 다 같은 존재일 테지만, 누가 언제 어디서 어떤 방식으로 나타나든 곧장 죽여 없애 버리기 위해.

"그 시체를 내 눈으로 직접 보기까진 안심할 수 없지."

예전에 레너드 몬토반드가 죽었다는 소식이 들어왔다. 거짓이었지만. 잭 제이콥스도 어디 모를 곳에서 객사했다더라, 하는 소식을 신성 교단에 심어둔 첩자로부터 들었지만 그것도 거짓말이었던 것처럼 갑자기 나타나 왕성한 활동을 재개했고.

루브스 페르핀에 이르러선 예언자가 직접 음모를 꾸며 죽였었다. 그러나 지금은 어떤가? 배 타고 남부 대륙으로 갔다고? 그것조차 진실일지 알 수 없는 일이다. 아니, 예언이 틀리지 않았으니 맞기야 하겠지만…….

예언자는 왼손에 들고 있던, 와인이 가득 찬 주석잔을 꽉 쥐었다. 언제까지 이렇게 예언이 틀릴지 모른다는 불안에 휩싸여 벌벌 떨며 살아야 하는가? 이러기 싫어서 정치적인 부담을 짊어지면서까지 라틀란트의 카를 페르디넌트 황자를 죽였는데, 예언을 틀리게 만드는 자는 다른 형태로 나타나 자신을 괴롭히고 있다.

이런 부조리함이 어디 있단 말인가!

콰직!

새삼 분노에 찬 예언자가 손아귀에 더욱 힘을 주자, 주석잔은 그녀의 악력을 버티지 못하고 그대로 터져 버렸다.

그 탓에 손에 묻은 붉은 와인을 내려다보던 예언자는 그 손을 그대로 툭툭 털고는 잔의 잔해를 멀리 내팽개쳤다.

구겨진 주석 덩어리가 바닥을 구르는 소리가 요란했다.

"이번에야말로… 걱정도 불안도 없이 푹 잠들기 위해서는… 놈의 죽음이 필요해."

예언을 틀리게 만드는 자가 나타나기 전, 그 좋았던 때를 되새김질하며 예언자는 다시금 살의를 예리하게 가다듬었다.

예언의 변수가 존재하지 않는 틈을 타, 더 많은 예언을 해서 그걸 바탕으로 더 큰 영향력을 손에 넣고 누구도 자신의 말을 거부하지 못할 강력한 권한을 쥐어야 했다.

누가 언제 찾아오든, 바로 죽여 없앨 수 있을 정도의 힘을.

"반드시 죽인다. 두 번이고 세 번이고, 놈이 완전히 죽어 없어질 때까지."

나지막하니 스스로에게 맹세를 되새긴 예언자는 와인이 튀어 더러워진 옷을 그대로 벗어 던지곤 또각또각 소리를 내며 붉게 더럽혀진 하얀 대리석 위를 걸었다.

*　　　　*　　　　*

닷새 후, 나는 몬토반드의 검 유적 앞에 도착했다. 이것도 침식을 거르고 쉴 새 없이 날아왔기에 일정을 이렇게 단축할 수 있었던 거였다.

유적 앞에서 약간의 휴식을 통해 숨을 고른 후, 나는 곧장 유적 안으로 들어왔다.

"우리 오랜만에 보지?"

몬토반드의 왕검을 들고 그림자 검사들을 상대하려니 추억이 새록새록 솟아올랐다.

아니, 1년도 안 됐는데 추억은 무슨.

하지만 이런 쓸데없는 생각을 할 수 있을 정도로 여유가 있다는 건 고무적이다. 전에 왔을 때는 최대한 몸을 단단하게 만들고 뚫고 나가기 정신없었는데. 심지어 그러고도 죽을 뻔했지.

그래, 불과 1년도 안 된 새 나는 이만큼이나 성장했다.

그러나 이런 잡생각을 할 수 있었던 것도 유적 초입 정도였다. 유적의 난이도가 어려워졌기 때문이 아니다. 검법에 몰두하기 시작한 덕이었다.

왜 왕의 검법이 이런 식으로 만들어졌는지를 되짚어가며, 단순히 트레저 헌터의 능력을 통해 일방적으로 주입되기만 한 검법을 진정한 나의 것으로 체화해 가는 과정이었다.

끊임없이 튀어나오는 검사들을 상대로 쉬지 않고 칼을 휘둘러 가며, 나는 내 안의 것을 다지는 작업을 계속해 나갔다.

그리고 이 작업은 소름 끼치도록 재미있었다.

다른 생각도 못 하고 푹 빠져 몰두해 버릴 정도로!

"하!"

마지막 검귀를 쓰러뜨리고 무아지경에서 빠져나온 나는 검귀들이 모조리 사라져 조용해진 유적에서 홀로 앉아 아쉬움의 한숨을 토해내었다.

―기대하신 만큼의 성과를 못 얻으셨습니까?

한숨을 내쉬는 나를 보고 라플라스가 조심스럽게 말을 걸어왔다.

"아니, 성과가 부족했기 때문이 아니야."

나는 내력을 다뤄 몬토반드의 왕검에 둘렀다. 이것이 3검급의 검기… 라플라스가 칭하길 내력 도금이다.

"왜 네가 도금이라는 신랄한 표현까지 썼는지 이제 알겠어."

―아뇨, 제가 아니라 대현자님께서…….

부우웅.

그러나 라플라스의 말은 도중에 끊겼다.

내가 내력으로 이뤄진 두터운 검기를 뽑아내었기에.

단순히 왕검 주변에 푸르스름한 빛을 드리우는 것에 그치지 않고, 왕검의 원래 검극 끝을 뚫고 빛 무리가 솟구쳐 푸르게 빛나는 칼날을 이루고 있었다.

―축하드립니다, 새 주인님.

라플라스가 목소리를 바꿔 정중히 말했다.

―4검급에 오르셨군요.

그렇다. 나는 4검급에 올랐다.

이 찬란한 빛 무리야말로 내가 4검급에 올랐음을 증명해 주고 있었다.

라플라스가 칭하길 내력 발출이라 하더라.

하지만 나는 그냥 검강이라고 칭하기로 혼자 정해놓았다.

―충분한 성과를 얻으신 것으로 보입니다만, 어째서 아쉬워
하시는…….

고개를 저어 라플라스의 말을 끊은 나는 느릿하게 소회를
늘어놓았다.

"내가 느끼는 아쉬움은 성과에 대한 아쉬움이 아니야."

좋은 시간이 지나갔다는 아쉬움.

이 즐거움이 끝나 버린 것에 대한 아쉬움.

다른 모든 것을 잊고 완전히 몰두해 검귀들과 한바탕 놀아나
는 이 시간이 여기서 끝나 버렸다는 것에 대한 아쉬움이었다.

―그럼 다시 유적에 도전하시면 되지 않을까요?

라플라스가 마치 문외한처럼 말했다. 녀석이 이렇게 반응하
는 걸 보니, 아무래도 대현자는 나와 비슷한 부류의 인간은 아
니었던 것 같다.

"다시 해봐야 이전과 같은 즐거움을 느끼기는 힘들 테니까."

나는 이들과의 검무를 통해 이미 한 차례 크게 성장했기에,
다시 붙으면 그저 시시한, 일방적인 학살극밖에 연출할 수 없다.

무협지에 나오는 검귀들이 왜 자신보다 강한 자를 찾아 세
상을 떠도는지, 그 이유를 잠깐이나마 엿볼 수 있었던 경험이
었다.

검극을 맞대고 목 살갗을 내어주며 자신의 힘과 기술에 확
신을 더해가는 이 즐거움은 적어도 배울 것이 있는 상대가 아
니면 얻을 수 없는 부류의 보물이다.

―그러십니까…….

라플라스는 내 심경을 제대로 이해하는 것처럼 보이지는 않았다.

하지만 납득은 한 것처럼 보였다.

그럼 됐지, 뭐.

"자, 그럼!"

나는 아쉬움을 털어 내듯 크게 외쳤다. 그리고 각성창을 열어 [마각대환단]을 꺼내 들었다.

"먹어볼까?"

이걸 먹으면 나는 더 강해질 것이고, 나와 검을 마주해 줄 맞상대는 더욱 줄어들 것이다.

그렇다고 여기에서 마각대환단을 먹지 않는다는 선택지는 존재하지 않는다.

내가 상대를 골라가며 싸울 수 있을 정도로 강한 것도 아닌데, 맞수와의 검을 나누는 즐거움을 더 느끼고 싶어서 일부러 성장을 지체시킨다는 건 오만에 불과하니까.

더욱이 내가 맞수와 검을 나누며 즐거워한 까닭은 그 경험이 나를 성장시키고 더 큰 힘을 얻을 수 있게 만들어준다는 것을 알기 때문이다.

결국 즐거움의 원천은 성장의 기쁨이다. 더 오래 즐기자고 일부러 성장을 늦추는 건 앞으로 나아가고자 하는 사람이 할 짓이 아니다.

따라서 나는 마각대환단을 삼켰다.

그리고 다시 한번 왕의 검을 들었다.

*　　　　　　*　　　　　　*

"확실히 4검급쯤 되니 약발도 잘 안 먹히는군."

괜히 악마의 뿔을 갈아 만든 마각대환단이 아니었다. 독성은 강했고, 심마가 찾아들었다. 그러나 완성된 왕의 검법으로 독기는 태워 버리고 심마는 내쫓아 버린 끝에 나는 또 성장했다.

그럼에도 약발 운운하며 불만을 토해내는 까닭은 그 성장 폭이 기대한 만큼은 아니었기 때문이다.

"무려 마각대환단인데 4.5는 되어야지!"

―아니, 양심이…….

듣다 못한 라플라스가 험한 말을 하려다 간신히 자제했다. 나는 그렇게 느꼈다.

"아니, 4.2라고! 4.5는커녕 4.3도 아니고!"

―4.1만 되어도 어마어마한 성장이라 할 수 있습니다. 보통은 4.1도 안 됩니다.

"아, 그래?"

―그저 대현자님의 분류로 4검급이라 칭하고는 있습니다만 4검급이 손꼽히게 성장이 어려운 구간으로 통합니다. 적어도 단순히 검력을 쌓는 개념으로만 치면 시간이 가장 오래 걸리는 구간이죠.

라플라스는 화를 꾹꾹 눌러 참아가며 내게 말했다. 나는 그렇게 느꼈다.

─대현자님께서 검법을 커리큘럼에서 빼놓은 것도 다른 힘이나 기술보다 쉽게 강해지기 어려워서입니다. 노력도 많이 필요하고 시간도 많이 잡아먹지만 그 들인 노력과 시간에 비해 성과가 부족하기 때문이죠.

하긴 다른 힘이나 기술, 지식 등의 경우는 루블 내고 다운로드만 받으면 되는 데에 비해, 검법만은 스스로 몸에 익힐 필요가 있기에 다운로드 프로그램에 지원되지 않는다고 라플라스가 말한 적이 있다. 그런데 아예 커리큘럼에서 제외되어 있고, 그 이유가 효율이 너무 낮아서 그렇다는 건 이번에 처음 듣는다.

─그걸, 그러니까 4검급을 1년 만에 달성하신 건 새 주인님이 처음입니다. 재능도 있으시지만 역시 그 말도 안 되는 효율의 몬토반드 왕의 검법 덕일 겁니다.

"나도 그렇게 생각해."

나는 고개를 끄덕였다. 라플라스가 누누이 강조해 왔듯, 왕의 검법의 효율은 말도 안 되는 수준이다. 안 그래도 좋은 검법을 검의 유적에서 담금질해 한 차원 더 높은 수준으로 끌어올렸으니, 사실 4.2라는 수치도 말이 안 되는 수준이리라.

"뭐, 4.2라는 건 어디까지나 내 감각으로 대충 재본 거긴 하지만."

─저도 알고 있습니다. 그저 제가 드리고 싶은 말씀은…….

"알았어. 너무 조급해하지 말라는 뜻이지?"

─아뇨, 배알 꼴리니까 자랑 좀 그만하시라는……. …농담입

니다.

…농담 맞지?

—그보다 이제 슬슬 새 주인님의 그 큐레이터라는 보조 직업의 그, 전시가 끝날 때가 되지 않으셨습니까?

라플라스는 노골적으로 화제를 돌렸다.

"어, 그러고 보니 그러네."

나는 그냥 그런 녀석의 의도에 맞춰주기로 했다.

—…감사합니다.

"뭐가?"

—아뇨, 아무것도 아닙니다. 그보다…….

"아, 알았어. 나도 궁금하던 참이야."

나는 각성창을 열었다. 그리고 전시대 쪽을 보았다. 전시대 위에는 선명하게 이런 글씨가 떠올라 있었다.

—[임시 전시]는 성공적이었습니다.
—전시 점수를 12점 얻으셨습니다.

"오."

성공했다니 그건 좋은데 12점이 많은 건지 적은 건지 감이 잘 안 잡힌다. 이걸로 뭘 할 수 있는지도 아직은 모르겠고.

—첫 전시를 성공시킨 것에 대한 선물로, 일반 전시대 하나가 추가로 주어집니다.

―지금 수령하시겠습니까? [예]/[아니오]

"오!"

단순히 생각해도 테마 보너스를 받을 수 있는 유물이 두 개로 늘어나는 것이니만큼, 아직 기준이 잡히지 않은 전시 점수보다는 이쪽이 와닿는다.

그런데 성공 선물이라고? 비록 미리 임무가 주어지진 않았지만 조건을 만족시키고 보상이 나온 걸 보면 이거 혹시 고유 퀘스트 비슷한 거 아닌가? 만약 그렇다면 나는 2차 각성으로 고유 요소를 3개나 받은 대박을 터뜨린 셈이 된다.

뭐, 아직 모르는 일이니만큼 미리 흥분할 필요는 없다. 나는 간신히 진정하고 전시대 위의 [예]를 손가락으로 꾹 눌렀다. 당연하다면 당연하게도 3칸짜리 일반 전시대였다.

아직 글씨가 남아 있었기 때문에, 나는 계속해서 읽기로 했다.

―임시 전시로 전시하신 [거인이 날뛰는 시대] 전시의 [호기심이 이는] 등급이 [일부에서 화제가 된] 등급으로 전환됩니다.

―전시 기간을 연장하실 수 있습니다. 이 경우 더 많은 전시 점수를 얻으실 수도 있습니다.

―연장하시겠습니까? [예]/[아니오]

"이건 [예]다."

뭔지는 몰라도 전시 점수가 많아져서 나쁠 게 없을 건 확실하다. 그리고 추가한 전시대에는 [매력의 피어스]를 메인으로 둔, 괴도 늑대거미 가면의 전리품을 토대로 한 장신구 세트라는 느낌으로 전시대를 꾸며보았다.

―[호기심이 이는] 등급 전시입니다.
―테마 보너스가 주어집니다. [귀부인의 비밀스러운 오후]! 추가되는 매력이 배가됩니다.
―이대로 전시하시겠습니까?

"아니, 이게 뭐야."

멋대로 설정된 테마를 보고 나는 허허 웃어버리고 말았다. 귀부인은 그렇다 치지만 비밀스러운은 또 뭐야. 오후는 또 뭐야? 몇 글자 되지도 않는 테마에 태클을 걸고 싶은 게 한두 가지가 아니다.

어쨌든 전시 등급이 높은 건지 낮은 건지는 모르겠지만 적어도 나쁜 반응은 아닌 것 같으니 뭐 이대로 좋다 치자.

나는 그대로 전시시켰다.

"어때, 라플라스. 매력이 배가됐다는데, 좀 예뻐 보여?"

―외람된 말씀이지만 지금 새 주인님께서는 잭 제이콥스의 외모를 취하고 계시다는 걸 잊지 말아주셨으면 합니다.

"…미안."

이거 예전에 한 번 했던 대화 같은데……. 기분 탓이겠지?

어쨌든 이걸로 여기서 볼일은 끝났다.

"이제 가자."

―어디로 가시겠습니까?

"뭐, 이 주변에 더 난이도가 높은 유적이 있다며? 거기까지
안내해 줘."

―30루블입니다.

"콜."

                    *   *   *

내가 두 번째 메인 테마 전시물로 매력의 피어스를 고른 것
에는 다 이유가 있다.

"어차피 공짜로 먹고 자고 하려고 뽑은 잭 제이콥스인데, 매
력까지 높으면 시티 오브 화이트에서의 스파타처럼 알아서 다
챙겨주겠지?"

그야말로 성법빨과 매력빨을 써서 날로 먹겠다는 의지로 충
만한 선택이었다.

"끄어억."

그리고 나는 그 선택을 후회하지 않았다.

다음 유적으로 가는 길목에 들른 목장에서 이미 내 선택의
옳음이 증명되고 있었다.

"설마 소를 잡아줄 줄이야……."

사실 고기 자체는 적당히 숙성시킨 게 더 맛있다고는 하지
만, 그렇다고 해서 갓 잡은 신선한 고기가 맛이 없는 건 또 아

니다. 이건 또 이것대로의 맛이 있고 투박한 매력이 있다.

　―만족하십니까?

"최고야."

본래 잭 제이콥스는 외견부터가 다부지고 인상이 강해서 쓸데없이 사람의 경계심을 불러일으키는 경향이 있었다.

낡은 신관복이 그나마 경계심을 누그러뜨려 주는 역할을 하지만, 신전도 없는 곳을 홀로 떠돌아다니는 신관은 방랑신관이라는 건 아무리 변경의 시골 사람이라도 잘 안다. 그래서 일단 공짜 성법 한 방을 던져주고서야 이야기가 제대로 통하는 느낌이 있었다.

그런데 [매력의 피어스]를 늑대거미 가면의 유적에서 입수하고 그걸 또 테마 보너스로 증폭시키고 나니 그 귀찮은 첫인상 개선 작업을 할 필요가 없어졌다.

사람이 처음부터 친절하게 군다는 건 이런 느낌이구나!

물론 스파타 때도 경험해서 익히 알고 있기는 했다.

그러나 스파타 때와는 또 달랐다.

스파타 일리아다이는 너무 쓸데없이 잘생겨서 여성이나 특이한 취향의 남성으로부터는 거의 광신적이다시피한 지지를 받았지만, 일반적인 남성이나 특이한 취향의 여성으로부터는 잭 제이콥스보다도 높은 수준의 경계심을 샀다.

하지만 잭 제이콥스는 단순히 유물의 기능과 테마 보너스만으로 매력을 증폭시킨 탓인지 이성에게 어필하는 면모는 스파타보다 확연히 떨어지는 반면 남녀노소 모두에게 호감을 사고 시작하는 느낌이 아주 좋았다.

무엇보다 상대가 죽자고 달려들거나 노골적으로 음란한 시선을 던지는 게 아니라는 점이 마음에 들었다.

"정작 이렇게 되고 보니, 스파타도 참 힘든 인생을 살았구나 싶기도 하네."

스파타 때 처음 보는 여자가 눈빛을 번득이며 달려들거나 처음 보는 남자가 낯빛을 어둡게 하고 음침한 수작을 걸어오는 건 사실 나쁜 기분은 아니었지만 지나치게 자극적이었다.

매일 청양고추만 썰어 먹고 살 수는 없지 않은가? 역시 청양고추는 국밥 뚝배기에 하나쯤 썰어 넣는 정도가 딱 좋다.

"아… 청양고추 먹고 싶다."

─그게 뭔가요?

"…그런 게 있어."

의식의 흐름대로 아무거나 생각하다 보니 쓸데없는 게 혼잣말로 흘러나온 것 같다. 사실 청양고추 자주 먹지도 못한 주제에. 보급품으로 들어왔을 때 부대에서 아무도 안 먹어서 나 혼자 다 먹어 치워야 했던 적이 딱 한 번 있었지만. 그땐 좋았다. 라면에도 썰어 넣고……

"라면이나 먹을까?"

─여기서 또요?

라플라스가 놀라는 것도 무리는 아니다. 지금 나는 소 한 마리를 통째로 먹어 치운 거나 마찬가지니까. 지금 하룻밤을 신세 지고 있는 목장의 주인장이 통이 아주 컸다.

"원래 고기 먹고 나면 탄수화물을 좀 먹어줘야 돼."

나는 낄낄 웃으면서 라면 한 봉지를 꺼냈다.

그리고 얼굴을 확 굳혔다.

"…아, 이거 못 먹게 됐네."

유통기한이 지났다.

그것도 6개월 정도.

그냥 유통기한만 지난 거라면 어떻게든 먹어보겠는데, 면을 튀긴 기름이 맛이 가서 그런지 면에서 이상한 냄새가 난다.

"어휴……. 아휴……."

아까워서 손이 떨린다.

하긴 부대 단위의 부식인 라면 박스를 다 들고 왔으니 혼자서 다 못 먹고 일부는 맛이 가는 게 당연하다시피 하지만, 머리가 받아들였어도 가슴은 받아들이질 못했다.

라면은 어디까지나 지구의 식량이니, 이 세계에서 다시 구할 길이 없다.

이걸… 어쩌냐…….

─고기를 소화시키는 데에 필요한 열량을 당장 투입하고 싶으시다면 잼을 드시는 게 어떨까요?

낙담한 나를 보다 못한 건지, 라플라스가 입을 열었다.

"그거 좋네!"

나는 유통기한이 지나 버린 라면을 얼른 각성창 안에 도로 넣고 애써 분위기를 끌어올리려 외치며 대신 잼을 꺼내 들었다.

시티 오브 카를에서 쟁여놨던 잼이 아직 좀 남았다.

"이거 산 지 거의 1년 정도 지나지 않았나?"

—그렇죠?

당연하지만 유통기한 같은 건 표기되지도 않았다. 아니, 걱정할 건 없다. 어차피 잼은 유통기한도 기니까.

비싼 거라 그동안 아껴 먹었지만, 이럴 때는 좀 집어 먹어도 벌은 안 받겠지?

나는 함박웃음을 지으며 잼 병의 뚜껑을 열었다.

"으음~!"

나는 잼 한 수저를 입 안에 퍼 넣고 음미했다.

"…으음?"

하지만 맛이 예전 같지는 않았다.

수저를 놓은 나는 그 이유를 알아내기 위해 생각에 잠겼다.

그리고 나는 자연스럽게 결론에 도달할 수 있게 되었다.

"이게 다 일리어스 여신님 때문이야……."

—예?

시티 오브 화이트에서 일리어스 여신님께서 구워주신 고기가 너무 맛있는 바람에, 어지간한 건 혀가 맛있다고 느끼지도 못한다.

—그건 너무……. 저…….

라플라스가 예의에 어긋나지 않을 만한 표현을 찾고 있는 동안, 나는 멍하니 중얼거렸다.

"…차라리 고기를 좀 남겨서 받아 갈 걸 그랬네."

오랜만에 일리어스 여신님이 구워주신 고기를 먹고 싶은 기분이 갑자기 확 들었다.

　―별로 오랜만이라고 할 만큼 시간이 지나지는 않은 것 같습니다만……

　라플라스의 말은 무시했다.

＊　　　　＊　　　　＊

　내가 뭘 걱정할 필요는 없었다.

　왜냐하면 헤어질 때쯤 목장의 주인장이 내게 깊은 감사를 표하며 알아서 가장 좋은 부위의 고기를 몇 덩이 싸서 줬기 때문이다.

　"이것도 높은 매력 덕인가?"

　―성법 덕이 더 크지 않을까요?

　물론 무료 성법의 덕이 더 크긴 하겠지만 매력 덕도 좀 있을 것이다.

　"자, 이제 일리어스 여신님 불러서 구워달라고 하자."

　―적어도 사람 눈에 안 띄는 곳에서 하시죠……

　라플라스의 말이 맞다.

　일리어스 여신님을 부르는 작업은 뭔가 번쩍번쩍해서 사람들의 이목을 끌어모았다. 괜히 태양의 신이 아닌지라 일단 빛이 쨍 하고 내리쬔다.

　아무리 변경이라지만 제국에서 일리어스 여신님은 이교의 신이니, 사람 눈에 띌 만한 곳에서 제의를 치르는 건 조금 위험했다. 그것도 목적이 고기 구워 먹기라니, 내가 생각해도 이건 좀 아니다.

"그냥 쇠고기는 각성창 안에서 숙성을 좀 시켜둬야겠군."

다음 유적의 탐사를 끝낸 뒤에, 유적 안에서 챙겨 먹어야겠다. 나에게 주는 일종의 보상이랄까?

"좋아, 가자!"

나는 의욕에 차 부르짖었다.

"다음 유적으로!"

고기를 먹겠다는 의욕! …만 있는 건 아니었다.

*　　　*　　　*

"아이고!"

나는 비명을 부르짖었다.

라플라스가 이 유적 입구쯤에서 경고하길 이 유적은 난이도가 너무 높아서 일부러 남겨놓았다던데, 녀석의 경고는 헛으로 한 게 아니었다.

4검급에 올라 검강을 다룰 수 있게 되어 치솟아 올랐던 내 콧대가 완전히 부러졌다.

아니, 사실 완전히 부러지지는 않았다.

내가 호기를 부려 이번 유적은 검 하나만으로 돌파하겠다고 호언장담을 했다가 그 큰소리가 조금 작아진 것에 불과했다.

그렇다. 하필이면 이번 유적에는 다양한 원거리 공격을 하는 골렘들이 잔뜩 배치되어 있었다.

큰 방에 들어와서 먼저 해야 했던 게 골렘들이 사정없이 날리는 투사체들을 칼로 쳐내는 거였다. 그런데 개중에는 칼로 베면 폭발하는 것도 있고 이상한 연기나 독 같은 걸 흩뿌리는 것도 있어서 잘 보고 피할 건 피하고 쳐낼 건 쳐내야 했다.

그렇게 투사체를 쳐내는 데에 집중하고 있으면 상황은 점점 나빠진다. 투사체를 날리는 골렘들은 점점 늘어나고, 나는 투사체 쳐내느라 정신없어서 골렘의 숫자를 처리 못 한다는 악순환에 휘말리기 때문이다.

라플라스가 괜히 난이도가 높다고 한 게 아니었다!

"그래, 미리 공략을 샀으면 칼로만 다 썰겠다고 호언장담은 안 했겠지."

─그건 그렇습니다만.

라플라스는 나지막히 동의했다. 공략을 팔고는 싶었나 보지.

─그럼 이제 공략을 구매하시겠습니까?

아, 팔고 싶었던 게 맞구만.

"아니."

나는 이를 드러내어 보이며 웃었다.

"이제야 좀 감이 잡히는데, 뭘."

검강은 신비한 힘이었다. 본래 신체의 안에서 작용하기에 내력이라 불리는 힘을 굳이 몸 밖으로 끌어내고, 칼을 감싸는 것에서 멈추지 않고 아예 칼 밖으로 질질 흘리고 다니는 게 검강이었다.

그러한 검강의 성질은 무협지에서 본 것과는 조금 달랐다.

그러나 비슷한 것은 가능하지 않을까?

나는 본 지 하도 오래되어 잘 생각나지도 않는 무협지의 내용을 기억해 내려고 애를 쓴 끝에, 어떠한 개념을 떠올릴 수 있었고 또 그것을 실현할 수 있음을 알게 되었다.

바로 지금 말이다.

"합!"

나는 통로를 향해 몸을 날리며 검으로 내력을 뽑아내었다. 검강이었다. 아직은. 저쪽에서 활을 든 골렘이 나를 향해 화살을 날리려는 모습이 보였다. 그걸 본 나는 검을 휘둘렀다. 아주 조금, 내력을 질질 흘리도록 하는 느낌으로.

그러자 마치 검강으로 이루어진 것 같은 얇은 막이 생겼다.

"됐다!"

ㅡ그, 그것은?!

"검막이다!"

퍼퍼펑! 골렘들이 쏜 투사체들이 검막에 막혀 터지고 튕겨나가는 것이 보였다. 그리고 원래대로라면 투사체를 쳐낸 상대에게 파고들어야 할 독연이 검막에 의해 반대쪽으로 흘러나가는 것 또한 목격할 수 있었다.

그것을 본 나는 이렇게 외쳤다.

"가능!"

이 유적, 칼만 쓰고 통과가 가능하다!

＊　　　　＊　　　　＊

그렇게 나는 고난이도 대현자의 유적을 졸업했다.

"나는 내가 자랑스러워……."

—그러시군요. 우연입니다. 저도 그렇게 생각하고 있었습니다.

"응? 너도 네가 자랑스러워?"

—새 주인님께서 자랑스럽다는 말씀을 드리려고 했습니다만…….

아차.

"아, 알고 있었어!"

—그러시군요.

나는 빨리 다른 화제를 떠올리는 게 더 낫겠다는 생각에 머리를 굴리다가, 뒤늦게 대현자가 서쪽 변경에 남긴 유적들에 유난히 골렘이 많은 것을 눈치챘다.

"이쪽 지방 유적의 테마는 골렘인가? 그러고 보니."

그래서 라플라스에게 물어봤다.

그리고 나는 후회하게 되었다.

—눈치채셨군요. 그렇습니다. 이번 고난이도 던전에는 단순히 근접전투가 아니라 원거리 투사체도 다룰 수 있을 정도로 정밀 행동이 가능한 골렘들이 배치되어 있죠. 뿐만 아니라 전술적 협력을 통해 스웜 사격 전술 등의 전술 행동도 가능하도록 프로그램 되어 있습니다. 아, 프로그램이 뭐냐면요…….

"거기까지."

아무리 라플라스가 설명을 좋아한다지만 이건 도를 넘었다.

"나도 프로그램 뭔지 알아."

—예? 설마 지구에도 프로그램이 존재하는 건가요?

"아, 물론이지. 장병들 대상으로 제작된 TV 프로그램이 많거든."

—TV가 뭔가요?

"텔레비전."

—원격 시야요? 그거랑 프로그램이 무슨 상관이…….

뭔가 대화 도중에 오해가 발생했음을 깨달았지만, 굳이 고치려 들지는 않았다.

"아무튼."

나는 각성창에서 탐사일지를 꺼냈다.

"정산 시작하자."

—네!

라플라스도 정산은 좋아한다. …왜지?

*　　　*　　　*

먼저 탐사일지부터 보자.

이번 유적에서 얻은 것은 일단 [트레저 헌터의 유적 탐사 능력 3]이다. 골렘들이 잔뜩 나오는 유적의 특성상 골렘 코어가 다 유물 취급이라 탐사 점수가 많이 나와준 덕에 3까지 강화시킬 수 있었다.

이제 여기에서 4로 올라가느냐, 아니면 업그레이드를 단행하느냐, 그것도 아니면 단순히 이게 마지막이냐가 문제지만 뭐… 미리 걱정해 봐야 소용도 없는 일이니 지금 고민할 필요는 없을 것 같다.

그리고 [유물 복원]도 강화시켜 2단계를 찍었다. 여전히 보물의 수리에는 사용하지 못하지만 복원에 필요한 시간과 집중력이 30% 정도 줄어들었다. 대현자가 남긴 유물로는 오랜만에 [마정석], [영혼석], [정령석], [암흑석], [광휘석]이 다섯 개씩 나왔다.

특히 반가운 건 정령석이었다. 이래저래 쓸 곳이 많았고, 앞으로도 쓸 곳이 많을 예정이기 때문이다. 6령급 오르고 자유 소환을 여러 번 시도해 보려면 꼭 필요한 게 이거였다.

"이걸 보니 확실히 서쪽 변경으로 돌아왔다는 생각이 드네."

새삼 되새겨 보니 남부 대륙에서는 대현자의 유적을 가도 정령석을 비롯한 보석들이 자주 발견되지는 않았다. 그런데 서부 변경으로 돌아오자마자 보석을 얻게 되니 기분이 좋았다.

그리고 아까 언급했던 골렘 코어들과 골렘용 자재들. 겉보기엔 폐자재 더미지만 이것들 하나하나가 내게 탐사 점수를 줬다고 생각하니 사랑스럽게도 느껴진다.

"골렘 코어도 이쯤 모이니 슬슬 골렘 제작 기술을 배워야할 것 같은 압박감이 느껴지는데."

─배우시겠습니까? 참고로 새 주인님의 잔고는 현재 1,727루블입니다.

"…뒤로 미루지."

1,727루블이라는 숫자는 많아 보이지만, 향후를 생각하면 모아 둬야 하는 금액이었다. 라플라스는 정령법 6령급이 실재하는지조차 유료 정보로 다루고 있을 정도다.

그러한 6령급을 루블 모아서 사려면 고작 1,500루블 정도로 뭐가 어떻게 될 것 같지가 않았다. 아무리 적게 잡아도 3,000루블 정도는 모아놔야 안심이 될 것 같았다.

더군다나 유적 탐사하고 유물 모아서 전시를 하는 게 내 본업인데, 이 본업에서 골렘이 큰 도움이 될 것 같지는 않다.

사실 골렘을 유적에 먼저 들여보내서 정찰 같은 걸 시키고 대신 함정을 밟게 만들거나 적들을 상대하게 시킬 수도 있겠지만, 마법을 처음부터 배워서 골렘 제작까지 가는 루블을 생각하면 다른 쪽으로 돌리는 게 기회비용 면으로 볼 때 더 나아 보인다는 것이 옳겠다.

―전 주인님, 그러니까 대현자님께서는 골렘 제작에 꽤 열성적이셨습니다만.

"그러니까 이렇게 유적마다 골렘을 도배해 두지. 아니, 서쪽 변경 유적들만 그랬던가?"

―그 정보는 다른 지역의 던전들도 가보셔야 확인하실 수 있기 때문에 유료입니다.

나는 군이 루블까지 들여가며 내 가설을 증명하려 들지는 않았다. 이 일을 계속하는 한 다른 지역의 유적들도 언젠가 가보긴 할 테지만, 그 돈을 미리 지불하고 싶진 않았기 때문이었다.

"마지막으로… 이거."

나는 기이한 모양의 상자를 바라보았다. 크기는 1.7m 정도 높이에 1m 정도 너비, 그리고 1m 정도의 폭이 있는 상자였다. 상자에는 문이 달려 여닫을 수 있게 되어 있었고, 안쪽에는 하얀색의 도료인지 뭔지로 코팅되어 있었으며, 조금 서늘한 기운이 감돌고 있었다.

"이거 뭐야?"

―그것 또한 유물이니 새 주인님의 각성창에 넣으면 바로 용도를 아실 수 있으시겠습니다만……. 아니, 넣지 마세요. 제가 설명드리겠습니다!

그럼 그렇지. 웬일로 설명할 기회를 그냥 흘려 버리나 했다. 내가 순순히 상자에서 손을 떼자, 라플라스는 안도의 기색이 서린 목소리로 빠르게 설명을 시작했다.

―이것은 [신선 유지고]입니다.

"호오."

나는 이제부터 이어질 라플라스의 설명을 대충 흘려듣기로 했다. 그러나 그러한 내 마음가짐은 채 5초를 버티지 못했다.

―유기물을 신선한 상태로 보관하실 수 있고, 산패하거나 부패한 유기물도 형태가 남아 있다면 어느 정도까지는 신선도를 회복시킬 수 있습니다.

"뭐야? 그런 게 가능하다고?!"

얼마 전에 나는 크게 낙담한 적이 있었다. 각성창 안에 방치해 놓은 라면의 면들이 다 맛이 가버린 사태 때문이었다.

원래대로라면 맛이 가서 못 먹게 된 라면들은 바로바로 버려야 했지만, 정작 다른 세계에 와 이걸 다시 얻을 수 없다고 생각했더니 미련이 남아서 버리질 못했다. 따라서 여전히 각성창 한구석을 차지하고 있었다.

그런데 그걸 되살릴 수 있다고? 눈이 절로 크게 뜨였다.

—대신 이 기능은 공짜가 아닙니다. 유지비용으로 1년에 [마정석] 하나씩을 소모합니다.

"아, 공짜나 마찬가지네!"

어차피 마법을 배우지도 않은 내게 있어서 마정석은 그냥 비상시에 보석으로 위장시켜 팔아먹을 수 있는 비싼 돌에 지나지 않았다. 나중에는 다를지 모르지만, 지금 당장은 그랬다. 게다가 이번 유적에서 보상으로 또 얻기까지 했으니 사용에 망설일 이유 따윈 하나도 없었다.

—이건 그저 유지에만 사용했을 때의 비용이고, 신선도를 회복시키는 기능을 사용하면 훨씬 빠른 속도로 소모될 겁니다.

"아, 그 정도야 당연히 내지!"

나는 희희낙락하며 각성창에서 라면 박스의 라면을 하나하나 꺼내 신선 유지고 안에 차곡차곡 쌓아 넣었다. 이러는 나를 보며, 라플라스는 왠지 아쉬운 듯 말했다.

—보통은 비싼 연금술 재료나 귀한 정수 같은 걸 보관하는 유물입니다만…….

"내가 지금 가진 비싼 재료가 없어서."

—갖고 계시긴 합니다만.

"다 돌이잖아. 나한텐 라면이 더 중요해."

라플라스의 말에 일일이 다 대꾸해 주며 라면을 다 쌓아 넣은 후, 나는 신선 유지고의 문을 닫았다.

그리고 두근거리며 기다렸다.

"언제 다 돼?"

―…이 정도 양이라면 신선도를 전부 되돌리는 데에는 6시간 정도 걸릴 겁니다.

"아, 그래?"

보다 못한 라플라스의 설명에 나는 아쉬움을 달래며 신선 유지고를 각성창 안에 넣었다. 그러자 이제까지 라플라스가 열심히 설명해 줬던 내용이 내 머릿속에 쏙 들어와 박혔다.

애초에 설명을 들은 것 자체가 라플라스를 위한 복지 같은 거였다. 그러나 나는 설명을 들은 걸 후회하지 않았다.

좋은 설명은 두 번 들어도 좋기 때문이다.

"이번 유적은 수확이 좋군!"

나는 흡족하게 외쳤다.

―마음에 드셨다니 다행입니다.

"좋아, 그럼 다음 유적으로 가자!"

―고기는 안 드시구요?

"고기는 다음에 먹으면 된다. 다음 유적!"

나는 유적을 먹어 치우는 유적 학살자다!

제2장
—
지옥에서 돌아왔다

라플라스가 말하길, 다음 유적에 입장하기 위해서는 새로운 신분을 구매할 필요가 있다고 한다.

"뭐, 슬슬 그럴 때가 됐다고는 생각했어."

루브스 페르핀 때도 그랬고……. …루브스 페르핀 때만 그랬나?

뭐 아무튼 좋다.

잭 제이콥스로서 대접을 받는 것도 좋지만, 분명히 부작용이 있었다. 어쨌든 잭 제이콥스는 변경의 성자로서 꽤 유명한 존재였고, 따라서 신성 교단의 어그로를 끌 위험도 있었으니까. 잠깐 다니는 거야 상관없었지만 내내 이러고 다니는 건 좀 피하는 게 좋았다.

그런 의미에서 쓸 만한 새로운 신분은 환영이었다. 그것도 유적 입장용도 겸하니 일석이조. 피할 이유가 없었다.

"99루블?!"

하지만 가격이 이렇게까지 비쌀 줄은 몰랐다.

─네, 에누리 없는 가격 99루블입니다.

"왜 이렇게 비싼 거야?"

─그 정보는 유료입니다만…….

신분값이 좀 비싸다고 유적의 입장 기회를 그냥 날릴 내가 아니었다.

샀다.

"분명히 루브스도 100루블짜리였지?"

귀족에, 시장에, 괴도이기까지. 루브스 페르핀의 신분값은 그 정도 될 만했다.

"루브스보다는 1루블이 싸네?"

─선결 조건으로 [모발 모자]가 필요하다는 것 덕에 가격이 많이 깎였습니다.

새로운 신분의 머리카락은 꽤나 곱슬졌다. 머리 색깔이 빨간 색인 것도 특이했다.

확실히 이건 머리색과 길이, 모질, 그리고 곱슬기까지 자유자 재로 재현 가능한 대현자의 유물인 [모발 모자] 없이는 재현하 기 힘든 머리였다.

─시체도 찾으셔야 했고요.

"그건 루브스도 마찬가지였지."

나는 시체를 내려다보며 라플라스의 말에 대답했다.

죽은 지 얼마 되지 않은 듯, 시체는 아직 원형을 갖추고 있었다. 아니, 그저 시체가 방치된 곳이 춥고 건조해서 부패가 진행되지 않은 것일지도 모르지만. 아마 이대로 시간이 흐르면 미라화가 진행되겠지.

─그래서 이렇게 저렴한 겁니다.

"아니, 비싼 거지."

─아뇨, 저렴한 겁니다.

"아니야."

─맞습니다.

어쩌다 이런 유치한 말싸움이 됐는지 모르겠다. 뭐, 어른인 내가 져줘야겠지.

"알았어. 알았으니 슬슬 다운로드를 진행해 줘. 왜 비싼지 궁금하네."

─제가 직접 설명드리고 싶었습니다만……

라플라스는 아쉬워하면서도 내 요청을 거부하지는 않았다.

새로운 신분의 데이터를 다운로드 받은 후, 나는 고개를 크게 끄덕였다.

"싸게 잘 샀네."

─그렇죠?

새로운 신분의 이름은 빅터 가울. 나이는 서른 전후로 젊은 편. 성별은 남자. 얼굴은 다소 투박한 인상이지만 특별히 망가진 곳이나 흠잡을 곳이 없어 뭐, 잘생겼다고 하면 잘생긴 편에 속한다.

그렇다고 이번엔 외모나 이런 것 때문에 비싼 건 아니다. 비싼 이유는 따로 있다.

"성채의 성주라."

성채는 고대 제국 시대에 지어진 군사시설로, 본래는 고대 제국의 변경을 지키기 위한 곳이었다. 군사적인 분쟁이 끊임없이 일어나는 곳에만 지어 넣었기 때문에, 보급이 끊겨도 어느 정도 버틸 수 있도록 규모를 크게 짓고 생산 시설을 확충해 자급자족이 가능하도록 만들었다.

그런데 제국의 실질 영역이 쪼그라든 라틀란트 제국기에 이르러 이러한 성채들은 그 위치가 판이하게 바뀌었다.

고대 제국기에는 충성심이 높은 장군만을 엄선해서 성채의 성주로 임명했지만, 제국 교체기에 성주들은 충성할 조국을 잃었고 각자의 힘으로 살아남아야 했다.

결국 성주들은 자신의 성채를 중심으로 개별 왕국이나 다름 없는 영역을 구축했다. 그리고 라틀란트 제국이 성립된 후에는 그 성주들이 자신들의 자식에게 성채를 물려준 이후였다.

당연하지만 그 자식 세대에게 고대 제국도 아닌 라틀란트 제국에 대한 충성심 따윈 없었다. 그저 자신의 손에 쥔 것을 빼앗기지 않으려는 지극히 인간적이고 정상적인 감성의 군주들만이 남아 있을 뿐이었다.

고대 제국의 적통을 이었다고 주장하는 라틀란트 제국의 입장에선 분통이 터질 노릇이지만, 변경의 도시들도 제대로 통치하지 못하는 제국의 역량으로는 변경 너머의 성채를 일일이 토벌하는 것은 무리였다.

그래서 어쩔 수 없이 라틀란트 제국은 성주의 자치권과 조세권, 세습까지 인정하고, 그냥 몇 년에 한 번씩 공물을 받는 것으로 만족해야 했다.

즉, 그저 제국과의 전면전을 피하기 위해 칭왕만 하지 않았을 뿐 사실상 성채의 성주는 왕, 성채 주변 지역은 왕국의 영토나 다름없었다.

한 줄로 요약하자면…….

"그러니까 나 왕이라는 소리네?"

─그렇습니다.

라플라스도 아무렇지도 않게 내 말을 긍정했다.

시장도 100루블이었는데 왕이 99루블이라니, 이건 정말 싸게 산 거다. 인정할 수밖에 없다.

하지만 싼 물건들이 다 그렇듯, 이 신분에도 하자가 있었다.

"모발 모자 문제가 아니잖아, 이거."

─제가 직접 설명드리고 싶었습니다만…….

라플라스는 미련이 남은 듯 중얼거렸지만, 나는 이미 알고 있었다.

"기사들의 쿠데타라."

명색이 성주에 실질적으로는 왕이라는 사람이 이런 외딴 곳에서 혼자 죽어 나자빠져 있는 데에는 다 이유가 있었다.

이미 설명했듯, 성주는 이 지역의 왕이나 다름없다. 그래서 성주 빅터 가울은 고대 군주들이 그러했듯 왕의 의무를 다하기 위해 기사들만을 끌고 자신의 영토를 돌아보고 있었다.

그런데 성주를 호위하기 위해 따라 나간 근위기사들이 성주를 배반했다. 성주파의 기사들을 급습해 먼저 죽이고, 도망치는 성주도 끝까지 추격해 격살했다.

그렇게 목적을 달성한 배반자들은 슬피 울며 성채로 돌아왔다. 성주가 탄 말이 갑자기 날뛰어 절벽에서 떨어져 승하하셨다며. 그 시체조차 찾지 못하였으니, 분하기 짝이 없다면서.

여기서 중요한 건 배반자들이 시체조차 찾지 못했다고 증언했다는 점이다.

사실 배반자들은 성주의 시체를 확인했다. 그럼에도 불구하고 시체를 성채로 운구하지 않은 까닭은 혹시 모를 마법이나 술법 따위에 의해 성주의 진짜 사인이 밝혀질지도 모른다고 두려워했던 탓이다.

그래서 여름이라도 이렇게 추위가 느껴질 정도로 깊은 계곡에 성주의 시체를 던져 버리고 돌아간 거였다.

누군가가 이렇게 시체를 찾아 신분을 위장하리라는 생각은 못 하고.

"그러니까 내가 빅터 모습으로 성채에 들어가더라도 놈들은 자기들이 성주를 죽였다고는 입이 찢어져도 말을 못 한다는 소리지?"

─그렇습니다. 시체를 찾지 못했다고 자신들의 입으로 증언했으니, 성주가 구사일생으로 살아 돌아왔다고 말하면 반론하

지 못할 것입니다.

상황이 재미있다. 자기들이 죽였음에도 죽였다고 말을 못 하며 고개를 숙여야 하는 형국이니.

─대신 배반자들은 돌아온 성주를… 새 주인님을 어떻게든 처리하려 하겠죠.

당연하다. 배반자들은 확실하게 성주를 죽였고 그 죽음도 확인한 후에 절벽에서 던졌다. 그러니 돌아온 성주가 가짜란 걸 누구보다 잘 안다.

가짜 성주가 태연히 성채에 들어와 전권을 냉큼 집어삼키는 꼴을 배반자들이 보고만 있겠는가? 그들은 그러자고 위험을 감수하고 성주를 죽인 게 아니다.

─물론 보자마자 다짜고짜 공격하지는 않겠지만, 무슨 수를 써서든 먼저 칠 명분을 손에 넣거나 가급적이면 몰래 죽일 방법을 찾으려 할 것입니다.

배반자들의 입장에서는 내가 가짜 성주라고 증명하는 게 가장 확실할 것이다. 그럼 일사천리로 처형할 수 있을 테니까. 그러다 안 되면 암살이라도 하겠지.

어쨌든 내 목숨을 노릴 것은 분명했다.

진짜 빅터의 신분값이 꽤히 싼 게 아니었다.

루브스 때도 스파타 때도 뭐 살해 위협이야 받았다지만, 이렇게 주류 세력이 노골적으로 목숨을 노리는 건 전례가 없었다.

심지어 이번 상대는 권력뿐만 아니라 무력까지 겸비한 기사 세력이다. 시티 오브 화이트의 투기장에서처럼 정정당당히 맞서 싸울 기회는 없으리라.

…그때 일이 정정당당했냐면 뭐 그렇지는 않았지만 그거야 뭐 어쨌든.

"그래도 가울의 성채라는 유적은 탐난단 말이지."

고대 제국 시대에 세워진 건축물은 상당수가 유적이었다. 가울의 성채 또한 마찬가지다.

더욱이 제국 교체기에도 자신의 세력을 보존한 가울 가문의 성채이니만큼 약탈당한 적도 없을 테고, 따라서 유물들도 잔뜩 남아 있으리라.

―던전은 성채 지하에 따로 있습니다만.

라플라스가 오랜만에 유적과 던전을 구분하려 들었다.

"그거 정확히는 지하통로잖아?"

충신이라던 가울 가문이 고대 제국은 물론이고 가신들조차 모르게 지어놓은 비밀 탈출구이자 비밀 창고였다.

고대 제국이 아직 정정하던 시기에는 성채의 우두머리는 성주조차 아니고 임명된 장군에 불과했다. 그런데 제국의 군사시설에 시설 관리자에 불과한 장군이 혼자 도망칠 비밀 통로를 만들었다는 게 들켰으면 탄핵은 물론이고 중대한 처벌을 피할 수 없었으리라.

고대 제국이 멸망한 지금도 들키면 큰일 나는 건 마찬가지다. 성주의 통치 명분이 고대 제국에게 임명받은 충성스러운 가문의 후예라는 점에서 나오는데, 그 성주의 조상이 제국에의 불충을 저질렀다는 게 알려지면 어떻게 될까?

이렇다 보니 통로의 존재에 대해선 당연히 라틀란트 제국도 모르고, 오직 가울 가문을 이어받은 가주만이 그 존재를 안다.

—비밀 통로는 맞습니다만 던전입니다.

라플라스는 자신의 주장을 굽힐 생각이 없는 모양이었다.

—미로와 함정과 보물이 있는데 어떻게 던전이 아닙니까?

"뭐, 보물?!"

—…트레저 헌터의 능력이 그걸 보물로 판정할지에 대해서는 저도 확언은 못 합니다만.

"하긴 뭐 그렇지."

나는 납득하고 고개를 끄덕였다.

아무튼 결론은 하이 리스크, 하이 리턴이다. 보통 사람이라면 리스크 관리를 위해 포기할지도 모르겠지만 트레저 헌터인 나는 유적을 포기할 수 없다.

그러므로 내릴 결론은 하나밖에 없다.

"좋아, 가자."

뭐, 위험해지면 월계관의 무적이라도 켜면 되겠지.

나는 조금 안이하게 생각했다.

*   *   *

나는 비밀 통로, 혹은 던전, 혹은 유적으로 향했다.

어디까지나 군사시설인 성채 안에 들어가려면 내부인의 신분이 필요했다. 가울은 이미 죽은 몸이니 아예 다른 신분을 또 사라는 소리였는데, 나는 그런 과소비를 할 생각이 없었다.

게다가 비밀 탈출구로 들어가려면 성주의 방으로 들어가야 하는데, 이미 자신들의 성주를 한 번 살해한 기사단이 외부인을 성주의 방으로 들여보내 줄까?

물론 3야급의 흑법을 익히고 어둠장막의 단검까지 지닌 나는 숨어서 들어갈 수도 있지만, 애초에 그럴 필요가 없었다.

비밀탈출구의 성채 바깥으로 난 출구 쪽을 통해서 들어가면 되므로.

"이걸 또 보네."

출구 쪽을 뚫고 들어갈 때에도 안면 인식을 받았다. 안면 인식은 루브스 때도 한 번 봤었던 기술이다.

―같은 시대 기술이니까요.

라플라스는 당연하다는 듯 대답했다.

"이것 때문에 빅터의 신분이 필요하다는 거였군?"

어차피 비밀 통로로 들어갈 건데 왜 신분을 사라고 했었는지 좀 의문이었는데, 여기서 그 이유가 밝혀졌다.

빅터의 모습을 취하고 있던 나는 당연히 아무 문제 없이 뚫었다. 루브스 때와 마찬가지였다. 라플라스의 같은 시대 기술이라는 언급이 힌트나 다름없었다.

비밀 통로에 입장하자 당연하다는 듯이 탐사일지가 나타났다. 하긴 고대 제국 시대 때 만들었다던 시설인데 유적 취급이 아니었다면 오히려 그게 더 이상했을 것이다.

"좋아, 그럼 탐사를 시작해 볼까?"

　　　　　*　　　　　*　　　　　*

　나는 그 유적을 세심하게 탐사해 탐사 점수를 얻고 유물을 파먹고 함정을 해체하며 루블을 뜯어냈다.

　그런데 생각보다 유물의 양이 많지는 않았다.

　정확히는 유물 판정이 내려진 게 적었다. 돈 될 만한 것들은 많았으나 현 라틀란트 제국 시대에 만들어진 귀중품들이라 그런 듯했다.

　그냥 버리고 가도 상관은 없겠지만 나는 일단 챙기기로 했다. 어차피 나 아니면 챙길 사람도 없는 데다, 돈은 많을수록 좋긴 하니까.

　게다가 가울 가문의 비자금조로 쟁여놓은 귀중품들인지라 환금성은 높은데 추적은 잘 당하지 않는 물건이 많았다. 일련번호 같은 게 새겨지지 않은 금괴라든가, 뭐 그런 것들.

　유물 쪽으로 특이한 건 고대 제국의 유물은 단 하나도 남아 있지 않다는 점이었다.

　변경 너머의 야만족 왕국에서 나온 유물은 있고, 심지어 저 멀리 떨어진 대륙 동부가 뿌리인 고대문명 시대의 유물마저 있었음에도 불구하고.

　"아마 다 팔아치웠겠지?"

　고대 제국의 유물은 어마어마하게 비싸게 팔린다고 라플라스로부터 들은 적이 있다. 그냥 비싸게 팔리는 것도 아니고 돈으로 살 수 없는 것도 고대 제국의 유물로는 살 수 있을 정도라고. 그러니 팔아치웠겠지. 빤하다.

이 유적에 유물은 적고 현시대의 귀중품은 많은 이유는 가울 가문이 끊임없이 유물을 팔아치우고 귀중품을 사 모았기 때문이다. 일종의 유물 재테크라고 해야 하려나? 원래 소유주들에겐 좋은 치부 수단이었으리라.

그거야 뭐 어쨌든.

"탐사 점수가 너무 적은데……."

파먹는 트레저 헌터, 즉 내 입장에선 미치고 팔짝 뛸 일이었다. 그렇게 유적 탐사가 다 끝나갈 무렵.

"보물이다!"

막판에 보물이 발굴되는 대박이 터져 버렸다.

명목상으로는 고대 제국 시대 장군이었던 가울 가문의 선조가 남긴 전리품이자 가보라 쉬이 팔지 못했다던데, 내가 보기엔 그냥 돈 안 돼서 안 판 게 맞는 거 같다.

사실 비싸게 안 팔리는 게 당연했다. 금도 은도 아니고 철로 만든 물건이니. 그래도 가보라고 관리를 잘해놔서 지금 시대까지 남아 있는 것 같았다.

"…고맙다!"

나는 방금 전까지 신나게 욕하던 가울 가문의 사람들에게 감사를 표했다.

─그런데 그게 뭔가요?

라플라스는 이 쇳덩어리가 보물인지도 몰랐던 듯 내게 물었다. 하긴 그냥 보기엔 용도 불명의 쇳덩어리니, 아무리 대현자라도 이 보물의 진가를 모를 만도 했다. 게다가 이 쇳덩어리만으로는 아무것도 못 하니 더더욱 그랬겠지.

"이거? 활이야."

—…예?

"활. 몰라? 그, 시위를 당겨서 화살을 쏘는……."

—아뇨, 활이 뭔지는 압니다만. …그 철봉이 활이라고요?

"응. 의외지? 사실 나도 의외야."

[유물감식 3]이 없었더라면 나도 몰랐을 거다.

그냥 무게 20㎏ 정도 되는, 1.5m 정도 길이의 곧게 뻗은 철봉이 활이라니. 화살을 쏘는 모습을 쉽게 상상하긴 힘들다.

게다가 사실 이 모습도 손상된 모습이라, 여기다 시위 감아준다고 바로 화살을 쏠 수 있는 것도 아니다.

"라플라스, 이 주변에서 이런 거 구할 수 있어?"

나는 복원에 필요한 몇 가지 재료를 입에 올렸다.

—…그걸 어디에 어떻게 써야 그게 활이……. 아니, 아닙니다. 해당 재료들은 국경을 넘어서 야만족의 땅으로 가야만 얻을 수 있는 것들이겠군요. 자세한 정보는 유료입니다만…….

"그렇군. 당장은 입수가 곤란한 것들인가……."

내가 입에 올리면서도 왠지 그럴 것 같긴 했다. 나는 긴 한숨을 토해내며 말했다.

"[유물 복원 3]으로 보물도 복원이 되길 바라야겠군."

제발 됐으면 좋겠다.

그 외의 유물들은 솔직히 별 가치가 없는 것들로, 그냥 안 팔려서 놔둔 거라는 내 가설을 뒷받침하는 물건들이었다. 기능이 붙은 유물이 하나도 없으니 수준이 빤하다.

"이거 보물이라도 하나 안 건졌으면 욕 나올 뻔했네."

하지만 그 유물들 덕에 탐사 점수를 받아 챙겼으니 사실 욕할 일은 아니지.

"이거라도 남겨주셔서 감사합니다……."

─표정이 자주 변하시네요.

"사람의 마음은 갈대 같은 거야."

나는 뻔뻔하게 대꾸해 주고는 [탐사일지]를 열었다. 비록 [트레저 헌터의 유적 탐사 능력]을 강화할 탐사 점수는 벌지도 못했고 애초에 리스트에 뜨지도 않았지만, 보물로 받은 점수 덕에 [유물 복원]은 강화할 수 있어서 3단계까지 올렸다.

"좋아, 시도해 볼까!"

나는 다시 철봉을 꺼내 들고 유물 복원을 써보기 위해 노력했다. 하지만 기대와는 달리 [유물 복원 3]으로도 보물은 복원하지 못했다.

"아니, 왜!"

─보물은 전시 점수로 복원하라는 거 아닐까요?

그러고 보니 전시 점수로 그런 게 가능했었다.

당초에는 어차피 유물 복원으로 복원하면 되는데 그게 무슨 소용이냐는 생각을 했었지만, 지금은 남은 희망을 전시 점수 쪽에 걸 수밖에 없는 건가?

"어차피 어떻게 쓰는지도 모르는데, 뭘."

트레저 헌터의 능력처럼 얻자마자 본능적으로 쓸 수 있는 것도 아니고, 전시 점수가 모이긴 했는데 이게 많은 건지 적은 건지도 모르겠고, 애초에 어떻게 쓰는지조차 모르겠다.

—보조가 아닌 정식 큐레이터가 되면 쓸 수 있을지도 모르죠.

"…그렇다고 믿어야겠지."

확실하지 않은 가능성에 너무 기대를 많이 거는 것 같지만, 지금으로선 그거 말고 다른 방법이 없다.

아니, 사실 있긴 하다.

보물 하나 써먹자고 루블 써서 기술 배워서… 직접 손으로 복원하는 방법이 남아 있다.

"하지만 피 같은 루블을 쓰느니 확실하지 않은 가능성에 거는 게 더 낫지 않을까?"

—…루블도 많이 버셨으면서……. 이제 슬슬 좀 쓰시는 게 어때요?

라플라스가 질렸다는 듯 말했다. 나는 고개를 저었다.

"루블을 많이 번 건 내가 그만큼 죽음을 많이 극복했기 때문이잖아."

—죽음을 극복하신 건 맞습니다만……. 솔직히 이번 유적에선 무적으로 그냥 넘어간 구간이 너무 많았잖습니까?

"응, 뭐. 그렇긴 했지만."

이번 유적에서만큼은 라플라스의 말이 맞다.

이번에는 공략도 안 사고 무작정 유적에 들어서서 위험할 때마다 무적 커면서 쉽게 쉽게 넘어갔다. 비축해 둔 올리브 나뭇가지를 2개 정도 쓰긴 했지만, 그냥 황금빛으로 빛나면서 통로를 걸어 다닌 게 전부였다고 해도 과언은 아니었다.

이러니까 내가 안이해질 수밖에 없지…….

"아무튼 올라가자."

나는 비밀 통로를 완전히 빠져나와, 성주의 집무실로 통하는 문을 열었다.

빅터의 목숨을 노리는 놈들이 우글우글한 가울의 성채로 나는 드디어 발을 들였다.

"역시……."

나는 각성창 안에 생성된 탐사일지를 보고 몸을 부르르 떨었다.

"여기도 유적이었어."

성채는 비밀 통로와 별도의 유적으로 체크되는 모양이었다. 하긴 비밀 통로는 가울 가문이 요새를 사유화하면서 새로 만들어낸 것이니 그렇게 될 만도 했다. 예상은 했다. 예상대로였지만, 예상이 틀릴 수도 있었으니 안도할 수밖에 없었다.

"자, 그럼 호랑이 굴에 머리를 들이밀어 볼까?"

내가 있는 곳은 성주 집무실이라, 설령 내가 빅터의 모습을 취하지 않았더라도 침입자로 취급당할 테니 목숨이 위험한 건 마찬가지다.

따라서 나는 그냥 흑법으로 몸을 숨기기로 했다.

"빅터로도 다른 신분으로도 안 되면 그냥 아무도 없는 걸로

하면 되지."

일부러 시간까지 밤으로 맞춰 나왔다. 흑법을 쓰기엔 최적의
시간대다. 나는 성채 안을 마음껏 돌아다니다가 피할 곳이 없
거나 좀 위험하다 싶으면 어둠장막의 단검까지 쓰면서 숨어 다
녔다.

이 성채에서 괴도를 막을 자는 아무도 없었다.

'그러고 보니 이러려고 흑법 배운 거였지?'

─네, 분명 그러셨죠.

라플라스가 해탈한 것 같은 목소리로 대답해 주었다.

이 녀석, 불교도였나?

*   *   *

나는 이 성채에서 괴도를 막을 자가 없다고 생각했었다.

어쩌면 방심한 것인지도 모른다.

나 자신도 4검급이면서도 4검급 기사의 직감 능력을 과소평
가한 게 방심의 원인이었다.

4검급의 직감보다도 좋은 위기 감지 능력을 지니고 있으니
과소평가할 수밖에 없지만, 나는 내가 감지당할 경우에 대해
생각해 본 적이 없었다.

채앵!

이 성채의 유일한 4검급 기사인 근위대장이 번개같이 칼을
빼어 들어 나를 향해 휘둘렀다는 사실을 깨달은 것은 그 공격

을 막아낸 이후의 일이었다.

정말 아무 생각 없이, '저것들도 날 발견하지 못하겠지?' 이런 생각으로 딱 봐도 경지가 높아 보이는 기사 옆을 그냥 지나가려고 한 게 화근이었다.

검강은커녕 검기조차 깃들어 있지 않은 공격이라 내 목숨을 조금도 위협할 수 없었던 탓에 위기 감지조차 켜지지 않았기에, 이 공격을 막은 것은 어디까지나 4검급의 직감 덕이라 할 수 있었다.

"흐음."

이대로 어둠장막의 단검을 써서 이 자리를 빠져나가는 것도 생각은 해볼 만했다.

물론 그러면 성채 내부의 경계가 강화되어 조금 귀찮아지겠지만, 이 근위대장만 아니라면 모두 3검급 이하라 별 위협이 되지 않는다.

그럼에도 불구하고 내가 흑법을 풀어버리기로 결정한 것에는 이유가 있다.

"그러고 보니 이 녀석 4검급이었지?"

─그렇긴 합니다만……. 새 주인님?

나와 같은 4검급. 이 변경에는 별로 많지도 않은 실력자인데다, 딱 싸워볼 만한 상대다.

주위엔 방해꾼도 없다. 공간도 적당히 널찍하니 괜찮고. 상황이 너무 좋다.

그래서 나는 그냥 모습을 드러내기로 결정했다.

"……! 성주님! 무사하셨습니까?"

내가 모습을 드러내자 잠깐 놀란 근위대장은 뻔뻔하게도 이런 소릴 했다.

갑자기 빅터 가울의 모습이 눈앞에 보이니 반사적으로 반응한 듯했다. 어쩌면 버릇일지도 모르겠다. 평생을 성주를 섬기며 살아온 남자니 그럴 수도 있었다.

그러고 보니 이 녀석 이름이 뭐더라?

…뭐 아무렴 어때.

"닥쳐라. 나를 죽인 것은 너다. 그 핏값을 받기 위해 지옥에서부터 기어 올라왔다."

나는 일을 복잡하게 풀어 갈 생각이 없었다. 따라서 그냥 일을 간단하게 만들기로 했다.

"덤벼라. 아니면 내가 먼저 가겠다."

대화는 칼로 나누면 그만이다.

나는 곧장 칼을 뽑아 휘둘렀다.

"큭!"

근위대장은 얼굴을 흉신악살처럼 구기며 내 칼을 받았다.

챙, 챙!

단 두 번, 검격이 오갔음에도 근위대장의 얼굴에 황망함이 깃들었다.

동시에 놈의 칼에 흰빛이 서렸다. 검기를 뽑아냈다는 의미였다. 검기를 막으려면 검기가 필요하니, 나도 검기를 뽑아냈다.

차라랑! 내 칼을 두부처럼 베어 버리고 곧장 내 목을 잘라 떨어뜨릴 요량으로 휘두른 검이 같은 검기에 막히자 근위대장의 얼굴에 당혹이 서렸다.

"성주! 방금 그건… 내력 도금이라니!"

내력 도금이라는 표현은 조금 마음에 안 들지만, 그거야 뭐 아무래도 좋은 일이다.

그래, 맞다. 빅터 가울은 본래 3검급조차 되지 못했다.

가울 가문이 명장의 혈통으로 유명했던 건 고대 제국 시대의 이야기다. 그저 혈통만으로 정통성을 인정받을 수 있었던 그 후예들이 모두 검에 통달할 수는 없고 사실 그럴 필요도 없다. 그리고 빅터 가울 또한 검은 취미로 휘두른 정도에 속했다.

검과 검기에 인생을 바쳐 비로소 4검급이라는 경지에 오른 근위대장의 눈에는 빅터 가울이라는 자신의 주인이 어떻게 비쳤을까?

뭐, 하찮게 비쳤겠지. 그러니 배신했을 테고, 그래서 죽인 것이리라.

그런데 그 하찮던 성주가 검기를 뽑아냈으니 근위대장의 입장에선 놀랄 만도 했다.

"지옥에서 배워 왔다. 오로지 네 목을 치기 위해!"

나는 헛소리를 뱉으며 검투사의 기술을 활용해 검기를 두른 칼을 내찔렀다.

왕의 검법에 비하면 심하게 손색이 있는 기술이나 사람을 상대하는 데에 있어선 참고할 점이 있었다. 근위대장은 급히 칼을 휘둘러 내 공격을 흘렸다. 검기와 검기가 서로 상응해 마치

용접이라도 하듯 불꽃을 튀겨 대었다.

"…고작 그 정도로는 내 목을 벨 수 없소, 성주!"

부우웅.

뒤로 물러난 근위대장이 검에 내력을 집중하자, 검을 코팅하듯 둘러졌던 검기가 폭발적으로 뿜어져 나오더니 빛 무리처럼 검 주변을 떠돌다 이윽고 더 큰 검의 모양으로 굳어졌다.

나왔다! 검강이다! 역시 4검급이 맞았어!

나는 희열을 숨기기 위해 입술을 혀로 핥았다. 이러한 나의 반응을 어떤 뜻으로 받아들였는지, 근위대장은 자랑스러운 기색을 숨기지도 않고 말했다.

"이것이 내력 발출이오. 성주껜 몇 번 보인 일은 있지."

아냐, 그거 검강이야. 나는 나만의 주장을 속으로만 펼쳤다.

그저 검강을 꺼내 보인 것만으로도 승리를 확신하기라도 한 듯, 근위대장은 단호하게 선언했다.

"그러나 몸으로 경험하는 것은 처음일 것이오."

"그건 너도 마찬가지일 것이다, 배신자!"

부우웅.

내 칼에도 내력이 흘러나와 더 큰 검의 모양으로 굳어졌다. 이제까지도 몇 번이나 놀라는 모습을 보인 근위대장이지만, 이번만큼 크게 놀란 건 처음이었다.

"뭐냐! 그건!! 그런 게……!"

기껏 검강까지 뽑아놓고 칼은 안 휘두르고 헛소리나 늘어놓다니. 놈의 태도가 마음에 들지 않은 나는 즉각 놈의 말을 끊고 외쳤다.

"너도 지옥에 가면 알 게 될 것이다! 배신자가 갈 곳은 지옥뿐이다! 죽어라!!"

헛소리를 들을 생각은 없지만 들려줄 생각은 있었다.

하지만 헛소리보다 좋은 건 칼부림이다.

왜 이 좋은 걸 예전엔 몰랐을까?

지금이라도 알았으니 다행이다.

나는 칼을 휘둘렀다.

펑!

검강과 검강이 부딪히니 서로 반응해 작은 폭발이 일어났다.

검강끼리 부딪히면 이렇게 되는지도 몰랐다. 역시 사람은 실전을 치러야 한다. 입 안이 바짝바짝 탔지만 동시에 뇌에서는 호르몬이 잔뜩 나왔다.

너무너무 재밌다!!

몇 번이고 폭발을 일으키고 때로는 흘려 내거나 피하기도 하면서 나와 근위대장은 몇 번이고 칼을 나누었다.

그리고 서로 크게 힘을 주어 칼을 맞부딪히고 폭발 때문에 물러난 틈을 타, 근위대장은 내 눈을 똑바로 바라보며 말했다.

"…성주. 왜 웃고 있으시오?"

근위대장의 입장에서는 이상할 것이다. 복수심에 불타 지옥에서 올라왔다는 설정의 남자가 그 원수를 앞에 두고 당장 목을 치지도 못하면서 웃고 있으니 말이다.

그야 설정이니까 그렇지……

하지만 나는 사실을 털어놓을 생각은 털끝만큼도 없었다. 그리고 변명도 할 생각이 없었다.

왜 말을 해? 좋은 칼 놔두고?

부우웅! 휙! 쾅! 쾅! 칼과 칼이 맞부딪혀 빛과 폭발을 뿜어내었다.

이렇게 자극적인 상황인데 사람들이 몰리지 않을 이유가 없다.

오히려 왜 이제야 사람들이 온 건지 의문이다.

"대체 이게 무슨 상황… 성주님!"

"아니, 근위대장님?"

"이게 무슨 일입니까?"

근위대장의 얼굴에 당혹감이 서렸다.

그러나 나는 사람들의 의문을 풀어 줄 생각이 없었다.

그저 지금은 칼을 휘두르고 싶을 뿐이다.

"결투다! 모르는가? 검사끼리 칼을 겨루는 행위다."

"예?"

내 헛소리에 모여든 사람들의 얼굴에 의문이 떠올랐다.

"덤벼라! 덤비지 않으면 내가 먼저 간다!"

그리고 나는 근위대장이 반응하기 전에 먼저 칼을 휘둘렀다.

부우웅, 쾅! 쾅!

"내, 내력 발출?!"

"성주께서 검의 주인이시라니!"

"이게 대체 무슨 일이야?"

이제야 내 칼에 서린, 내력으로 이뤄진 빛 무리가 눈에 들어온 건지 사람들의 경악성이 내 귀를 즐겁게 했다. 그래, 관객들은 방해하지 말고 물러서 있어. 지금은 내가 즐길 시간이다!

"멍청한 놈들! 저건 성주님이 아니다! 저 내력 발출을 보고도 모르겠나?"

그러나 근위대장은 별로 즐길 생각이 없는 모양이었다. 게다가 하는 말이 맞는 말이다. 설득력이 느껴진 건지 내가 빅터의 얼굴과 복장을 취하고 있음에도 불구하고 사람들은 의심의 눈초리를 내게 보내기 시작했다.

나는 속으로 혀를 찼다. 상황이 재미없게 돌아가기 시작했다.

이대로 날뛰는 것도 방법이지만, 빅터의 칼에 쓸데없는 피를 묻히고 싶지는 않았다. 양민 학살은 취향이 아니었다.

"근위대장, 나는 날 죽인 널 죽이기 위해 지옥에서 돌아왔다."

내가 한 말에 듣고 있던 사람들의 얼굴에 경악이 서렸다. 근위대장을 비롯한 기사들의 증언을 들은 사람들은 빅터가 실족사했다고 믿고 있었는데, 빅터의 얼굴로 이런 소릴 하니 진위는 일단 차치하더라도 놀랄 수밖에 없었다.

"지금은 일단 돌아가지만 나는 다시 나타날 것이다. 기어코 널 죽일 그날까지, 몇 번이고!"

나는 되는 대로 늘어놓고 곧장 어둠장막의 단검을 써 물러났다. 이러면 그냥 내가 갑자기 사라진 것처럼 보이리라. 근위대장이야 4검급이라 어둠장막이 통하지 않지만, 여기에 흑법까지 가미하면 내 몸 하나 빼는 데에는 별 어려움이 없다.

완벽한 연출이다!

다음에 또 놀자고.

장막 너머에서 빙긋 웃은 나는 자리를 벗어나 성채의 탐사를 재개했다.

시간 좀 끌다가 다시 근위대장이 혼자 남을 때를 기다릴 생각이었다.

*　　　　　*　　　　　*

그 후로 내 일상은 단조로워졌다. 성채의 탐사를 계속하다가 밤이 오면 망령처럼 근위대장을 찾아 떠돌았다.

초반에는 별 변화가 없었다. 근위대장에게도, 성채에도. 물론 나에게도. 내가 나타나 근위대장을 비롯한 기사들이 성주를 죽였다고 말했지만, 그 증언이 성채의 여론을 바꾸지는 못했다.

그야 그럴 수밖에 없는 일이다. 근위대장은 성주가 없는 이 성채의 사실상의 1인자로서 군권을 틀어쥐고 있었다. 이 성채 안에서만큼은 그는 독재자이자, 군주이자, 왕이었다.

더욱이 근위대장이 이끄는 기사단에는 3검급의 강자가 셋이나 있었고, 근위대장 본인 또한 4검급의 강자였다. 그리고 성채의 기사들 상당수가 근위대장의 편에 서 있었다. 성주의 세력은 얼마 전에 모두 살해당했으니 당연하기까지 한 일이었다.

1검급만 되어도 일반 병사를 상대로 쉬이 우위를 점할 수 있는데, 구심점이 될 기사도 없이 기사단과 맞붙는 건 자살행위였다.

그러니 누군지도 모르는 자칭 성주의 악령이 무슨 말로 탄

핵을 하든 흔들릴 이유가 없었다. 여론이야 좀 험악해졌지만, 그 험악해진 여론 또한 곧 탄압되어 없어졌으니 겉으로 보기에는 아무 일도 없었다.

변화가 생기기 시작한 건 일주일쯤 지난날의 일이었다.

근위대장은 일주일 동안 잠을 제대로 자지 못했다.

어쩔 수 없었다. 내가 혼자 있을 때만 골라서 습격했더니 계속 누구랑 같이 다니길래, 그럼 침실을 습격해야겠다고 마음을 먹을 수밖에 없지 않은가?

그랬더니 이젠 기사들을 모아서 병사들을 내쫓고 병사들의 막사에서 자더라.

치사하기 짝이 없는 근위대장의 행태에, 나는 고민하다가 결국 하고 싶지 않았던 짓까지 하게 되었다.

놈이 화장실을 갈 때 덮치기로 한 게 그거였다.

물론 내 목적은 근위대장을 암살하는 게 아니라 검을 맞대는 것이었기에, 놈이 일을 다 보고 뒷처리까지 끝내는 걸 확인하고 습격했다.

솔직히 보고 있고 싶지는 않았지만, 타이밍을 맞춰서 습격하려면 어쩔 수 없었다.

이걸 한 일주일쯤 했더니, 근위대장이 슬슬 미치려고 들었다.

"이 빌어 처먹을 악령 놈! 목적이 뭐냐!"

"몰라서 묻는 건가? 네 목숨이다."

나는 태연히 거짓말을 했다. 그러자 근위대장이 미친놈처럼 외치며 목을 내밀었다.

"그럼 죽여라! 차라리 죽여! 이렇게 사느니 죽고 말겠다!"

아까도 말했지만 내 목적은 놈의 죽음이 아니다. 그래서 대충 헛소리로 때웠다.

"네가 원하는 죽음을 줄 리 없지 않은가? 그래서야 내 원한이 안 풀린다."

"뭐, 뭘 어떻게 해야 이걸 끝내줄 건데?"

"검을 뽑아라. 정정당당히 싸우자."

내가 담담히 원하는 바를 말해주자, 근위대장은 눈이 뒤집어져서 외쳤다.

"아니, 세상에 이런 악령이 어디 있어?!"

"소리 지르지 마라. 또 방해받지 않나?"

"아니!"

괜히 또 소릴 지르려고 하기에, 나는 그냥 칼을 휘둘렀다.

슬픈 4검급의 본능은 그 칼을 막지 않을 수 없게 만들었다. 챙! 칼과 칼이 부딪히며 날카로운 금속음을 내었고, 내 입가에는 호선이 그려졌다.

"오늘도 한바탕하자고."

"아니……!"

아까부터 아니라는 말밖에 못 하게 된 근위대장은 지능이 조금 떨어진 것처럼 보였다. 칼끝도 많이 흔들렸고. 극도의 스트레스로 제 실력을 못 내는 것 같았다.

이래서야 내가 만족할 만큼 싸울 수가 없다. 역시 자는 걸 깨워서 싸우자고 한 건 너무했나. 나는 반성했다.

"냄새가 심하군. 씻고 와라. 그 정도는 봐주지."

나는 적당히 변명을 늘어놓으며 어둠장막의 단검을 써서 빠져주었다.

"아니! 누가 싸는데 들어오래!!"

근위대장이 고래고래 소리 지르는 모습에 나는 그건 그렇지, 하고 고개를 끄덕여 주었다.

＊　　　＊　　　＊

근위대장이 미쳤다!

침실에 남자들을 끌어들일 뿐만 아니라, 화장실까지 같이 가자고 하더라!

나쁜 소문의 발이 더 빠르다는 속설은 이번에도 사실로 증명되었다. 성채 안의 여론이 며칠 전과는 다른 의미로 뒤숭숭해졌다.

이러한 나쁜 소문은 기사들의 충성도와 지지도를 빠른 속도로 떨어뜨렸다.

아니, 설령 소문이 아니더라도 상급자와 함께 잠도 자고 밥도 먹고 화장실까지 같이 가야 하는데 충성도와 지지도가 남아날 리가 없다.

사실상 성채의 지도자로서 주위의 시선에 민감해질 수밖에 없는 근위대장에게 있어 이런 주변 시선이 유쾌할 리 만무했다.

차라리 성주를 죽였다는 소문이 나도는 게 나을 정도다. 조롱의 대상이 되는 것보다는 두려움의 대상이 되는 것이 다스리기엔 훨씬 편하니까.

상황이 이렇다 보니 근위대장의 기분과 컨디션도 그야말로 최악이었다.

"요즘 칼끝에 매가리가 없군. 슬럼프인가?"

"너 때문이잖아, 이 미친 망령아!"

이제는 최소한도의 꾸밈조차 남아 있지 않은 솔직담백한 근위대장의 대답에, 나도 안타까움을 담아 솔직한 발언을 되돌려 주기로 했다.

"성채 내의 소문으로 듣기론 미친 건 너라던데."

"아, 제발……! 닥쳐!!"

"내가 왜 그래야 하지?"

내가 이러는 건 근위대장을 괴롭히거나 놀리는 데에 어떤 쾌감을 느끼기 시작했기 때문이… 아니다. 이러한 도발 행위는 모두 근위대장의 분노를 끌어올리기 위한 것이었다. 이래야 근위대장의 진짜 실력을 끌어낼 수 있을 테니까.

그러나 나는 어느 시점부터 이러한 행위가 더 이상 어떤 의미도 빚어내고 있지 못하다는 점을 인정할 수밖에 없게 되었다.

근위대장이 아무리 분노해도 더 강력하거나 뛰어난 검술을 끌어내지 못하고 있었다. 내게 일상생활을 방해받는 탓에 컨디션 저하가 심각한 것도 있지만, 꼭 그런 것만은 아닌 것 같았다.

슬슬 검을 맞대고 있어도 배울 게 없다. 이제는 근위대장의 컨디션이 만전이어도 내가 이길 것이라는 확신이 들 정도다.

"이제 그만 죽여야겠군."

나는 나른하게 혼잣말을 흘렸다.

내가 빅터 본인은 아니지만 그의 신분을 이어받은 자로서 최소한의 도리는 해야 되지 않을까? 그런 생각에서 무심코 흘린 말이었다.

아, 물론 근위대장을 완전히 제압해야 축의금 20루블이 들어올 거라는 계산도 깔려 있다. 카를은 이자에게도 죽은 적이 있을 테니까. 참고로 카를의 복수는 카를 본인이 했을 테니 굳이 내가 대신해 줄 필요는 없다.

그런데 내 혼잣말을 들은 근위대장은 화들짝 놀랐다. 이미 그도 혼자 힘으로 내게 이길 수 없음을 깨닫고 있는 것이리라.

"왜… 왜?!"

"며칠 전에 내게 죽여 달라고 말했지 않은가? 좀 늦었지만 그 소원을 들어주려고 한다."

"그, 근위대! 근위대!"

그러자 마치 기다렸다는 듯 문이 열렸고, 근위대 기사들이 우르르 달려 나왔다.

그런데 분위기가 조금 이상했다.

근위대 기사들이 꺼내 든 칼의 끝은 내가 아니라 근위대장을 향하고 있었다.

"뭐, 뭐야?!"

시선에 민감한 근위대장이 이 상황의 의미를 못 알아챌 리 없다. 그럼에도 묻는 건 그만큼 받아들이기 힘든 상황이기 때문이리라.

*   *   *

"대장, 그만 성주의 원한을 풀어드리시오."

근위대 중 한 명이 나서서 이런 소릴 했다. 그런 부하의 말에 근위대장의 낯빛이 확 나빠졌다.

"미친! 이 미친 망령뿐만 아니라 너희들마저 미쳐 버린 것이냐?!"

누가 미친 망령이냐. 하지만 나는 괜한 불똥을 맞고 싶지 않았기 때문에 가만히 있었다. 대신 다른 놈이 건들거리며 근위대장의 말을 받았다.

"아니, 그냥 대장도 성주 죽이고 그 자릴 차지했는데. 우리라고 못 할 게 있을까?"

안 그래도 낯빛이 안 좋았던 근위대장의 얼굴이 시커멓게 죽었다.

"감히… 네깟 것들이……!"

목소리로는 분노를 드러내고 있었지만 잔뜩 굳어 버린 표정은 상황이 얼마나 안 좋은지 잘 나타내고 있었다. 그리고 그러한 근위대장의 반응은 근위대 일당에게 자신감을 부여했다.

"핫하, 죽어라! 대장!!"

앞에 선 놈이 자신만만하게 칼을 휘둘렀다. 그 칼에는 희게 빛나는 검기가 서려 있었다. 녀석, 3검급이었구나.

근위대장은 나와 맞대고 있던 칼을 돌려서 배신자를 상대했다. 부우웅, 하는 이제는 친숙하기까지 한 소리와 함께 튀어나온 검강이 배신자의 칼을 부수고 그 심장을 꿰뚫어 버렸다.

"커어억!"

뭐, 예상된 일이다. 아무리 컨디션이 안 좋아도 4검급은 4검급. 1:1의 싸움이라면 근위대장이 3검급 상대로 질 리가 없었다.

"내가 여기서 죽더라도, 한 명이라도 더 데려간다!"

배신자의 심장에서 뿜어져 나온 피로 몸을 적인 근위대장이 악귀와 같은 목소리로 외쳤다.

그러자 당황한 근위대 기사들은 뭐라도 마려운 것 같은 눈으로 나를 바라보았다. 근위대장이 대놓고 내게 등을 보였음에도 내가 멀뚱히 서 있으니 당황한 것 같았다.

"왜?"

나는 뚱하니 물었다.

"아니, 성주…… …죽이려던 거 아니었소?"

"어딜 성주한테 하오체야. 뒈질래?"

당연하지만 내가 근위대 기사들을 도와 근위대장을 죽일 이유라곤 손톱 끝의 떼만큼도 없다.

애초에 이놈들은 근위대장을 도와 빅터를 죽인 놈들이다. 맞은 놈은 기억해도 때린 놈은 기억 못 한다더니, 뻔뻔하게도 내가 자기들을 도와줄 거라고 멋대로 착각했던 모양이다.

"허락한다, 근위대장. 다 죽여라."

"당신이…… 에잇, 알았소!"

이놈이고 저놈이고 왜 다 하오체야? 나는 마음에 들지 않았지만, 그렇다고 근위대장에게 처벌을 내리진 않았다.

어차피 반말 찍찍 싸대던 놈인데 하오체면 태도가 더 괜찮아진 셈이니, 칭찬하면 칭찬했지 화를 낼 일은 아니다.

따라서 나는 아예 칼집에 칼까지 집어넣고 벽에 등을 기대서 싸움을 관람하기 시작했다. 그러자 근위대장은 안심하고 배반자들에게 집중했다.

검강의 폭발력은 굉장했다. 순식간에 기사들의 팔다리가 허공을 날고 목이 데굴데굴 굴러다녔다. 물론 근위대장 본인의 검술 실력이 받쳐주니 가능한 거겠지만.

배반자들은 이렇게 될 거라고는 상상조차 못 한 건지, 도망칠 생각도 못 하다가 순식간에 다 죽었다.

진짜로 검기로 검강을 상대할 수 있을 거라고 믿은 건가? 하긴 이런 변경에서 검강을 봤으면 얼마나 봤겠어. 적어도 상대해 본 적은 없었을 것이다.

경험이 없으니 계산이 안 서지. 당연한 일이다. 보아하니 대충 5:1이면 이길 수 있지 않을까? 하고 안이하게 생각한 것 같았다.

그러나 결과는 이랬다.

다섯을 상대로 압승.

근위대장은 작은 상처조차 입지 않았다.

그럼에도 불구하고 근위대장은 조금도 기뻐하지 않았다. 당연한 결과니 기뻐할 이유가 없긴 했지만, 이유가 그것만은 아닌 듯했다.

"…이런 기분이었군, 성주. 배신당한다는 건……."

근위대장은 긴 한숨을 내쉬며 말했다.

"이제야 좀 당신 기분을 이해할 것 같소."

"아니, 미친. 뭐가 그런 기분이야. 넌 죽이기라도 했지, 난 죽었는데."

이놈이나 저놈이나 뻔뻔한 건 매한가지다.

물론 난 살아 있지만, 지금 이 순간만큼은 빅터 가울의 기분으로 반론했다.

내 반론을 듣고도 근위대장은 오히려 내게 웃어 보였다.

"괜찮지 않소? 이제 같은 기분이 될 테니."

근위대장은 검강을 거두고 칼을 칼집에 밀어 넣었다. 그리고 그 자리에 꿇어앉고는 철갑으로 만든 목 보호대를 풀어내렸다.

뭔 소린가 했더니 슬슬 죽어줄 모양이었다. 갑자기 무슨 심경의 변화인지 모르겠지만, 내 짐작으론 어차피 날 못 이길 거 같으니 고통이라도 안 느끼고 깨끗하게 죽고 싶은 듯했다.

나는 후, 하고 한숨을 내쉰 후 칼을 뽑아 들었다.

"남길 말은?"

"부끄러운 일생이었소. 주인을 배신하고, 부하들에게 배신당하고."

"그렇긴 하지."

내 동의에 근위대장은 처연히 웃었다.

나는 그 목을 쳤다.

데굴데굴, 근위대장의 머리가 굴렀다.

—죽음을 극복하셨습니다! 계좌에 20루블이 입금되었습니다!

라플라스가 통쾌하다는 듯 외쳤다.

물론 이 녀석이 통쾌해하는 건 빅터의 복수가 끝났기 때문이 아니다. 그냥 못 볼 거 보고 다닌 지난 열흘간의 고생이 끝났다는 것이 통쾌했던 거겠지.

하긴 남자 화장실에 따라 들어가는 경험을 살면서 몇 번이나 했겠는가.

…라플라스라면 여러 번 봤겠군. 그것도 본인의 의지가 아니라 대현자의 의지로.

"미안."

나는 사과했다.

왠지 해야 할 것 같았다.

*　　　　　*　　　　　*

라플라스의 설명에 따르면 근위대장의 이름은 비티드. 성은 없는 걸로 되어 있는데, 본인은 속으로 가울이라고 여겼다는 듯했다.

왜 그런고 하니, 사실 그놈은 전전대 성주의 사생아의 아들이었다는 모양이다.

이 정도면 꽤 사연 있어 보이지만, 전전대 성주는 꽤나 망종이라 사방에다 애를 싸지르고 다녀서 이 성채에만 그놈 같은 놈들이 세 자릿수는 있었다.

그럼 이런 출생의 아픔 때문에 빅터에게 원한을 갖고 죽인 건가?

이렇게 여길 만도 하지만 실은 그것도 아니었다. 어릴 때야 그랬을지도 모르지만 머리 좀 크고 사정을 알고 보니 자기 같은 처지의 인간이 성채에 널려 있다 싶을 정도로 많은데 자기만 특별하다고 여기기도 어려웠다.

그럼 왜 갑자기 빅터를 배반하고 죽였느냐? 그 질문에 대한 대답은 다음과 같았다.

─본인 딴에는 죽을 정도로 노력해서 내력 발출까지 가능하게 되었는데 자기에 대한 보상이 전혀 없으니 불만이 쌓인 모양입니다.

라플라스의 말에 나는 어이가 없어져 되물었다.

"아니, 성채 2인자라며? 보상은 그걸로 된 거 아냐?"

─본인 생각에는 부족했던 모양이죠. 4검급도 됐으니, 성주 대리쯤 해도 되지 않을까? 하고 본인의 권력욕을 정당화했던 것 같습니다.

같은 사생아의 자손들을 모아 파벌을 이뤄서 성채의 군부를 먼저 장악하고, 시찰을 나간 틈을 타 성주를 죽여서 실권을 차지한다. 뭐 그런 계획이었고, 그 계획은 실현되었다.

"아, 그 휘하 기사들도 비슷한 느낌인 놈들이었나."

어쩐지 배신을 너무 쉽게 하더라. 결국 똑같은 놈들끼리 모여서 똑같은 짓 한 거였네.

이제야 좀 의문이 풀린 느낌이다.

"되게 인스턴트 같은 놈들이었네."

—사람이 움직이는 데에 복잡한 동기 같은 건 의외로 별로 필요가 없습니다. 그냥 욕망만 있으면 사람은 움직이죠.

인공정령 님의 인간 비판도 오랜만에 들으니 새로운 느낌이다.

아무튼 다 죽은 놈들이라 인물 정보도 공짜인 건 좋았다.

"그런데 왜 내 기억에 이놈들 이름이 없지?"

분명히 빅터 가울의 신분을 위장하기 위한 정보들을 다운로드 받았는데, 근위대장의 이름조차 기억이 안 난 건 이상하다.

그러나 그 이유는 간단하기 짝이 없었다.

—그야 원래 빅터가 근위대장을 비롯한 기사들의 이름을 몰랐기 때문입니다.

빅터 가울은 비티드를 비롯한 자신의 부하들에게 개인적인 관심이 없었고, 따라서 그 이름을 기억하려고 노력하지도 않았다.

따라서 몰랐다.

"아니……"

하긴 평소엔 근위대장이니 어, 거기! 이렇게 부르면 그만이니 굳이 이름을 기억할 필요는 없었겠지.

아무리 그래도 그렇지, 자기 등 뒤를 지켜주는 사람인데 이름도 모르는 건 좀 심했다. 아무래도 빅터에게도 좀 문제가…….

"아니지. 이름을 모르는 게 죽을죄는 아니지."

고작 그 이유로 사람을 죽였다면 죽인 놈이 나쁜 놈이지.

어휴, 나쁜 놈들한테 감정이입 할 뻔했네.

"그랬구나!"

나는 대충 넘어가기로 했다.

굳이 누가 정의고 누가 선이고, 뭐 이런 걸 고찰할 이유가 어디 있겠는가? 그저 나는 내 할 일을 하면 그만이다.

"아무튼 근위대장 놈, 좀 열심히 좀 살지. 4.0이 뭐야?"

나는 투덜거렸다. 그러니까 4.2검급밖에 안 되는 내가 근위대장의 실력을 마지막 한 방울까지 다 빨아먹고 별로 어렵지 않게 죽일 수 있었던 거였다.

결과, 나는 4.25검급이 되었다.

"열심히 수련해서 딱 4.1까지만 올려놓지."

만약 그랬다면 골수까지 뽑아먹어서 4.3까지 올릴 수도 있었을 텐데.

나는 진한 아쉬움을 느꼈다.

―사람이 목적을 정하고 그 목적을 이루면 그보다 더 높이 나아가기 힘든 법입니다.

"검강을 뽑아낼 수 있게 된 뒤론 수련 같은 것도 안 한 모양이로군."

그래서 근위대장 놈의 경지도 딱 4검급이 된 거기서 멈춰져 있었던 모양이었다.

―검강이라뇨?

"검강 말이야."

내 입에서 내력발출이라는 단어가 나오길 바라고 되물은 모양인데, 그런 얕은 수작에 당할 내가 아니었다.

―그럼 창에서 '그걸' 뽑아내면 창강인가요?

"응."

내가 창으로 검기 쓸 때 창기라고 칭하는 걸 망설였던 걸 기억한 모양이다. 하지만 창강은 아무런 문제가 없다. 아무런 문제가 없단 말이다!

통쾌하고 상쾌하다.

―…어쨌든 쿠데타 세력을 소멸시키셨으니, 그들의 폭정과 착취에 시달리던 성채의 민간인들은 한숨 돌리겠군요.

라플라스는 화제를 돌리는 식으로 패배를 인정했다. 나는 관대하므로 그 수작에는 넘어가 주기로 했다.

"아니, 난 고작 하나 죽였는데? 나머진 근위대장 놈이 다 죽였지."

―아무튼요.

듣자하니 근위대장은 둘째 치고 그 휘하 근위대 기사들의 패악질이 말이 아니었다고 한다.

남의 집에 들어가 탐나는 게 있으면 그냥 들고 오고, 부인이 예쁘면 억지로 자기 시녀로 삼았으며, 애가 귀여우면 마음에 안 든다고 두들겨 팼다고 한다.

그나마 남의 집을 빼앗진 않았는데, 왜냐하면 기사들이 이미 성채에서 가장 좋은 집을 차지하고 있어서였다.

대신 마음에 안 들면 불태웠다고 한다. 사람도 집도 전부 다.

"……."

뭐 이런 원초적인 악당 놈들이 있냐. 저러고도 아무도 반항을 못 하니 성채 사람들이 내 탄핵에도 눈도 꿈쩍 안 했지.

자기 집이 불타고 아내가 끌려가고 자식이 얻어터지는데도 아무것도 못 하던 사람들이 뭐? 성주를 죽였어? 하고 갑자기 들고일어날 리가 없지 않은가?

그리고 이런 지옥도가 펼쳐지는데도 방관하고 성주의 집무실에 앉아 성주인 척하기 바빴던 근위대장도 똑같은 놈이다.

그저 그놈의 약탈 대상은 일반인이 아니라 성주였을 뿐이다.

…이렇게 말하니 뭔가 더 괜찮게 들리네.

하지만 죽은 빅터 가울의 입장은 다를 것이다. 그리고 나는 빅터인 척해야 하니 빅터의 입장을 대변해 줘야지.

"그놈은 나쁜 놈이야!"

아무튼 이번에는 내가 도시 정보를 다운로드하지 않은 덕에 실컷 설명을 할 수 있어서 그런지 라플라스는 만족스러워하는 기색이었다.

게다가 내용이 내용인지라 내가 집중해서 설명을 들어주니 녀석의 기분은 최근 들어 최고로 좋아 보였다.

거 다행이네.

*   *   *

어쩌다 보니 내가 이 성채의 나쁜 놈들을 처치한 셈이 되긴 했지만, 그렇다고 이 성채에서 볼일이 끝난 건 아니었다.

아직 성채의 탐사가 끝나지 않았기 때문이다.

이 성채는 어지간한 도시급으로 넓었다. 적어도 시티 오브 카를보다는 서너 배 정도 됐다. 물론 이건 시티 오브 카를이 이름만 도시였던 게 크지만, 그거야 뭐 아무렴 어떠랴.

내가 요 며칠간 성채 안을 열심히 돌아다니긴 했지만 근위대 장이 혼자 있을 기회를 엿보는 걸 중시한 탓에 기본적으로는 성주의 저택을 벗어나지 않았다.

상황이 이렇다 보니 탐사의 진도는 절반도 채 빼지 못했다. 더 솔직히 말하자면 이제야 본격적으로 유적 탐사를 시작하게 된 셈이다.

"뭐, 방해할 사람도 없고 이제 흑법을 꿰뚫어 볼 인재도 없 으니 느긋하게 하면 되겠지."

누가 쫓아오는 것도 아닌데 굳이 서두를 이유야 없었다.

*   *   *

성채를 돌아다니다 보니 좋든 싫든 사람들의 소문이 귀에 들어왔다.

이야기를 듣자 하니 성주의 원혼이 나타나 나쁜 근위대장과 근위대들을 모두 죽인 후 성주님은 천국으로 돌아갔다는 헛소 문이 퍼지고 있는 것 같았다.

아니! 내가 죽인 건 근위대장뿐인데! 게다가 난 죽지도 않았 어!!

더군다나 이건 비밀이지만 실은 나는 빅터도 아냐.

속닥속닥.

—누구한테 말씀하시는 겁니까?

'너.'

—…알고 있습니다만.

당연히 이런 소릴 내가 내 입으로 성채 사람들에게 할 수는 없으니, 헛소문은 정정되지도 않은 채 걷잡을 수 없이 퍼져 나갔다.

종국에는 이 성채에 헛소문을 모르는 이가 없을 정도가 되었다.

"성주님께서는 죽어서까지 우릴 걱정하셔서서!"

"감사합니다, 성주님! 감사합니다!!"

아니, 헛소문 정도가 아니라 아예 사실이라고 굳게 믿어 의심치 않는 수준이었다.

여기 사람들은 죽은 사람들이 돌아와서 원수만 쳐 죽이고 돌아간다는 황당한 소릴 진짜로 믿을 정도로 순수하고 순진한 것 같았다.

그런 내 감상을 라플라스에게 털어놓았더니, 녀석은 오히려 별로 놀랄 일도 아니라는 듯 이렇게 대답했다.

—사례가 지극히 드물긴 하지만 진짜로 죽은 사람을 되살릴 방법이 없는 것도 아니니 믿을 만도 합니다.

그러고 보니 신성 교단의 교황들은 은퇴할 각오를 하면 사람 하나는 살릴 수도 있다고 했지.

그 높으신 분들이 이제는 라틀란트 제국의 소속이라고도 못할 변경의 성채 성주를 되살릴 수 있다고 믿는 건 차라리 망상의 영역이지만, 그럼 원혼을 잠깐 불러오는 것 정도는 가능하리라고 믿는 건 이 세계 사람들에겐 그럭저럭 현실감이 있는 이야기라는 것 같았다.

무엇보다 사람들은 믿고 싶은 걸 믿는 경향이 있고, 그들을 착취하고 행패를 부리던 근위대장과 그 휘하기사들의 목이 잘려 나간 건 그들에게 있어선 아주 좋은 일이었다.

즉, 믿어도 손해 볼 게 없고 후환도 없으며 오히려 기분이 통쾌해지기까지 하는 소문이다. 믿는 게 이득이라면 믿고 퍼뜨리는 게 인간이다.

따라서 개중에는 이걸 노래로까지 만들어서 부르고 다니는 이상한 놈들까지 나타났다.

"오오, 성주께서 우릴 구원하시매~!"

기존의 노래에 가사를 대충 덮어씌우고 연주 실력도 가창력도 별로 좋다고는 할 수 없었지만 사람들은 환호하고 그 앞에 동전이 쌓였다. 후렴구를 아예 따라 부르며 술잔을 부딪치는 취객들의 모습은 어이가 없었다. 어이가 없었으나…….

"…뭐 어때."

반사적으로 반박하긴 했지만 그다지 불쾌한 소문은 아니다. 사실 좀 우쭐거림도 느껴진다. 마치 내가 잘한 것 같지 않은가.

비록 의도는 선량하지 않았지만 결과는 정의로웠으니 뭐 잘했다고 쳐도 되지 않을까?

나는 픽 한 번 웃고 금화를 한 닢 튕겨 음유시인의 돈통 안에 던져주었다. 그 반짝이는 누런빛은 사람들의 시선을 끌어모았고, 동시에 경악시켰다.

"그, 금화!"

"뭐야, 미쳤다! 누구야?!"

물론 흑법으로 모습을 숨긴 내 존재를 알아챈 사람은 한 명도 없었다. 없었으나…….

"성주님이시다!"

"성주님이셔!"

"오오, 성주님께서 살아계신다!"

취객들은 논리적으로 말이 안 되는 소릴 서로 외쳐대며 환호하기 시작했다.

ㅡ정답이네요.

"아니거든……?"

라플라스, 너마저!

*　　　　　*　　　　　*

나는 천천히, 느긋하게 성채의 탐사를 마쳤다. 서두를 이유 따윈 무엇 하나 없었다. 굳이 응축된 어둠을 쓸 것도 없이 밤에만 탐사를 진행하고, 낮에는 텅 빈 성주의 집무실에서 쉬었다.

아, 탐사만 하고 다닌 건 아니다. 유물 전시도 갱신했다. 2차 각성으로 얻은 보조 큐레이터 직업의 유물 전시 이야기다.

[거인이 날뛰는 시대]와 [귀부인의 비밀스러운 오후], 두 전시 테마 모두 괜찮은 전시라면서 일주일 더 전시하겠냐는 질문이 돌아왔다.

이번에 얻은 전시 점수는 19점과 12점. 거인이 19점이고 귀부인이 12점이다. 지난 번 전시와 합쳐서 총점은 43점이다.

대체 이 전시 점수라는 걸 어디다 쓰는지는 모르겠다만······.

"···어디 쓸 데가 있겠지."

전시대를 추가로 얻지 못한 건 좀 아쉽지만 뭐, 항상 주는 보상은 아닌가 보지. 사실 아쉬워할 일은 아니다.

아무튼 탐사를 하기도 하고 전시도 갱신하고 홍홍이 밥 주고 왕의 검법을 수련하고 밤 되면 어둠을 응축시켜다 어둠장막의 단검 안에 밀어 넣고 보급해야 하는 물건이 보이면 슬쩍하기도 하고 그 대가로 치유와 축복을 걸어주고 다니는 등, 나는 나 나름대로는 바쁘게 살았다.

아무도 날 방해하지 않았다. 사람들은 성주의 영령이 아직 세상을 돌아다닌다고 믿었다. 특히 성채 안에.

요즘 성채 안에 이상한 일이 자주 일어나니 그렇게 믿을 만도 했다.

멀쩡히 있던 물건이 갑자기 없어진다거나, 그 자리에 대신 돈이 생긴다거나, 상처가 없어진다거나, 몸 상태가 확 좋아진다거나 하는 기괴한 일들이 연속적으로 일어나고 있었다.

결정타는 금화였다.

주점에서 내 노래를 부르던 음유시인의 돈통에 던져진 금화.

내가 던진 그 금화 이야기다.

라틀란트 제국 금화를 쓰는 이는 한정되어 있었다. 적어도 이 성채에서 제국 금화를 갖고 있던 놈들은 다 죽었다.

근위대장과 근위기사들.

게다가 그놈들은 금화를 자기 금고에만 보관했고 쓰러 나온 일이 없었다. 필요한 게 있으면 빼앗으면 되는데 뭐 하러 돈 주고 살까?

그런데 갑자기 그 금화가 튀어나왔고 그 자리에 모여 있던 사람들 중 금화를 던질 법한 사람은 아무도 없었으니, 성주의 영령이 음유시인에게 금화를 주고 간 거라는 소리도 꽤나 설득력 있게 들렸나 보다.

하긴 죽은 성주가 산 기사들을 죽였다는 소문도 믿는데 이 정도를 못 믿을까?

어쨌든 그 덕에 사람들은 성주의 유품과 그가 쓰던 공간에 예우를 다했다.

깨끗하게 청소하는 건 기본이고, 매일 환기하고 꽃을 새로 꽂아 두거나 물병에 물을 채워 두거나 간단한 간식까지 가져다가 두었다.

그리고 그 덕에 성주의 방을 아지트로 삼아 활동하던 나는 실로 쾌적하게 생활할 수 있었다.

"이 정도면 금화 한 닢 투자한 가치가 있군."

이렇게 편하고 쾌적한 생활을 보낼 수 있는데, 굳이 탐사를 서두를 이유가 없었다.

정확히는 그 이유를 내가 찾지 못했을 뿐이었다.

그런데 지나치게 여유를 부린 탓인지, 내가 간과한 게 있었다.

와장창!

성주의 집무실씩이나 되니 설치되어 있는, 이제는 비싸기 짝이 없는 고대 제국산 유리로 만들어진 창문을 박살 내며 그 남자가 침략해 오기 전까지는.

"여기 있었구나, 레너드 몬토반드!"

5령급의 정령 검사, 그리고 나의 스승님.

루에노가.

*   *   *

루에노와의 첫 인연은 내가 아직 카를인 채였을 때, 그러니까 갓 카를의 궁전에서 빠져나와 아직 시티 오브 카를에도 당도하지 못했을 때의 일이었다.

그 다음 만남은 시티 오브 툴루. 지하수로의 비밀 통로를 통해 빠져올 때 조우했고, 그때 나는 잭 제이콥스의 모습을 취하고 있었다.

그리고 지금은 빅터 가울의 모습을 취하고 있고.

그러니 루에노가 나를 레너드 몬토반드라 부르는 건 좀 이상한 일이긴 했다.

진짜 레너드 몬토반드는 루에노가 죽였으니까.

물론 레너드가 먼저 시비를 걸어서 결투를 하게 되었고 패배하여 죽음을 맞이한 거니 루에노의 잘못은 없다지만. 잘잘 못의 문제가 아니라 자신이 죽인 인물의 이름으로 나를 부르는 게 좀 이상하다는 의미다.

하지만 지금 이 순간, 나는 루에노에게 이의를 제기할 정신이 없었다.

아무런 전조도 맥락도 없이 갑자기 튀어나온 루에노의 모습 때문에 패닉 상태가 되어 버린 탓이었다.

심지어 나는 지금 흑법으로 몸을 감추고 있는 데다, 놀란 나머지 반사적으로 어둠장막까지 쳤는데도 루에노는 똑바로 나를 바라보고 있었다.

기분 탓이 아니라 아예 시선이 똑바로 마주치고 있었다.

'라플라스!'

나는 그 정신없는 와중에 본능에 가깝게 라플라스의 이름을 외쳤다.

―일단 스승님이라 부르십시오.

그 단어가 무슨 만병통치약인 것도 아니고!

아니, 그리고 보니 지난번에도 이렇게 말했더니 다 잘됐었다. 어쩌면 만병통치약이 맞을지도 모른다. 그런 옅은 기대를 품고, 나는 외쳤다.

"스승님!"

그런데 내가 내민 만병통치약에 대한 대답은 기대와는 조금 달랐다.

"나는 네 스승이 아니다."

'라플라스!'

나는 너무 당황한 나머지 다시 한번 라플라스의 이름을 외쳤다. 녀석의 이름을 입 밖으로 안 낸 것만으로도 다행이라 여길 정신도 없이.

─스승님이라 말씀하십시오.

그러나 라플라스의 목소리에는 그 어떤 흔들림도 없었다. 이런 상황을 몇십 번, 몇백 번, 어쩌면 그 이상 겪어온 이 특유의 느긋함이 녀석에게서 느껴졌다.

"스승님!"

따라서 나는 라플라스에 대한 신뢰를 담아 다시 한번 외쳤다.

"내가 나를 네 스승이라 여기지 않는 것은 별로 중요치 않고 네가 나를 스승으로 여기는 것이 중요하다고? 하하, 기특한 말을 하는구나."

나는 루에노를 멀거니 바라보았다. 그리고 깨달았다.

아, 이거 만병통치약이 맞구나.

고작 세 글자의 부름에 수십 글자로 답하는 스승의 태도 덕에, 나는 패닉을 상당 부분 수습할 수 있었다.

그러나 그것도 잠깐이었다.

"하지만 레너드 몬토반드, 이제 나는 네게 가르칠 것이 없고 오히려 네게 배우고 싶은 것만이 많으니 오히려 내가 너를 스승이라 불러야 하는 것이 옳으니라."

아니, 스승님. 그게 무슨 개소리시죠?

만약 내가 패닉에 잠긴 채였다면 이 미친 소릴 실제로 입 밖에 내뱉었을 테니, 패닉을 수습할 수 있었던 건 내게도 루에노에게도 다행스러운 일이었다.

"스승님?"

대신 나는 그냥 만병통치약이나 한 번 더 읊어봤을 뿐이었다.

"하하, 한 번 스승은 영원한 스승이라고? 아무리 그렇게 말해봤자 나한테선 나올 게 없다."

아무래도 루에노도 이 성채 사람들하고 닮은 면이 있는 것 같았다.

개떡같이 말해도 찰떡같이 알아듣는구나!

심지어 내 의도하고도 광년 단위로 멀어진 형태로.

이 정도면 재능이라고 봐도 될 것 같다.

"아, 아니지. 이런 건 있군."

루에노는 품속을 뒤지더니 뭔가를 내게 툭 던졌다. 기묘한 향이 깃든, 새빨간 색의 열매였다.

"오다 주웠다."

그러더니 이런 말을 하는 게 아닌가?

그런데 이게 뭐지?

─운이 좋으시군요.

설명할 기회는 놓치지 않는 라플라스가 바로 입을 열었다.

─이 열매는 정령과라는 겁니다. 정령력과 내력의 증강에 도움이 되고, 씨앗도 따로 쓸 수 있습니다.

'먹는 거야?'

─물론 그냥 복용하셔도 좋고요. 연금술로 연단하시면 더욱

좋습니다.

라플라스의 말에 나는 놀라 외쳤다.

"스, 스승님!"

"아니, 고맙다는 말은 필요 없다."

이번에는 물론 고맙다고 말하려던 게 맞다. 루에노는 꼭 내 의도와 반대되게 해석하는 것만은 아닌 듯했다. 보고 듣다시피 법칙이란 게 없는 남자다.

"오다 주운 것이고, 내겐 더 이상 필요가 없는 것이니."

처음 창문 깨고 들어올 땐 잔뜩 긴장했었는데, 이상하게 점점 긴장이 풀린다.

뭔가… 되게……

쉽다?

"아직 5령급을 완성하지는 못했구나. 그거 먹고 힘내서 극성에 달하도록."

"예? 예."

내 경지를 알아보는 거야 별로 놀랄 일도 아니다. 나는 고개를 끄덕였다.

"그 뒤에 다시 한번 보자꾸나."

"예……."

풀려가던 긴장감이 갑자기 확 끌어올려진다.

그러나 그것도 오래가지는 않았다.

"그럼, 안녕."

루에노는 그런 말을 남기고는, 자기가 깼던 창문을 통해 도로 나가 버렸기 때문이었다.

나는 성주 집무실에 혼자 남아 멍하니 루에노가 남긴 흔적을 바라보며 생각했다.

아니, 대체…….

"여기까지 뭘 하러 온 거지?"

*   *   *

방금 루에노가 뭘 하러 온 건지 너무 궁금한 나머지 라플라스에게 물어봤더니, 이런 대답이 돌아왔다.

―지금 시점에서 루에노가 이런 방식으로 접근하는 이유는 몇 가지 안 됩니다.

라플라스는 이렇게 운을 뗐다.

―그중 가장 가능성이 높은 이유는 새 주인님의 정령법 습득이 지나치게 빠르다는 것을 눈치챘기 때문일 겁니다. 아마 이쪽이 80% 정도 확률이 되겠군요.

"나머지 20%는?"

―아무 이유 없이 그냥 찾아올 확률입니다.

어째선지 후자 쪽이 더 루에노답다는 생각이 들고 말았다.

―덤을 소모해서 조언을 드려도 될까요?

"응."

나는 아무런 망설임 없이 즉시 고개를 끄덕였다. 상황이 상황이니만큼 무시할 수가 없었다.

―가급적이면 정령력의 정령을 빨리 키우시는 편이 좋으리라고 말씀드리고 싶습니다.

"홍홍이를? 어째서?"

―상세한 이유는 유료입니다만……. 결제하시겠습니까?

"아니."

정령의 성장이 늦어지면 안 좋은 일이 벌어질지도 모른다는 걸 알게 된 것만으로도 덤값은 충분히 했다. 여기에 루블까지 들여가며 답을 들을 필요성은 크게 느껴지지 않았다.

루에노가 엮여 있는 것만으로도 불안감은 최고치니까.

나는 앞으로 남는 정령력을 전부 홍홍이에게 밀어 넣고 녀석의 성장을 최대한 가속화시켜야겠다고 다짐했다.

"아무튼… 받은 거나 먹어야겠다."

루에노에게서 받은 정령과를 내려다보며, 나는 한숨을 내쉬었다.

당장 받았을 때는 꽤 고마운 선물이라는 느낌이었는데, 막상 라플라스의 경고를 듣고 나니 부담스럽기까지 했다.

"이걸 먹고도 제대로 성장을 못 하면 대체 무슨 일이 벌어지는 거지?"

이런 느낌의 부담이었다.

"라플라스, 이걸 제대로 먹으려면 어떻게 해야 하지?"

그러니 최대한 효율을 끌어올려야지. 그런 생각으로 던진 질문에, 라플라스는 성실히도 답했다.

―이미 말씀드렸듯 연금술로 가공해 드시는 것이 좋습니다.

그리고 다른 약재를 첨가해서 드시면 효과와 효율이 더욱 오르고요.

"그렇게 해야겠군. 라플라스, 정령과가 들어가는 연금약의 레시피는?"

—가장 효과적인 레시피는 4성급에 있습니다만.

어쩜 성실하게 답하더라. 이것도 다 판촉이었어!

"결국 그렇게 되는가······."

하지만 내겐 필요한 판촉이었다.

하긴 마각대환단보다 더 좋은 연금약을 만들기 위해서는 어차피 4성급까지 올려야 하긴 했다.

나는 눈을 질끈 감고 500루블을 지불해 술법을 4성급으로 올리고 4성급 연금술까지 구입했다.

—기왕 이렇게 된 거, 다른 술법들도 4성급까지 올리시겠어요?

"아니, 나중으로 미룰 거야."

간만에 루블을 소화해 신난 라플라스와 달리 나는 침울해지고 말았다.

다행히 4성급 연금술에는 그동안 각성창 안에 던져놓았던 악마의 심장을 주재료로 써서 만드는 연금약의 레시피도 있었다. 그냥 정령과 하나 집어 먹고 쓸모가 없어지는 그런 사태는 피한 셈이다.

그런데 악마의 심장을 여기서 써먹긴 좀 아쉬운 면도 있다. 그냥 집어 먹고 없애 버리는 것보다는 이걸 재료로 악마를 소환해 심장을 양산시킬 수 있다면 그게 더 효율적이니까.

문제는 5마급도 일리어스 여신님의 도움을 받아서까지 겨우 상대해 놓고 기본적으로 5마급을 소환하는 소환 제물로 심장 양식을 시도하는 건 지금의 내겐 지나치리만큼 무모한 일이라는 점이다.

　처음 이걸 손에 넣었을 때는 분명히 악마 양식은 그만두고 이건 그냥 먹어야지 하고 다짐했던 것 같은데, 시간이 좀 지났다고 지금은 이걸 천칭에 올려놓고 고민하고 있다니…… 사람의 마음이 이렇게 변덕스럽다.

　뭐, 지금 당장은 정령과가 있으니 이걸 먼저 가공하고 나서 천천히 결론을 내려도 될 문제다. 나는 그렇게 생각했다.

　레시피의 자세한 사항을 확인하기 전까지는.

　"구해야 할 게… 좀 많네?"

　사실 이제까지는 연금술을 쓰기가 좀 쉬웠다. 기본적으로 대현자의 유적에서 구한 청심대환단과 약초 및 독초, 마지막으로 영혼석을 섞어 넣으면 그걸로 완성이 됐으니까.

　하지만 4성급은 괜히 4성급이 아니라는 듯, 대현자의 유적에서 구한 재료만으로는 쉽게 완성할 수가 없었다.

　―재료 구하러 가시죠!

　어쩐지 라플라스의 함정에 빠진 것 같은 기분도 들지만, 냉정하게 되새겨 보면 이제까지 날로 먹었던 거다. 대현자가 제공해 준 재료만 쓰고 있으면 다 해결이 됐으니.

　내가 다운로드 받은 지식에 따르면, 본래 연금술의 기본은 재료 찾아 3만 리다. 오죽하면 손보다 발을 더 많이 움직여야 된다는 말까지 따라붙을까.

그러기 싫으면 돈을 쓰라는 말도 덧붙었지만, 돈을 쓰려고 해도 솜씨 좋은 약초꾼이나 사냥꾼, 혹은 해녀 등과 연줄이 닿아야 된다.

그걸 대현자빨로 다 날로 먹어온 건데, 이제 와서 함정이니 뭐니 말하는 것도 우습다.

"라플라스, 이 재료들 위치 가격은 얼마지?"

─30루블입니다!

"뭐야, 생각보다 비싸네."

그렇다고 안 살 나는 아니었다. 얻은 재료를 정령과 가공하는 데에만 쓸 것도 아니고, 많이 구해두면 요모조모 쓸모가 많았다. 게다가 30루블 정도면 그만큼 양도 많고 질도 높겠지. 나는 기대하며 정보를 구매했다.

그러나 라플라스는 그런 내 기대를 배신했다.

─다음에 갈 대현자의 유적에 그 재료들 다 있을 겁니다!

30루블이라는 가격은 다음 유적의 위치 가격이었다.

"어째 가격이 익숙하더라……."

내 입장에선 김빠지고 산통 깨진 느낌이었다. 산 넘고 물 건너 숲 뒤지고 바다로 뛰어들 생각까지 굳힌 상태였는데…….

…하긴, 날로 먹을 수 있으면 먹는 게 낫지!

물론 대현자의 유적을 깨는 것도 나름 힘들긴 하니 날로 먹는 거라곤 할 수 없다. 그렇더라도 내가 전문적으로 할 수 있고 해왔던 일과 이제까지 안 해본 일에 도전해야 하는 것의 심리적인 난이도 차이는 생각보다 컸다.

"그래, 가자."

자기합리화도 끝냈겠다, 나는 한결 편해진 마음으로 다음 목적지를 정했다.

*　　　　*　　　　*

물론 여길 뜨기 전에 할 일이 있었다.

"라플라스, 정산하자."

―네, 새 주인님!

이 성채에서 얻은 것들을 정리하는 작업이었다.

사실 성채 탐사를 시작한 지 얼마 안 됐을 때는 이 성채에 실망을 많이 했었다. 성채 크기만 대책 없이 크고 그에 비해 실속은 없었기 때문이다. 탐사 완료로 얻을 수 있는 점수는 100점뿐인데, 시간 대비 점수 효율이 너무나도 안 좋았다.

그러나 나는 그 생각을 바꿔 먹을 수밖에 없게 되었다. 근위대 기사 다섯 명이 강제 점유하고 있던 저택에서 유물들이 우르르 쏟아져 나온 덕이었다.

성채 안의 모든 부를 이놈들이 빨아먹고 있다더니 그게 소문만은 아니었던 듯했다.

그렇다고 보물이 나오지는 않았다. 가치가 큰 것들은 선대의 성주가 이미 다 빼돌려 먹었을 테니 뭐 당연하다고 할 수 있었다. 야만족들에게서 빼앗은 것으로 여겨지는 그럴듯한 유물이

십 수 점 나왔다.

그런데 이 유물들 중 상당수가 기능이 붙어 나왔으니 대박을 친 건 맞았다. 탐사 점수로 보자면 똑같이 100점이지만, 당연히 내가 직접 써먹기엔 기능이 붙은 게 좋았다.

재미있는 것은 기능이 붙은 유물들 대부분이 겉보기엔 초라하다는 점이었다.

하긴 그러니 성주에게 빼돌려지지 않았겠지만.

"이건 부메랑 기능이 붙은 건가?"

나는 묵직한 목재 유물을 [유물 감식 3]으로 보며 혼자 중얼거렸다. 모양도 부메랑 모양이지만, 아예 유물에 기능이 따로 붙어 있는 게 인상적이었다.

—부메랑이 뭔가요?

라플라스의 질문에 나는 빙긋 웃으며 덤을 요구했고, 호기심이 많은 편인 녀석은 내 제안을 거부하지 못했다.

"던지면 제자리로 돌아오는 거."

—아아……. 네, 맞습니다.

내 대답을 들은 라플라스는 눈에 띄게 실망한 기색이었다. 녀석이 그러거나 말거나, 나는 거대 부메랑을 내려다보며 생각에 잠겼다.

이런 건 기능을 따로 추출해서 다른 데다 붙이는 게 낫지 않을까? 하지만 이미 부메랑 기능을 지닌 [여신의 부월]이 있기도 했고, 궤도를 자유자재로 바꿀 수 있는 보주도 있었다.

옮기려고 해도 옮길 데가 없다니!

"뭐, 나중에라도 쓰임새가 생기겠지."

나는 부메랑을 각성창 안에 집어넣었다.

그 외의 유물들에도 합리적인 구성을 갖춘 게 많았다. 낭창낭창하게 휘어지는 칼날이 달린 채찍에는 사용자의 의지에 따라 곧게 뻗는 기능이 붙어 있다든가, 이런 식으로 기능을 쓰면 활용의 폭이 확 넓어진다거나 하는 식으로 맞춰져 있었다.

"이런 유물들을 보면 야만족이 야만족으로 안 보이는데."

─그도 그렇습니다. 여기 사람들은 고대 제국의 영향을 얼마나 받았는지에 따라 야만족과 문명인을 구분했으니까요. 사실 라틀란트 제국 중앙 사람들 시선으로 보자면 여기 성채 사람들도 야만족과 별다를 바가 없습니다.

"하여간 지들 아니면 다 야만족이지."

나는 코웃음을 치며 유물들을 챙겼다. 전시품으로 좋을 것 같은 것도 많았거니와 적당히 기능을 추출해 배합하면 보물급으로 유용해질 유물마저 있었기에 나는 마음이 풍족해졌다.

꽤 괜찮은 수준의 탐사 점수 또한 나를 배부르게 했다. 이 정도면 이것저것 다 살 수 있겠지? 하고 생각했었는데, 사실 그렇지는 않았다.

"뭐? 업그레이드에 탐사 점수 5,000점이 필요하다고?"

그렇다. [유물감식 3], [기능추출 3], [유물 복원 3]을 합쳐 업그레이드하기 위해서는 이제껏 보지 못한 막대한 점수가 필요했다.

이걸 업그레이드하고 나면 보물의 복원도 가능하게 될지도 모른다는 꿈에 부풀어 탐사일지를 열었는데, 현실의 묵직한 철퇴가 내 뒤통수를 후려갈겼다.

"…꿈에서 깬 기분이야."

—탐사 점수야 다음 유적에 가서 버시면 되지 않을까요?

라플라스가 모르는 소릴 했다.

희망 고문도 한두 번 당해야 당할 만하지, 이번에 당한 희망 고문은…….

"어? 두 번째네?"

유물 복원 2에서 3으로 올릴 때 한 번, 그리고 이번이 두 번째다. 그럼 아직 참을 만했다. 따라서 이번엔 그냥 참기로 했다.

"하지만 다음엔 참지 않겠다, 탐사일지!"

나는 단호하게 선언했다.

—탐사일지에는 저와 달리 대화 기능이 붙어 있지 않습니다만.

라플라스가 어째선지 좀 자랑스러워하는 것 같은 기색으로 말했다.

응, 뭐. 네가 그걸로 만족한다면야…….

나는 라플라스를 내버려 두기로 했다.

*　　　　　*　　　　　*

"그런데 라플라스, 내가 떠난 뒤 이 성채는 어떻게 되는 거지?"

정말 사소한 호기심이었다.

—새 주인님께서 별다른 조치를 하지 않으실 경우, 성채의 권력은 3인자라고 할 수 있었던 경비대장에게 넘어갈 겁니다. 유능하다고 보긴 힘드나 나쁘지는 않은 사람이니 아마 현상 정도는 유지할 수 있겠죠.

군주가 현상을 유지할 수 있는 것만으로도 무능하진 않을 텐데, 라플라스가 말하는 유능함의 기준선은 꽤나 높은 것 같았다.

하긴 대현자의 지식을 갖고 있으니 기준선이 오를 만도 했다.

—조치를 취하시겠습니까?

"됐어, 뭐. 여기 사람들한테 빅터는 죽은 사람인데, 뭐."

—살아 오셨다고 노래를 부르고 있습니다만.

말문이 막혔다.

비유 같은 게 아니라 진짜로 노래를 부르고 있긴 했다.

"…진심으로 믿고 있는 건 아닐 거 아냐."

—아뇨, 진심으로…….

"그리고 아무리 여기가 변경이라지만 제국의 눈에 닿는 영역에서 너무 죽은 사람들을 많이 되살리는 것도 나중에는 문제가 될 수 있지 않겠어?"

나는 빠른 목소리로 라플라스의 말을 끊으며 말했다.

레너드 몬토반드나 잭 제이콥스 정도면 그다지 영향력이 크지 않은 인물이니 상관없지만, 루브스 페르핀이나 빅터 가울 정도면 충분히 제국의 이목을 모을 수 있는 위치다.

"이미 루브스로 저질렀으니, 빅터는 알맹이만 챙겨놓고 죽은 채로 남겨두는 게 낫겠지."

그런 내 견해를 밝히자, 라플라스는 놀라서 이렇게 반응했다.

―새 주인님께서는 의외로 머리가 좋으시군요!

"잠깐, 의외로는 또 뭐야?"

―…다음 유적까지는 하늘을 날아가시면 금방 도착할 겁니다!

라플라스는 노골적으로 화제를 바꾸려 들었다.

하긴 뭐, 이런 걸 일일이 붙들고 물어질 정도로 마음의 여유가 없는 것도 아니다.

…시간의 여유는 없지만 말이다.

"알았어. 가자, 가자."

얼른 정령과의 연금약을 만들어서 먹고 5령급을 완성해야지.

나는 흑법을 쓰고 날개를 펼쳤다.

제3장

―

금화 한 닢I

나는 제국 국경을 넘어 야만족의 땅으로 향했다.

뭐, 국경이라고는 해도 누가 선을 그어둔 건 아니다. 그저 고대 제국의 서진이 강을 경계로 막히고 그 이후로 여기까지가 제국의 경계라고 관습적으로 여겨진 것이 라틀란트 제국 시대까지 이어진 것뿐이다.

제국인이 강을 넘으면 야만족들의 정찰대가 몰려오고 야만족이 강을 넘으면 성채의 병사들이 짓쳐오는 이곳.

그러나 내가 강을 넘었음에도 아무도 달려오지 않았다. 그것은 물론 내가 모습을 숨겼기 때문이지만, 어째선지 나는 그 이유를 내가 제국인도 아니고 야만족도 아니기 때문이라고 느끼고 말았다.

"별 쓸데없는 생각을."

—네?

"아무것도 아니야."

나는 픽 한 번 웃어넘기곤 라플라스의 안내에 따라 계속해서 날았다.

라플라스의 말대로 다음 유적은 별로 멀지 않은 곳에 있었다. 물론 하늘을 날지 않고 걸어서 갔으면 그래도 며칠은 걸릴 법한 거리였으나, 하늘을 휙 날아갔더니 하루면 족했다.

"여긴가."

—네, 그렇습니다.

여기가 제국이든 야만족의 땅이든 별 상관하지 않는 건 대현자도 마찬가지인 듯, 다른 서쪽 변경의 유적과 마찬가지로 이번 유적의 입구도 절벽 중간에 떡하니 있었다.

그나마 다행이라고 할 수 있는 건 내가 비행 능력을 손에 넣었기 때문에 힘들게 절벽을 탈 필요가 없었다는 점이었다.

"좋아, 바로 들어가지."

나는 카를의 손가락으로 유적의 입구를 열고 들어갔다.

"이번에도 골렘인가?"

라플라스에게 넌지시 물어보니, 판에 박힌 대답이 돌아왔다.

—공략을 구매하시겠습니까?

"아니."

나는 딱 잘라 거절하곤 유적 안으로 발을 옮겼다.

유적 안은 온통 어둠으로 가득 차 있었다. 지금 시각이 밤이고 유적의 문이 닫혔으니 당연한 일이지만.

"아, 맞다. 다 써버린 응축된 어둠이나 다시 채워야겠다."

평소라면 컴컴이를 불러 정령력을 응축된 어둠으로 교환했겠지만, 정령력 전부를 홍홍이에게 투자하기로 했으므로 그 편법은 쓸 수 없다. 그러니 다른 흑법사들이 그러듯, 나는 주변의 어둠을 모아 응축하기 시작했다.

그렇게 입구 쪽에 앉아 느긋하게 작업이나 하고 있으려니, 흐릿해진 어둠 너머에서 우르릉거리는 소리가 들려왔다.

"골렘인가?"

—공략을…….

나는 라플라스의 말을 끝까지 듣지 않고 여신의 부월을 꺼내 가죽 끈을 붙잡고 빙글빙글 돌리기 시작했다. 그러자 회전하는 도끼날에서 불길이 치솟으며 조명을 대신했다.

물론 흑법을 쓰면 얼마든지 어둠 속을 꿰뚫어 볼 수 있고 그러고 있지만, 누군지 모를 적을 위협하고 언제든지 공격할 수 있도록 하는 동시에 내가 어둠 속을 두려워한다는 착각을 심어주기엔 좋은 방법이었다.

뭐, 여긴 대현자의 유적이니 골렘이겠지만. 그렇다면 이건 다 헛짓거리다. 내가 그렇게 생각하려던 그때, 위기 감지가 날카롭게 반응했다.

"……!"

나는 꽤 강해졌고, 따라서 내 위기 감지에 반응한다는 건 그만큼 위협적인 적이 등장했다는 뜻이기도 했다. 긴장감을 끌어

올리며 도끼를 휘둘러 날아오는 뭔가를 쳐냈다.

이건… 침? 가시? 뭔가 딱딱하고 뾰족한 무언가였다.

아무튼 그 날아온 것에 실린 힘은 그렇게 강하지 않았지만, 그럼에도 불구하고 위기 감지가 반응했다는 건 위력이 전부가 아니라는 뜻이겠지. 아마도 독이나 뭐 그런 게 묻어 있을 가능성이 높았다.

―죽음을 극복하셨습니다.

라플라스의 메시지가 내 추측을 확신으로 바꿔놓았다.

나는 곧장 도끼를 던졌다. 불꽃에 휩싸인 여신의 부월은 곧장 날아가 적의 이마 같은 것에 퍽 소릴 내며 박혔다.

거대한 식인사자의 날개마저 갈라버릴 정도로 강력한 무기임에도 그냥 박히는 것에 그친 건 내가 힘 조절을 했기 때문이다. 너무 강하게 던져 도끼의 회수를 어렵게 할 이유가 없었다.

도끼에서 피어오른 불꽃은 그 박힌 지점에 확 쏟아졌다. 그 주변이 순식간에 밝아졌고, 나는 적의 정체를 파악할 수 있었다.

"거미?"

그것은 사람만 한 크기의 거미였다.

"끼에에에엑!"

내 혼잣말에 반응할 여유가 없는 듯 거미는 큰 소리로 울어 대었다. 불꽃에 휩싸였으니 뭐 괴로울 법도 했다. 그것도 보통 불꽃이 아니라 보물이 빚어낸 특유의 불꽃이니 더더욱.

그러나 내 생각과 달리 그것은 단순한 고통의 비명 소리인 것만은 아니었다.

차자자자작, 하는 벌레 특유의 움직이는 소리를 몇 배 더 키운 것 같은 소음이 통로를 가득 채웠다.

아무래도 저 거미 비슷한 놈이 동료들을 부른 듯했다.

저것들이 한 번에 침 같은 것을 난사해 대면 좀 곤란하다. 위기 감지가 반응할 정도로 강력한 독 비슷한 것들을 쏘는 놈들이다. 무적을 써도 올리브 가지가 금방 시들어 버릴 터였다.

따라서 나는 선제공격에 나서기로 했다.

"엇!"

그런데 뭘 써야 되지? 내가 지금까지 주로 써오던 범위 공격은 상당수가 정령법에 의지하고 있었다. 피식이로 고농도의 산소를 밀어 넣은 후 폭발시키든, 반짝이를 피식이와 정령 합일시켜 자폭시키든, 즐겨 쓰던 기법이 전부 정령과 관계가 있었다.

흑법은 대량 살상에 그다지 연이 없고, 그렇다고 성법을 쓰자니 저 거미들에게 제대로 된 피해를 줄 수 있을 것 같지가 않았다. 술법은 유틸 쪽으로만 너무 신경을 쓴 나머지 살상용으로는 기껏해야 영침술 정도를 익혔을 뿐이었다.

내가 판단력을 잃고 순간적으로 주춤한 새를 놓치지 않고, 거미들은 내게 독침 공격을 가해왔다. 그 덕에 정면 전체가 위기 감지로 번들거리는 기이한 경험을 하게 되었다.

"쳇!"

결국 나는 칼을 휘두르기로 했다. 반격은 무리지만 4검급 검사 특유의 뛰어난 감각과 이런저런 능력들로 향상된 신체 능력을 믿었다.

채채채채채채채챙!

나는 순식간에 독침들을 쳐내고 그 기세를 몰아 앞으로 나아갔다. 이런 놈들 베는 데에 검강까지 쓸 것도 없다. 푸르게 빛나는 검기가 흩뿌려졌다.

파바바박!

거미들은 더러운 체액을 흩뿌리며 죽어나갔다.

─죽음을 극복하셨습니다.

기대를 많이 한 건 아니었지만, 역시 축의금은 거미 무리 전체를 통틀어 한 번밖에 나오지 않았다. 그나마 첫 놈이 쏜 독침 쳐 냈을 때 축의금이 나온 걸 다행으로 여겨야 하나.

"흠."

그건 그렇고, 정령법 말고 대량 살상기가 없다고 긴장했던 게 농담 같았을 정도로 쉽게 처리할 수 있었다.

"역시 꽤 강해진 거 아닌가, 나?"

그렇게 혼자 흡족해하고 있으려니, 통로 너머에서도 또 벌레 기어 다니는 소리가 잔뜩 들렸다.

"아니?!"

이거 루블을 써서라도 새로운 대량 살상기를 익혀야 하나, 아니면 그냥 정령법을 써야 하나?

나는 다시금 고민에 빠져들면서도 앞으로 짓쳐 나갔다. 거리가 멀수록 독침 공격을 많이 받게 되니 저놈들이 오기 전에 거리를 최대한 줄여두는 게 유리했으므로.

　　　　*　　　　　*　　　　　*

　결국 고민은 고민으로 끝났다.

　고민하면서 칼을 휘두르다 보니, 어느새 거미들을 모조리 처치한 상태였다.

　"이런 것도 수련이 되네."

　무아지경으로 칼을 휘두르고 또 휘둘렀더니 경지가 0.01에서 0.02 정도는 오른 것 같았다.

　수치 자체야 미약하지만, 같은 4검급의 검사 혹은 기사와 칼을 나눈 것도 아님에도 성취가 올랐다는 것은 순수하게 기뻐해야 할 일이었다.

　이런 게 계속 쌓이다 보면 언젠가는 5검급에 오르겠지. 5검급의 경지가 뭔지는 모르겠다만.

　―공략을 구매하시겠습니까?

　거미가 대부분 죽어나갔음에도 라플라스는 미련이라도 있는 듯 계속해서 내게 공략을 판촉했다. 아, 아니지. 이 유적에 아직 위험 요소가 더 남아 있다는 경고일지도 모른다.

　그렇다면 나는 이 판촉을 지겨워해선 안 된다.

　"고마워."

　―예?

　어째선지 이런 대화를 이미 한 번 나눈 것 같다는 기묘한 기시감이 나를 자극했지만 나는 무시했다. 그게 뭐 중요하겠는가?

탐사일지를 꺼내 파라락 넘겨 아직 탐사가 완료되지 않은 곳이 있다는 걸 확인한 나는 오감을 활짝 열고 어두운 통로를 천천히 나아갔다.

*　　　　　*　　　　　*

라플라스가 말한 대로 이 어두운 유적에는 갖가지 약초와 독초가 곳곳에 자라나 있었다. 풀들과 함께 다양한 생물들이 하나의 생태계를 이루고 있는 것 같았다. 마치 작은 정원을 연상케 한달까. 정원치고는 좀 살벌한 것 같긴 하지만 뭐, 아무렴 어때.

하지만 오늘로 이 작은 생태계는 끝장을 맞이했다. 내가 생태계의 정점으로 군림하던 거미들을 모조리 쳐 죽였을 뿐만 아니라 먹이사슬을 이루는 생물들의 먹잇감이던 풀들을 모조리 채취해 버렸으니 생태계가 남아날 리 없었다.

천적도 없어졌지만 먹을 것도 없어진 저것들은 곧 죽어나갈 것이다. 나를 보면 사사삭 소릴 내며 도망가는 바퀴벌레 비슷한 것들 이야기다.

속이 다 시원하네.

"라플라스, 저것들도 연금약 재료인 건 아니겠지?"

―쓰려면 쓸 수는 있습니다만……. 쓰시겠어요?

"…아니."

나한테 덤비는 놈들이야 차라리 처치하기 쉽기라도 하지, 내

발소리만 듣고도 사사삭 도망가는 저 혐오스러운 놈들을 일일이 붙잡아 그것도 먹을 생각을 하면……

힘든 건 둘째 치고 그것만으로도 소름이 오소소 돋는다.

─대체품으로 거미들을 쓰시면 됩니다.

라플라스의 말에 나는 절로 눈이 찌푸려졌다.

"결국 거미는 먹으라는 소리냐."

─아뇨, 정수만 가공해서 드시면 됩니다.

"아, 정수."

냉정하게 생각하면 그게 그거라는 생각이 언뜻 들었지만, 나는 그 생각을 애써 지웠다.

다행히 거미에게서는 꽤 괜찮은 양의 정수를 채취할 수 있었기에 재료가 모자랄 걱정은 지울 수 있었다.

좌우지간 필요로 하던 연금약 재료는 다 구했고, 이제 보상방 열어서 유물만 회수하면 된다. 탐사일지를 꺼내 빈 페이지가 한 페이지만 남은 것을 확인하고, 나는 탐사의 마무리를 향해 별 긴장감 없이 걸었다.

*   *   *

"라플라스."

─네, 새 주인님.

"이건 뭐냐?"

─새 주인님께 함정 감지가 없었더라면 그럭저럭 효과가 있

었을 함정이요.

하지만 내게는 함정 감지가 있었다.

그것도 3에서 직감으로 통합된 후 직감도 3까지 올렸고, 그 직감이 탐사 능력으로 통합되어 그것마저 3까지 올렸다. 그러니까 따지자면 9인 셈이다.

물론 더욱 정확하게 따지자면 지나치게 통합된 나머지 능력 강화의 폭은 맨 처음 함정 감지였을 때보다 좁았지만, 그거야 뭐 아무튼 이젠 슬슬 내가 반응할 수 없는 함정은 존재하지 않는 수준이라고 보면 된다.

그래서 나는 간파할 수 있었다.

보상이 담긴 상자를 열면 곧바로 폭발해 버리는 함정을.

나는 짧은 한숨을 내쉬며 대현자의 악의가 가득 담긴 함정에 함정 해체를 사용했다.

함정 감지와 마찬가지로 9까지 강화된 거나 다름없는 함정 해체는 쉽게 폭발 함정을 작동하지 않도록 만들어 버렸다.

─죽음을 극복하셨습니다.

라플라스가 아쉬움을 조금 담아 말했다.

─원래대로라면 공략을 사야 합니다만······.

"아니면 계속 죽어가면서 재도전을 할 수도 있겠지. 나한텐 불가능한 일이지만."

카를에겐 가능한 일이었을 것이다.

나는 오래간만에 느낀 대현자의 악의에 부르르 떨면서 보상 상자의 뚜껑을 열어젖혔다.

다행인지 뭔지 다른 함정은 없었다. 나는 상자 안에 고이 담긴, 아까부터 [유물 감지]에 반응하던 유물을 손에 넣을 수 있었다.

"이게 뭐야?"

물론 유물 감식을 가진 나는 유물을 보자마자 그 용도와 기능을 바로 알아챌 수 있다. 따라서 이 질문은 궁금해서 한 질문이 아니었다.

그럼에도 불구하고 라플라스는 설명할 기회를 놓치지 않겠다는 듯 빠른 목소리로 설명을 시작했다.

―[보정 속옷]입니다.

"그것 참, 스트레이트한 이름이로군."

―입고서 간단한 조작만 가하면 체형을 자유자재로 조정할 수 있습니다. 살찌거나 마른 몸매, 심지어 등의 굽기나 어깨의 너비마저 조정할 수 있지요.

그 보정 속옷의 모습은 헐렁거리는 얇은 한 장짜리 옷… 이라기에도 민망한, 그러니까 전신 타이즈였다.

나는 내게 트레저 헌터의 능력이 있음을 감사했다. 그 덕에 이런 민망한 걸 직접 입지 않고 그저 각성창에 넣어놓는 것만으로 기능을 사용할 수 있으니까. 보기엔 좀 추하지만 그럭저럭 용도가 있을 법한 유물인지라, 나는 기꺼이 각성창 안에 밀어 넣었다.

"그럼 이제 더 다양한 신분을 살 수 있겠군."

그동안 꾸준히 해온 외력 훈련, 정확히는 왕의 검법 덕에 내

몸은 꽤 울퉁불퉁해져 있었다. 사람 크기의 대검을 하루 종일 휘두르니 어깨가 넓어지지 않을 수가 없었던 탓이다.

이 훈련은 지나치게 효과적이었던 나머지 [성장의 반지]의 힘을 빼고 어린 상태로 돌아와도 어린애답지 않은 근육이 전신에 자리 잡을 정도였다.

이런 탓에 유약한 학자나 살찐 상인의 모습을 가장하는 건 꿈도 꾸지 못했는데, [보정 속옷]의 힘을 빌리면 이것도 불가능하지 않게 되리라.

그 외에도 다양한 보석들을 얻을 수 있었다. 마력석, 영혼석, 정령석, 광휘석, 암흑석……. 어쨌든 넉넉해서 나쁠 게 없는 보석들이니만큼 좋은 보상이었다.

하지만 유물의 양이 많지 않고 보물도 나오지 않았던 탓에 탐사 점수가 부족한 건 어쩔 수 없는 일이었다.

"다음!"

그렇다면 다음 유적을 털면 될 일이다. 나는 곧장 라플라스에게 다음 목적지에 대한 정보를 종용했다.

―너무 서두르지 마시죠.

그런데 라플라스는 의외로 나를 말렸다.

―그보다 먼저 하실 일이 있지 않습니까?

그래, 그건 맞다. 나는 고개를 끄덕였다.

애초에 이 유적을 골라 온 이유가 따로 있었다.

그것은 바로…….

"연금약 만들어야지."

재료 위치를 알려달라고 했더니 안내받은 게 이 유적이었다. 그리고 유적을 탐사하고 연금약 재료를 얻었으니, 이제 약을 만들어야지.

그래서 나는 안전해진 보상방에서 정령과를 이용한 연금약을 만들었다.

연금 쉐이커 덕에 제대로 된 작업대가 없어도 연금술을 쓸 수 있는 게 좋았다.

물론 바닥에 방수포를 깔고 가공할 재료를 늘어놓을 정도의 공간은 필요했지만, 그 정도 공간은 여기에도 있었다.

"이제 이대로 숙성인가."

다른 연금약들도 그랬듯, 정령과를 이용한 연금약인 [정령과 약]도 숙성기간을 필요로 했다.

"라플라스, 알람 부탁해."

숙성이 끝나자마자 먹기 위해 나는 라플라스에게 부탁했다.

ㅡ알겠습니다, 새 주인님!

그런데 정령과약을 만들고도 재료가 많이 남았다. 심지어 정령과의 껍질과 씨앗이 남아 있으니, 이걸로도 뭔가를 만들 수 있는 것 같기는 했다.

하지만 연금약에는 확실한 주재료가 필요한 법. 남은 재료만 갖고 뭘 하려고 드는 것보다는 다른 좋은 재료를 찾아서 조합하는 게 더 낫겠다고 판단한 나는 정령과의 남은 부분이 상하지 않도록 신선 유지고에 보관해 두기로 했다.

신선 유지고를 가득 채우고 있었던 유통기한이 지나 이상한 냄새가 났던 라면은 신선함을 되찾은 원래 상태로 돌아와 있었으므로 라면들은 빼 각성창의 원래 보관 장소로 옮겼다.

"…기왕 이렇게 된 거, 여기서 한 그릇 하고 갈까."

어차피 급한 일은 마무리됐고, 기다리는 일만 남았다. 지구에서와는 달리 나보다 먼저 유적을 탐내는 트레저 헌터도 존재하지 않는다. 도굴꾼은 있을지도 모르지만…….

나는 곧장 버너를 꺼내 물을 끓였다.

신선 유지고가 포장지까지 신선하게 해주지는 않는지 겉면은 빛이 바랬지만 그 안의 면은 마치 새것처럼 반들반들해져 있었다.

나는 침을 꿀꺽 삼키고 다른 부재료 없이 오직 스프만으로 국물을 내 라면을 끓였다.

결과.

"……!"

나는 놀랐다.

ㅡ……? 새 주인님?

내가 놀라는 모습에 놀란 건지, 라플라스가 나를 불렀다.

하지만 나는 녀석의 부름에 이렇게 대답할 수밖에 없었다.

"라면……."

ㅡ예?

"라면이란 게, 이렇게 맛있는 거였구나!"

결론. 맛있었다!

그러고 보니 나도 '신선한' 라면은 태어나서 처음 먹어 보는 거였다.

애초에 최전방의 군인에게 보급된 시점의 라면은 이미 생산된 지 시간이 꽤 흘러 버린 물건이다. 이방인들의 습격과 약탈을 피해 안전하게 보급하려면 시간이 많이 걸리기도 했고. 그 탓에 유통기한도 억지로 늘려놓은 것이기도 했다. 먹고 탈만 안 날 정도면 먹어도 되는 거였다.

물론 이러한 지식은 나중에나 떠오른 거였고, 막 라면을 먹고 감탄한 시점의 나는 이런 걸 떠올릴 정신이 없었다.

일단 끓여둔 하나를 게 눈 감추듯 해치우고, 두 번째는 세 개를 동시에 끓여 또 순식간에 해치운 후, 이걸 누군가에게라도 자랑해야겠다는 생각이 들어 일리어스 여신님을 불러냈다.

─훌륭하구나! 특히 이 얼큰한 국물이 술이랑 잘 어울릴 것 같구나!!

그건 나도 같은 생각이었다.

"한잔하실까요?"

─좋지.

그래서 나는 여신님과 함께 술판을 벌였다.

짠!

*   *   *

정신을 차렸을 때, 정령과약의 숙성은 끝나 있었고 한 박스가 남아 있었던 라면의 절반이 사라져 있었다.

"으아?!"

나는 기겁했지만, 곧 절반이라도 남은 게 다행이라고 생각하게 되었다.

안주로 삼는답시고 술 먹으면서 먹고, 해장한답시고 술 다 먹고 먹고, 밥 먹을 때 됐다고 또 먹었으니…….

그나마 이 한 박스를 다 안 먹은 게 신기할 정도다.

"읍, 우읍……!"

아무리 맛있는 거라지만 삼시세끼 라면에 술까지 곁들였으니 속이 뒤집어지지 않을 수가 없었다. 그래서 나는 나 자신에게 정화와 축복을 걸었다. 그러자 속이 곧 편안해졌다.

―아무래도 성법 때문에 새 주인님의 술버릇이 안 없어지는 것 같습니다만…….

지난 사흘간의 광란을 지켜보고 있던 라플라스가 나지막하니 읊조렸다.

뭐 하나 틀린 말이 없었다.

"아무튼 뭐, 차라리 잘됐다. 어차피 다른 유적에서 안전한 곳을 확보할 수 있으리란 보장이 없었는데……."

솔직히 변명이었다. 변명이었는데…….

―그 말씀에는 동의합니다.

생각보다 쉽게 라플라스의 동의가 떨어졌다. 동의를 받고 나서 잘 생각해 보니 내 변명이 틀린 말은 또 아니었다.

연금약을 먹고 왕의 검법으로 연공을 해야 하는데, 방해받지 않고 칼을 휘두를 만한 공간은 생각보다 쉽게 찾을 수 없었다.

그런 곳을 찾다가 시간이 질질 끌리면 서둘러서 이 유적부터 온 보람도 사라지는 셈이고…….

"일단 먹자."

이렇게 쓸데없는 생각으로 시간을 질질 끄는 것보다는 그냥 약 먹고 검법에나 열중하는 것이 나았다. 따라서 나는 정령과 약을 바로 꿀꺽 삼켰다.

정령력과 내력 둘 모두의 증강에 좋다더니, 그 말이 사실이었다. 사람에겐 독이나 다름없는 악마의 뿔을 억지로 가공해서 만들어낸 마각대환단보다도 효과가 좋으니 환장할 노릇이었다.

그 고생을 안 하고도 이렇게 많은 양의 내력을 쉽게 얻을 수 있다니…….

아니, 그보다 검법이다. 나는 곧장 몬토반드 왕의 검을 뽑아들고 왕의 검법에 몰두했다.

그것도 그냥 검법만 쓴 게 아니고 자기정령화를 쓴 후 홍홍이를 불러내다 정령 합일까지 하고 연공에 들어갔다. 정령력이 너무 불어나서 이렇게라도 안 쓰면 흘러넘쳐 없어질 것 같았다.

잡념을 털어내고 완전히 몰아지경에 들어선 성과는 실로 놀라웠다.

검강을 뽑아 보니 빛 무리와도 같았던 그것이 물결처럼 찰랑이는 것 같았다. 발출한 내력의 밀도가 급격히 오른 덕이었다.

"이 정도면 4.5검급에 올랐다고 봐도 무방하겠어."

―말도 안 됩니다!

라플라스가 엄청나게 새삼스럽고 호들갑스럽게 분노를 토해 냈지만 지금 와선 사실 저건 그냥 나 기분 좋으라고 하는 소리 같다.

왕의 검법이 사기인 게 하루 이틀 일도 아니고, 이제는 익숙해질 때도 되지 않았는가?

그래서 라플라스에게 물어보니 이런 대답이 돌아왔다.

―말도 안 됩니다!

"그렇구나."

그런데 내력 증강은 정령과약이 지닌 효과의 일부에 지나지 않는다.

본체는 어디까지나 정령력, 그리고 정령의 성장 가속!

따라서 나는 나와 합일한 상태였던 홍홍이를 분리시켜 관찰했다.

"흐… 홍!"

합일해 있었던 덕에 성장 정도를 어느 정도는 감각적으로 캐치할 수 있었지만, 분리시킨 정령체 모습을 직접 보니 확 큰 게 시각적으로 느껴졌다.

정령과 덕인 것은 물론이지만 여기에 왕의 검법 덕도 있으려나? 있을 것이다. 변수가 그거밖에 없으니까.

홍홍이는 본래 좁쌀 정도밖에 먹지 않을 정도로 입이 짧아 고생했는데, 몰아지경에 빠진 이후 정령력의 투여를 중단한 기억이 없었다.

물론 몰아지경이었으니 기억이 없는 게 당연하긴 하지만, 정령력이 그냥 흘러넘친 게 아니라면 그걸 전부 홍홍이가 먹어치웠다는 결론밖에 내릴 수가 없었다.

"야, 홍홍아! 정령 합일이다!"

"홍!!"

나는 다소 흥분해 다시 홍홍이를 불러내 정령 합일을 쓰고 왕의 검법을 써 보았으나 이전과 같은 효과는 없었다. 홍홍이는 얼마 먹지 못하고 정령력을 거부해 댔다.

"그냥 정령과약을 먹었을 때만 이런 건가?"

—그렇습니다.

내 혼잣말에 라플라스가 답했다.

"아니, 왜 그걸 미리 안 말해줬어?"

—…말씀드렸습니다만.

"…아, 그래?"

내가 너무 흥분해서 라플라스의 말도 못 듣고 급발진한 것 같았다.

머쓱해진 나는 홍홍이를 돌려보내고 뒤늦게 스승님의 은혜에 감사했다.

"스승님께 정말 큰 선물을 받았군."

루에노가 듣고 있지 않음에도 스승님 소리가 절로 나올 정도로 나는 정령과의 덕택을 크게 보았다.

물론 이 효과를 얻기 위해 나도 루블을 쓰고 발품도 팔긴 했지만, 애초에 정령과가 없었더라면 이런 효용을 얻는 건 불가능했을 테니 감사를 표하지 않을 수가 없었다.

내가 훙훙이를 다 키우고 나면 날 데리고 대체 무슨 짓을 하려는 건지 궁금하긴 하지만, 적어도 상식적인 순에서 루에노를 성심성의껏 도와줄 생각 정도는 들었다.

뭐, 그것도 나중 일이다. 나중 일은 나중에 걱정하기로 하고, 나는 다시금 내 내면을 탐구하기 시작했다.

그리고 그렇게 탐구한 결과, 나는 이러한 결론에 이르게 되었다.

"이 정도면 나도 꽤 강해진 것 같은데……."

─상당히 강해지셨죠. 인정합니다.

"그렇지?"

4.5검급의 검력에 아직 성장 중이긴 하지만 다섯 정령을 동시에 불러낼 수 있는 5령급의 정령법, 신성력만 냅다 끌어올리긴 했지만 일단은 5류급이라고 못 할 것도 없는 성법.

술법과 흑법은 직접적인 전투력에야 큰 보탬은 안 되지만 생존에는 큰 보탬이 된다.

여기에 내 조커 카드라 할 수 있는 트레저 헌터의 능력이 합쳐지니 이제 어지간한 위기는 대처할 수 있겠다는 생각이 든다.

목걸이 하나 달랑 들고 카를의 궁전에서 헐레벌떡 탈출하던 게 작년인데 1년 만에 참 옹골차게도 컸다. 그만큼 내가 열심히 산 덕이겠지.

물론 시행착오와 헛수고를 줄여 준 라플라스의 도움도 빼놓

을 수 없다. 애초에 내 힘의 절반 이상이 루블 주고 산 것이기
도 하고.

"고마워, 라플라스."

—별말씀을. 이것이 제 역할인 걸요.

내 감사 인사를 라플라스는 태연히 받아넘긴 것 같지만, 목
소리가 아주 약간 떨리는 것까지 숨기지는 못했다. 좀 갑작스
럽긴 했지.

하지만 이 감사 인사는 사실 앞으로 할 말을 위한 포석에 지
나지 않았다.

"라플라스."

—네, 새 주인님.

"란첼 자작과 포아드 경은 지금 어디 있지?"

카를의 후견인이자 5마급의 고위 마법사인 란첼 자작과 그
호위기사인 포아드 경.

이 이름들을 떠올리는 것도 시간이 좀 걸릴 정도였다. 남부
대륙으로 넘어간 후로 떠올릴 일이 없었던 이름들이기도 했고,
서부 변경에 돌아온 이후에도 딱히 떠올릴 이유가 없었던 이름
들이기도 했다.

생각해 보면 시티 오브 카를에서 급하게 도망 나온 것도 란
첼 자작 때문이었고 그 뒤로도 그 사람들을 피해 다니느라 진
땀을 좀 빼긴 했지만, 직접적으로 대면한 것도 시티 오브 카를
이 마지막이니 잘 기억이 안 날 만도 했다.

—확률적으로 시티 오브 툴루나 시티 오브 페르핀에 머무르

고 있을 가능성이 가장 높습니다만 확실하지 않습니다.

"그러냐."

—하지만 확실하게 불러낼 수 있는 방법이라면 있습니다.

당연하지만 그 방법에 관한 정보는 유료였다.

—그런데 왜 그 두 사람을 만나려고 하시는 겁니까? 혹시 혈통을 증명하고 황위 싸움에……

"에이, 아니야. 그런 건 아니지."

황제가 되는 것에는 관심이 없다. 황제가 황궁 버리고 유적이나 찾아다닐 수 있으면 모르겠는데, 그런 것도 아니니.

그럼에도 란첼 자작과 포아드 경, 정확히는 포아드 경을 찾는 이유는 따로 있었다.

"포아드 경이 분명 4검급이었지?"

—설마……!

"응, 네가 생각하는 게 맞을 거야."

나는 고개를 끄덕이며 말했다.

"포아드 경이랑 싸워보려고."

정령과약 덕에 수준이 오른 터라 나는 또 검의 대결이 고파진 상태였다. 그러려면 나와 수준이 맞는 상대가 필요하다. 여기서 문제가 생긴다.

4검급의 수준에 도달한 나와 대등하게 검을 겨뤄줄 상대는 귀하다.

괜히 검의 주인이라는 거창한 칭호로 불리겠는가. 내 얼굴에 금칠하는 것 같지만, 그만큼 희귀하고 특별하기 때문이다.

특히나 이 서쪽 변경에서는 더욱 그렇다.

아니, 비단 서쪽 변경뿐만의 이야기는 아니다.

아무리 라틀란트 제국의 끗발이 고대 제국에 비해 떨어진다고 하더라도 제국은 제국이고, 제국 각지의 우수한 인재는 제국 중앙으로 모인다.

그러니 제국 중앙 기사단의 기사들이라면 4검급도 좀 숫자가 있을 가능성이 높았다. 하지만 대뜸 제국 중앙으로 찾아가서 검 좀 겨뤄달라고 하기엔 부담스럽다.

가울 성채의 그, 이름 기억 안 나는 근위대장도 좋은 상대이긴 했지만 그렇다고 성채마다 돌아다니며 같은 식으로 싸움을 거는 것도 별로 좋은 생각이라고 하긴 어렵다.

이상한 일이 반복적으로 일어나면 소문도 금방 퍼질 거고.

적이 있는 내가 이상한 방식으로 주목을 받는 건 별로 좋은 상황이 아니다. 이 변경에마저 이름 없는 대대였던가, 뭐 그런 것들이 돌아다니니.

시티 오브 툴루에서 루에노 스승님 덕에 간신히 이름 없는 대대의 포위를 풀고 도망쳤던 기억이 아직 생생하다.

그런데 포아드 경이 상대라면 이런 문제가 없다.

적의 적은 친구라고 했던가. 항상 들어맞는 말은 아니지만 카를 페르디넌트의 후견인으로서 이름 없는 대대를 적대시하는 란첼 자작의 호위기사니만큼 적어도 적의 귀에 내 존재가 들어갈 일은 없다고 믿어도 좋을 테니까.

게다가 포아드 경은 나와 같은 4검급이라고 하니 수준도 딱 맞다.

아예 5검급이라면 상대도 안 되겠지만, 같은 4검급이라면 맞서 싸워볼 만하다. 나보다 뛰어나다면 다른 능력의 보조를 받으면 될 테고, 비슷한 수준이라면 검으로만 대결하면 되겠지.

내가 포아드 경의 이름을 떠올린 건 이런 점들 때문이다.

여기에 두 사람이 서쪽 변경에 있을 테니 접촉하기에 그리 품이 들지 않을 거라고 계산한 점도 판단에 영향을 미쳤다.

—그러시군요. 알겠습니다. 그럼 대금을 결제하시는 대로 두 사람을 불러내는 법을 알려드리겠습니다.

"얼만데?"

—1루블입니다.

"싸구만. 좋았어, 딜."

나는 1루블을 내고 그 방법을 알아냈다.

그리고 깜짝 놀랐다.

"아니?!"

이제는 기억도 희미한 시티 오브 카를에서의 첫 만남. 한밤중에 가장 비싸고 호화로운 방을 양보해 달라며 찾아온 그때, 포아드 경은 그 대가로 내게 제국 금화가 열 닢이나 든 금화 주머니를 건넸었다.

"그런데 그 금화 중 하나에 추적 마법이 걸려 있었다고?"

—네, 그렇습니다.

착한 사람인 줄 알았는데!

아니, 사실 호구 잡았다고 생각했었는데!

그런 게 아니었다니!

"실망이 크다."

하지만 여기에서 의문이 하나 더 떠오른다.

"그건 그렇고 추적 마법이 걸려 있었는데 왜 지금까진 날 그냥 내버려 뒀대?"

─이건 예상입니다만, 아마 새 주인님의 각성창 안에선 추적 마법이 끊겨 버리는 모양입니다. 그게 아니라면 설명이 안 됩니다.

나는 납득하고 고개를 끄덕였다.

"아, 그래서 이 금화를 각성창에서 꺼내놓는 것만으로 충분하다는 거구나."

─그렇습니다.

어쨌든 두 사람이 아직 제국 서부 변경에 남아 있다면 금방 만날 수 있을 거다. 금화에 추적 마법이 걸려 있다니 굳이 이 자리에 앉아서 기다릴 필요도 없고. 유적에만 안 들어가면 될 것 같았다.

"아무튼 알았어."

나는 금화를 주머니에 넣었다.

각성창이 아니라, 주머니에.

"아, 두 사람을 만나려면 레너드 몬토반드여야 하겠네."

─아무래도 그 편이 낫겠죠.

금화를 받은 것은 레너드 몬토반드이니, 금화를 꺼내놓은 것도 레너드 몬토반드여야 한다.

그래서 나는 신분을 갈아입었다.

금화를 허공에다 튕겨놓고 변신 브로치로 변신!

그리고 금화는 레너드의 바지 주머니에 쏙 들어갔다.

"됐다."

─그런데 어떤 식으로 접촉하시겠습니까? 다짜고짜 대결을 신청하면 란첼 자작이 가만히 있지 않을 텐데요.

포아드 경이라면 모를까, 란첼 자작은 5마급의 고위 마법사다. 적으로 돌려놓고도 발 뻗고 잘 수 있는 상대는 아니다.

"대결이 아니라 결투를 신청하면 되지 않을까?"

내가 다소 안이한 대책을 내놓자, 라플라스는 대답 대신 다른 제의를 해왔다.

─차라리 이 김에 카를 페르디넌트의 신분 증명을 구매하시는 게 어떠십니까?

이 정도면 제의가 아니라 그냥 판촉 같다만. 나는 곧장 고개를 저었다.

"1,000루블짜리 그거? 됐어. 그러느니 마법을 배우고 말지."

1,000루블이면 마법을 3마급까지 배우고도 거스름돈으로 100루블이 남는다.

"그보다 좋은 방법 없어? 공짜로 쓸 수 있는 방법. 아니면 혹시 덤이 남아 있던가?"

─덤은 아직 하나가 남아 있습니다. 그럼 덤을 소모해서 말씀드리겠습니다.

라플라스의 목소리에 한숨이 섞인 건 기분 탓일까? 기분 탓이겠지. 기분 탓이라 해두자.

내가 고개를 끄덕이자 라플라스는 바로 설명을 시작했다.

—란첼 자작과 포아드 경에게 있어 레너드 몬토반드라는 상대는 수상함이 70%에 신기함이 30% 정도 섞인 존재입니다. 그간 다른 경로로 레너드에 대한 정보를 수집하려고 노력했겠습니다만 그 정보는 이미 낡은 정보죠. 이미 죽은 레너드에 대한 정보였을 겁니다.

중증 유흥중독자에 돈이 떨어지자 조카에게 손을 벌리자는 발상을 할 정도로 밸도 없는 진짜 레너드는 루에노에게 시비를 걸었다가 살해당했다.

녀석의 검술은 1검급에도 오르지 못한, 동네 고수의 수준밖에 도달하지 못했으며, 그렇다고 머리가 좋은 것도 아니고 수완이 뛰어난 것도 아니다.

그러나 그 후에 란첼 자작이 시티 오브 툴루에서 수집하게 된 레너드 몬토반드에 대한 소식은 그간 모아왔던 정보와 완전히 대비되는 것이었다.

툴루멘즈의 배후에 서서 시티 오브 툴루의 암흑가를 사실상 평정한 실력과 수완을 발휘한 레너드 몬토반드는 기존의 인물과 진짜로 동일 인물인지 의문스러울 정도였다.

—그러므로 그들은 레너드 몬토반드라는 존재에게 호기심을 품을 수밖에 없습니다.

고작 덤을 소모해서 말해주는 것치고는 라플라스의 설명이 꽤나 장황했다. 그나마 이번 설명은 제3자의 시점에서 듣고 있으려니 좀 어깨가 으쓱해지는지라 크게 지루하지는 않았다는 것만은 다행이었다.

—따라서 어떻게 해서든 정보를 끌어내기 위해 노력할 것입니다. 잘못 접근하면 잡혀서 고문당하겠지만, 이쪽에서 먼저 호의적으로 접근한다면 최악의 사태는 면할 가능성이 높습니다.

"섬뜩하네."

나오는 단어가 감금, 고문이다. 진짜 그냥 포아드 경에게 다가가 냅다 결투를 신청했다면 란첼 자작이 날 그냥 놔둘 리가 없었으리라는 점을 잘 알 수 있는 설명이기도 했다.

"그런데 호의적으로 접근한다는 건 뭐 어떻게 해야 되는 거야?"

—신변 보호를 요청하고 심문에 정직하게 답변하시면 됩니다. 그 뒤라면 정정당당한 결투를 신청하든, 함께 수련을 하자고 하든 어느 쪽이건 포아드 경은 응할 것입니다.

응? 포아드 경은?

"그럼 란첼 자작은?"

—잘 구워삶아야죠. 그쪽은 심문에 얼마나 정직하게 답하는지에 따라 갈릴 겁니다. 란첼 자작의 호기심이 완전히 충족된다면 포아드 경이 뭘 하든 크게 상관하지 않을 터입니다.

덤이라 그런지 상세한 방법 같은 건 알려주지 않았지만, 임기응변으로 대충 해보고 안 되면 그때 가서 결제하면 되겠지. 나는 다소 안이하게 생각했다.

＊　　　＊　　　＊

"뭐? …지금 와서?"

란첼 자작은 포아드 경의 보고에 다소 당황한 듯 대답했다. 그도 그럴 만했다. 1년 동안이나 아예 반응조차 하지 않았던 금화의 추적 마법이 갑자기 다시 연결됐다니.

"…함정 아니야?"

자작이 그렇게 생각하는 것도 무리는 아니었다.

"상대는 레너드 몬토반드입니다만……."

"상대가 레너드 몬토반드라고 해서 함정을 파지 말라는 법은 없지."

포아드 경은 반박하는 대신 머리를 조아렸다. 확실히 레너드 몬토반드가 이 도시, 시티 오브 툴루에서 보인 모습은 그간 모아온 정보와는 상충하는 면모가 보였다.

"…게다가 그게 진짜 레너드 몬토반드일지조차 확신이 서질 않고."

란첼 자작은 홍차 잔을 들어 올리고는 입은 대지 않은 채 멈췄다. 생각 중인 것이리라. 포아드 경은 란첼 자작의 입술이 잔에서 떨어지기를 기다려 다시 입을 열었다.

"…그러면 무시하시겠습니까?"

"아니."

란첼 자작은 다시 홍차 잔을 내려놓고 자신만만하게 말했다.

"함정이야 돌파하면 그만이지."

그 대답을 예상이라도 한 듯, 포아드 경은 곧장 말했다.

"정확한 위치가 올라오는 대로 보고 드리겠습니다."

"부탁하도록 하지."

*　　　　*　　　　*

"그런데 이제 뭐 하지?"

금화는 꺼내놨으니 이제 란첼 자작과 포아드 경이 찾아오는 걸 기다리기만 하면 되는데, 어디서 뭘 하면서 기다리느냐가 문제였다.

유적에만 안 들어가 있으면 된다지만, 그럼 유적에 안 들어가면 내가 뭘 하느냐?

특별히 할 게 없었다.

그냥 왕의 검법을 수련하거나, 홍홍이에게 밥을 주거나, 밤 되면 어둠을 응축하거나…….

아니, 생각보다 할 게 많긴 했네. 어느새 다 일과가 되어 있어서 일상적으로 하고 있었지만 새삼 꼽아보니 하는 게 많긴 했다.

지나가는 사람에게 치유와 축복을 걸면서 성력을 낭비해야 하는데, 여긴 사람이 없어서 나 자신에게 걸린 축복을 갱신하는 것밖에 못 하는 건 좀 아쉬웠다.

어디 마을에라도 가서 틀어박혀야 하나? 그렇다고 레너드 몬토반드의 출현 정보를 적에게 주고 싶진 않은데……. 내가 그렇게 고민하고 있을 때, 라플라스가 말했다.

―그러고 보니 전시 기간이 끝나지 않으셨습니까?

"아, 그렇네?"

가울의 성채에서 전시를 한 번 갱신했으니, 슬슬 전시 기간인 일주일이 지난 것 같긴 했다. 나는 각성창을 열고 전시대를 꺼내 들었다. 이번에는 [거인]이 15점, [귀부인]이 19점이다.

"분명히 거인이 지난번에 19점이었지?"

―네, 귀부인은 12점에서 19점으로 상승했고요.

아무래도 관람객들이 [거인] 테마는 슬슬 질린 모양이다. 이제 유물을 바꿔 껴야 하나, 하고 생각하던 나는 문득 한숨을 내쉬었다.

"전시 점수는 차곡차곡 쌓이는데 쓸모는 모르겠고……."

그렇게 혼자 불평을 하며 전시대의 문자를 꾹꾹 눌러서 보상을 수령하는데, 이번에는 전에 못 보던 메시지가 전시대에 떴다.

―전시 점수 50점을 소모해 보조 큐레이터에서 정식 큐레이터로 승급하실 수 있습니다.

―승급하시겠습니까? [예/아니오]

"오!"

전시 점수를 어떻게 쓰나 했더니 이렇게 쓰는 거였군! 나는 바로 고개를 끄덕이며 [예]를 꾹꾹 눌렀다.

지금 전시 점수 총점은 77점. 충분하다. 50점이 소모되며 27점이 남았으리라 머릿속으로 정리하고 있으려니, 전시대에 문자가 계속 떴다.

　─당신은 정식 큐레이터로 승급했습니다.
　─당신의 전시 계급은 아직 [무명]입니다. 계속해서 전시해 계급을 올리십시오.

아니, 이거 계급제였어? 지금 시작했으니 밑바닥부터 올라가는 게 당연하긴 하지만, 가장 밑바닥이라는 건 괜히 자존심 상한다.

　─당신에게 일반 전시대 2개와 특별 전시대 1개로 이뤄진 전시 코너가 주어집니다.

나는 순간적으로 전시대 3개를 더 주나? 생각했지만 오해였다. 주어진 것은 특별 전시대 하나뿐이었다. 이것과 기존 전시대를 조합해 전시 코너를 만들 수 있는 모양이었다.

특별 전시대는 유물을 하나만 넣을 수 있는 전시대였는데, 기능이 달린 유물이 들어갔다. 아니, 하나만 들어가면 테마 보너스를 어떻게 받지? 그렇게 생각했는데, 특별 전시대에 문자가 떠올랐다.

─전시 코너의 테마를 정해 추가 테마 보너스를 얻으실 수 있습니다.

지금까지는 전시대마다 테마 보너스를 설정해서 받을 수 있었지만, 전시 코너 전체에 동일한 테마를 깔아서 특별 전시대 유물의 보너스를 얻을 수 있는 모양이었다.

페널티는 아니니 나쁠 건 없지만 부담스럽긴 하다. 내게 그렇게 같은 테마의 유물이 많진 않았을 텐데……

"아니, 생각해 보니 있긴 하네!"

나는 시티 오브 화이트의 고대 대묘역에서 얻었던 유물들을 늘어놓았다. 이걸 잘 조합하면 7개짜리 테마도 충분히 설정할 수 있으리라.

한 시간 동안이나 고민에 고민을 거듭한 후, 나는 [이름도 잊힌 고대 사냥신의 활]을 특별 전시대에 두고, [이름도 잊힌 고대 전쟁신의 창]을 좌측 전시대에, [이름도 잊힌 고대 화로신의 불잔]을 우측 전시대에 넣었다.

이름하여 [잊힌 고대신의 시대] 테마! 일반 유물을 이 테마에 맞춰 넣는 거야 쉬웠다.

─[호기심을 자극하는] 등급 전시입니다.

─테마 보너스가 주어집니다. [잊힌 고대신의 전성기]! 모든 유물로 인한 보너스가 기존 테마 보너스에 더해 추가로 강화됩니다.

—이대로 전시하시겠습니까?

"됐어! 진짜로 유물 7개로 테마 보너스를 받아 내다니! 하면 되는구나, 이거!"

나는 자화자찬하면서 전시를 진행시켰다.

—전시 기간을 설정해 주십시오. 추천하는 전시 기간은 1개월간 입니다.

"오케이!"

그렇게 전시 기간까지 확정하자, 바로 테마 보너스의 효과를 확인할 수 있게 되었다.

[활]에서 [사거리 증가]와 [명중 증가]의 기능이 강화되었고, [창]에서는 [급소 적중 증가], [기절 확률 증가]의 기능이 강화, 마지막으로 [불잔]에서는 [화염 속성 친화], [화염 저항 증가]가 강화되었다.

사실 유물 상태로는 기능의 효과가 좀 미약한 편이라 애매 했는데, 이 모든 기능이 2번 중첩되어 강화된 테마 보너스는 마 치 종합 선물 세트와도 같았다.

특히나 [불잔]의 기능들은 기존에 있던 붉은 드레이크의 정 수의 연금약 효과보다 약해서 별로였는데, 강화되고 나니 꽤 유의미한 효과를 발휘할 것 같았다. 이제는 슬슬 용암 속에 뛰 어들어도 괜찮지 않을까? 이런 근거 없는 자신감까지 샘솟을 정도니 말 다 했다.

"이거 진짜로 불의 정령을 소환 안 하면 안 될 거 같은 분위기를 조성하는데?"

—…그건 그때 가서 생각하시죠.

뭐, 그건 그렇다. 아직 훙훙이도 완전히 성장 못 시켰는데 무슨.

그러다 나는 문득 어떤 아이디어를 떠올렸다.

"라플라스."

—네, 새 주인님.

내 성장 기반은 기본적으로 유적 탐사에 있긴 했지만, 그것만 있는 건 아니다.

루에노와 처음 만났을 때 얻어먹은 이상한 죽이라든가, 이번에 얻어먹은 정령과라든가……. 다시금 떠올려 보니 전체적으로 루에노 덕을 많이 본 것 같지만 그거야 뭐 아무튼, 나는 다른 방법으로도 얼마든지 강해질 수 있다.

"혹시 정령과… 아니면 그런 비슷한 거라도 어떻게 또 구할 수 없을까?"

이번엔 정령과를 얻어먹었지만, 내가 직접 구해서 먹을 수 있다면 그것도 괜찮지 않겠는가?

—유료입니다.

라플라스의 대답에 나는 실망하지 않았다. 당연히 유료겠지.

"얼마?"

—30루블입니다, 새 주인님.

"아."

가격만 듣고 눈치챘다. 다음 유적에 가면 나온다는 소리라는 것을.

"됐어, 그럼."

유적 밖에서 시간을 때우는 것이 목적인데 유적 정보를 미리 사봐야 뭐 하겠는가? 뭐 어차피 사게 되긴 하겠지만, 미리 살 이유는 또 없었다.

"그러면… 이 주변에서 대충 루블 벌이라도 해야겠군."

현재 내 계좌 잔고는 1,747루블. 적은 건 아니지만 많지도 않다. 더욱이 6령급에 대비해 돈을 모아놓기로 마음먹은 것치고는 별로 늘지가 않았다. 4령급이 500루블, 5령급이 1,000루블이었으니 최소한 2,000루블, 아니, 3,000루블은 모아놓아야 안심이 될 것 같은데…….

—고블린이라도 소탕하러 가시겠습니까?

"역시 고블린인가."

내가 탄식하자 라플라스가 눈치를 좀 보더니 다시 말을 꺼냈다.

—이쪽 서쪽 변경이라면 다른 선택지도 있습니다. 더욱이 남부 대륙과 달리 이 지역에서는 라틀란트 제국군이 고블린 청소를 열심히 해줘서 그리 많지도 않고요. 그런 의미에서 보자면 다소 비효율적이긴 합니다.

그런 말을 들으니 혹한다.

"그 다른 선택지가 뭔데?"

─유료입니다.

또 판촉이냐!

아니, 어차피 고블린 정보도 루블 주고 살 생각이었는데 판촉이니 뭐니 하는 것도 이상하긴 하다. 그저 라플라스가 최근 들어 판촉을 하도 열심히 해서 반사적으로 그만…….

"좋아, 얼마야?"

*   *   *

내가 던진 도끼가 트롤의 어깨에 퍽 하는 소릴 내며 파고들었다. 끼아아아악! 하는 귀청 떨어질 것 같은 비명 소리가 길게 울려 퍼졌다.

─트롤에 대해 말씀드리자면 덩치가 크고 힘이 세며 돌처럼 단단한 피부를 지니고 단단하고 날카로운 어금니를 지닌 인간형 괴물입니다.

"응, 그건 보면 알아."

─그럭저럭 지능도 있고 손재주도 있어서 무기를 다룰 줄 아는 점은 위협적이지만 짐승의 교활함을 넘어서지 않는 점은 인간에게는 다행입니다. 왜냐하면 사람을 잡아먹거든요.

"그건 이제 알았네."

─마지막으로 트롤의 가장 강력하고도 유명한 특징은 상처를 입어도 금방 재생해 버린다는 점입니다. 그래서 제대로 처

치하려면 돌처럼 단단한 피부를 뚫고 상처를 준 후 그 상처를
불로 지져야 합니다만…….

"아, 내가 제대로 하고 있는 거였네."

여신의 부월은 트롤의 피부를 뚫을 정도로 충분히 날카롭고
스스로 불꽃까지 피워 올린다. 지금도 트롤의 어깨에 틀어박힌
도끼는 불꽃을 뿜어내며 트롤에게 고통을 부여하고 있었다.

─이런 특징들 때문에 트롤은 특히 처치하기 어려운 축에 속
하는 괴물입니다. 기사들만으로는 처치하기 힘든 탓에 라틀란
트 제국의 기사단도 그리 선호하지 않는 괴물이기도 하고요.

"그렇긴 하겠네."

불타는 도끼를 어깨에 박은 채 날뛰는 트롤의 모습은 확실
히 위협적이었다. 고통에 몸부림칠 뿐임에도 그 여파로 주변의
나무가 부러지고 바위가 깨진다.

─마법사를 대동한다면 상대적으로 쉽게 처치할 수 있지만,
제국 중앙은 마법사 같은 고급 인재를 쉽게 내어주지 않기 때
문에 제국 변경에선 트롤이 창궐하기 일쑤입니다. 그나마 집단
생활을 좀처럼 하지 않고 고블린만큼 쉬이 수가 불어나지 않는
점만이 다행일 뿐이지요.

"그렇군!"

나는 여신의 부월을 회수했다. 그리고는 부월을 빙글빙글 돌
린 후, 다시 한번 던졌다. 퍽! 이번에는 도끼가 트롤의 이마를
쪼갰다.

이번에는 비명 소리가 들리지 않았다. 이번 일격으로 트롤이

절명했기 때문이다.

"이거, 테마 보너스 덕을 많이 보는데?"

본래대로라면 [이름도 잊힌 고대 사냥신의 활]의 기능은 그 활로 쏜 화살에만 적용될 터였으나, 나는 트레저 헌터이기에 그 기능을 다른 식으로도 적용시킬 수 있었다. 도끼를 던지는 것도 그 일례에 속한다.

그러나 단순히 그 기능을 빌려 쓰는 것만으로는 지금처럼 트롤이 저 멀리서 간신히 보일 정도의 거리까지 적용범위를 넓힐 수는 없다.

단순한 투척을 거의 저격 수준으로 활용할 수 있는 건 큐레이터로서 얻은 테마 보너스로 이 기능을 추가로 강화한 덕이었다.

그것도 [사거리 증가]뿐만 아니라 [명중 증가], [급소 적중 증가], [기절 확률 증가], [화염 속성 친화]까지 한꺼번에 모조리 적용받으니 지금처럼 단숨에 트롤의 머리를 쪼개 버리는 것마저 가능해졌다.

─죽음을 극복하셨습니다.

뭐, 이번엔 아쉽게도 기절 확률 증가는 써먹지 못한 것 같지만.

기절에 앞서 죽음이 먼저 찾아드는 건 어쩔 수 없는 일이다.

"그래서 라플라스, 트롤의 사체에서는 뭐 건져먹을 거 없어?"

─일단 트롤의 신선한 생피가 가득 든 생간이 연금 재료로

쓸 만합니다.

트롤의 생간. 듣고 보니 다운로드 받은 연금술 지식의 리스트에 들어 있는 것 같았다.

"오, 그럼 피가 상하기 전에 얼른 뽑아내야겠군."

—새 주인님께서는 [신선 유지기]를 보유하고 계시니 서두르실 필요는 없어 보입니다만.

"그건 또 그렇네."

나는 서두르려다가 말고 좀 더 느긋하게 전리품을 향해 발걸음을 옮겼다.

*　　　*　　　*

이것도 하다 보니 은근히 익숙해진다. 여기서 '이것'이란 정령법을 봉인하고 싸우는 것을 가리킨다. 정령력은 모조리 훙훙이의 성장에 돌리고, 다른 방법으로만 싸우고 있었다.

"끼릭이를 쓰면 더 간단한데."

나는 트롤 한 마리를 더 꺼꾸러뜨리곤 혀를 쯧쯧 찼다.

익숙해지다 보니 도끼를 한 번 던질 때마다 한 마리씩 죽어나가게 됐지만, 그냥 방아쇠만 당기면 되는 끼릭이의 정령류탄 사격과 도끼 붙잡고 던지는 것의 피로도 차이는 명확했다.

괜히 지구 인류가 총을 쓴 게 아니다.

—죽음을 극복하셨습니다.

"응, 그래."

사실 내가 트롤만 잡고 있는 건 아니었다.

고블린 무리도 잡고 범도 잡고 곰도 돼지도 잡고 있었다. 그냥 괴물과 맹수들을 보이는 대로 잡고 있다고 해도 과언이 아니었다.

아, 돼지도 맹수 맞다. 사람 잡아먹는 엄청 큰 멧돼지였으니.

"사람 잡아먹는 것들을 내가 잡아먹게 되는군. 이것도 대자연의 법칙인가."

트롤의 경우에는 생간을 연금술로 가공해서 먹는 거고, 고블린은 아예 안 먹지만 말이 그렇다는 거다. 식인 호랑이와 식인 곰도 일부러 도낏자루로 이마를 깐 후 가죽을 깔끔하게 벗겼지만 고기까지 먹진 않았다.

…말하고 보니 안 먹는 게 더 많네.

아, 그래도 식인 멧돼지는 확실히 먹는다. 일리어스 님께서 대활약을 해주셨다. 맛있었다!

"곰이나 호랑이 중에 내단을 갖고 있는 영물이 없는 건 좀 아쉽군."

─내단이 아니라 정수입니다만……

아무튼 이런 식으로 카를을 잡아먹었던 놈들을 골라서 잡다 보니 루블도 꽤나 모였다. 부작용으로는 내 이름, 정확히는 레너드 몬토반드의 이름이 어느 정도 퍼질 수밖에 없게 되었다.

불타는 도끼로 사람 잡아먹는 것들을 때려잡고 다니다 보니 이름이 안 알려질 수가 없었다. 사람들의 눈에는 그 광경이 꽤나 인상적이었던 모양인지 소문이 금방금방 퍼지는 게 피부로 느껴질 정도였다.

좀 염려스럽긴 했지만 나는 크게 걱정하지는 않았다.

"뭐, 너무 유명해지면 또 잠적하면 되겠지."

레너드 몬토반드로선 딱 포아드 경만 만나서 칼 몇 번 겨루면 용건이 끝난다. 그 뒤에는 다른 신분으로 갈아타 잠적하면 그만이다.

굳이 덤을 노리자면 그간 모아온 트롤의 귀와 고블린 코를 주변 도시로 가져가 보상으로 바꾸고 싶긴 하지만…….

"지금 금화가 모자란 건 아니니. 뭐."

그저 챙길 수 있으니 챙기고 싶을 뿐이지, 상황이 허락하지 않으면 포기해도 상관없는 것들이다.

"눈치 봐서 적절히 행동하면 되겠지."

―그게 가장 어려운 일입니다만…….

"괜찮아, 라플라스. 네가 있잖아."

―물론 제가 있긴 합니다만.

라플라스의 대답에 자부심이 깃들었다.

그렇게 루블을 벌고 다닌 지 며칠이 지난 어느 날의 늦은 오후였다.

"레너드 몬토반드."

나는 드디어 얼굴을 마주하게 되었다.

"오랜만이로군. 1년 만인가?"

란첼 자작과 포아드 경.

이 두 사람과.

정확하게 따지자면 1년 만에 보는 건 포아드 경뿐이다. 란첼 자작은 공식적으로는 얼굴을 마주친 적이 없는 상대다. 멀리서 얼굴을 본 적은 있지만, 그땐 내가 먼저 도망쳤다.

"우연이로군, 이런 곳에서 마주치게 되다니."

포아드 경은 뻔뻔하기 짝이 없는 발언을 했다.

금화에 걸린 추적 마법을 따라 여기까지 나를 찾아왔으면서 우연한 만남인 척을 하다니.

"오랜만입니다, 포아드 경."

나는 포아드 경에게만 인사했다. 어차피 내가 볼일이 있는 것도 포아드 경 쪽이다. 란첼 자작은 모른다는 설정이니 설정을 유지해야지.

"이름을 기억해 주다니 영광이로군."

"포아드 경께 영광으로 여겨지다니 영광입니다."

우리가 서로 덕담을 나눌 때마다 란첼 자작의 시선이 아까부터 조금씩 차가워지고 있는 것 같지만 포아드 경은 전혀 눈치채지 못한 듯했다.

물론 나도 눈치 못 챈 척했다.

진심을 말하자면 나도 모르고 싶었다.

"괴물들을 잡고 다닌다는 소문을 들었어. 이 주변에서는 이름이 꽤 알려진 모양이더군. 편력기사로서 명성을 쌓고 있는 건가?"

"가문을 물려받지 못한 귀족이 할 수 있는 일은 한계가 있으니까요. 평민들보다야 낫겠지만."

나는 미리 생각해 둔 변명을 입에 올렸다. 그러자 포아드 경은 감탄한 듯 대답했다.

"역시 세상 경험을 쌓으며 철이 들긴 들었군. 전에 듣던 소문이 거짓으로 느껴질 정도야."

"과찬이십니다."

진짜 과찬이었다.

레너드 놈, 원래 평판이 어느 정도였기에 이 정도로도 감탄을 사는 거냐.

제4장
—
금화 한 닢 II

　물론 나는 라플라스로부터 레너드 몬토반드에 대한 정보를
다운로드 받아서 어느 정도는 알고 있긴 했었다.

　하지만 다운로드 받은 정보는 레너드의 역할을 수행하기에
필요한 것들이어서 레너드의 입장으로 서술된 경향이 있었다.
다른 사람이 보기에 어떻게 보이는지는 잘 모른다는 소리다.

　그건 그렇고, 그냥 방치하고 있기엔 슬슬 이 여름에 얼음이
얼 것 같다는 느낌이 들 정도로 란첼 자작의 시선이 차가워져
있었다. 후환이 두려워진 나는 둘에게 제안했다.

　"이런 곳에서 서서 이야기를 나누는 것도 좀 뭐하군요. 제
가 신세를 지고 있는 사냥꾼들의 임시 거처가 있습니다. 저도
손님 자격으로 신세를 지고 있는 입장에서 이런 평가를 내리

긴 좀 뭐하지만 좁고 허름한 곳이나, 숲 한가운데에 서 있는 것
보다는 훨씬 나을 겁니다."

"초대해 주는 건가?"

"제가 주인은 아닙니다만, 뭐 그렇습니다. 그쪽에 계신 분
도……."

내가 란첼 자작에게 시선을 돌리며 말하자, 포아드 경이 움
찔 굳었다.

"이, 이분은 내 주인 되시는 분이시네. 란첼 자작님이시지."

자기 주인 소개도 안 하고 나하고 잡담을 떠들고 있었다는
걸 뒤늦게나마 눈치채서 다행이다. 아니, 진짜 다행일까? 너무
늦은 것 같은데…….

"아, 란첼 자작님이시군요. 이렇게 만나 뵙게 되어 영광입니
다. 저는……."

"잡담을 떠드는 건 이쯤 하지, 레너드 몬토반드."

내 자기소개를 끊으며 란첼 자작은 냉랭히 말했다.

"나는 자네를 통해 알고 싶은 게 많아. 아주 많지."

급속하게 얼어붙는 분위기에, 나는 태연한 척하려 노력하며
라플라스의 조언을 기억해 냈다. 호기심을 풀어주면 만족할 거
라고 했지.

"제가 답해드릴 수 있는 것이라면 말씀드리겠습니다. 무엇이
궁금하십니까?"

내 반응이 의외였던 듯 란첼 자작은 눈을 크게 떴다. 그러나
동요는 오래가지 않았고, 란첼 자작의 표정은 다시 차가워졌다.

그러고선 내게 던진 말이 이거였다.

"너는 누구냐?"

'라플라스!'

라플라스는 호기심을 풀어달라고 했을 뿐, 어떤 식으로 풀어주면 된다고까지는 설명해 주지 않았다. 저 질문에는 뭐라고 대답해야 하지? 나는 김연준이며 카를 페르디넌트지만 사실을 밝혀봤자 결코 좋은 꼴을 볼 수 없을 것 같았다.

—10루블입니다.

비싸기도 하지.

'딜!'

하지만 나는 곧장 지불했다. 침묵이 길어지면 의심받을 가능성이 높아졌으니. 라플라스도 그 사실을 잘 아는 듯 평소보다 빠른 목소리로 답을 말해주었다.

—여기선 레너드라고 대답하시면 됩니다.

"…저는 앞서 소개드렸듯 레너드 몬토반드입니다."

이 정도면 의외의 질문에 잠깐 당혹했다고 변명할 수 있을 만했다. 그러나 자작의 다음 발언은 나를 더욱 당혹케 했다.

"거짓말이로군. 너는 레너드 몬토반드가 아니다."

'라플라스!'

—왜 그렇게 생각하냐고 되물으시면 될 것 같습니다.

어째서 추측성 발언을? 그러나 라플라스를 추궁하고 있을 시간은 없었다.

"왜 그렇게 생각하십니까?"

"레너드 몬토반드는 이미 죽었기 때문이다."

그치. 죽었지.

"어디서 그런 말씀을……?"

"루에노, 그 정령 검사가 검술만으로 레너드를 살해했지. 본인에게 직접 들은 증언이다."

왜 자꾸 맞는 말을 하지? 반박하기 어렵게.

'라플라스!'

―스승님과 친하게 지내셨냐고 물어보십시오.

아니, 왜?

나는 이유가 궁금했지만 란첼 자작의 강렬한 시선 때문에 캐물을 수가 없었다.

"스승님과 친하게 지내셨나 보군요."

"…어?"

"스승님께서 말씀하시지 않으셨습니까? 이 레너드 몬토반드가 제자라고."

란첼 자작은 입을 꾹 다물었다. 그리고 몇 초간 나를 노려보다가 다시 입을 열고 하는 말이 이거였다.

"…진짜인가 보군."

…엥?

란첼 자작의 말투가 많이 억눌러졌다. 적개심도 많이 줄어들었고. 그런데 왜 이러는지 모르니까 괜히 불안하다. 갑자기 어째서?

"자네는 아직 모르겠지만 루에노와 같이 한 달 정도 시티 오브 툴루에 머무른 적이 있네."

나도 안다. 한 달이나 같이 머물렀다는 건 몰랐지만. 게다가 면식이 있다는 것도 몰랐지만.

"며칠 전까지는 분명 자기가 레너드 몬토반드를 죽였다고 증언했던 사람이 어느 날 갑자기 자기 제자라고 하니 황당하기 짝이 없는 일이지."

아니, 그 스승님은 대체 무슨 말씀을 어떻게 하고 다니시는 거지? 그런 식으로 말씀을 하고 다니시면 다른 사람들이 미친 사람인 줄 알 텐데. 사실 경애하는 스승님께 품을 감상은 아니나 나도 그렇게 생각하는 감이 없지는 않지만.

"이러니 내가 궁금하게 여기지 않을 도리가 없지 않나? 대체 무슨 일이 있었던 건가?"

'라플라스!'

—이렇게 말씀하시면 됩니다.

내용이 길어서 무려 다운로드를 받아야 했다. 제대로 말하기 위해 머릿속으로 그 내용을 곱씹은 나는 짧은 한숨으로 숨을 고르고 입을 벌려 이렇게 말했다.

"다 맞는 말씀입니다. 저는 스승님에 의해 한 번 죽은 몸입니다. 근거 없는 자신감에 휘둘리며 아무렇게나 살았던 망종이었던 레너드 몬토반드는 분명 그때 죽었습니다. 하지만 스승님에 의해 새 삶을 찾게 되었죠."

뭐냐, 이건. 무슨 고해라도 하는 건가? 말하는 나도 황당했지만 그저 라플라스에 대한 신뢰를 담아 다운로드 받은 대로 말했다.

"오오, 그렇게 된 건가!"

그런데 옆에서 안절부절못하며 나와 란첼 자작의 대화를 듣고 있던 포아드 경이 갑자기 감탄을 하면서 손뼉까지 치는 게 아닌가?

아니, 이걸로 납득한다고? 진짜로?

"…루에노는 그런 의미로 말했던 건가……."

심지어 제정신인 줄 알았던 란첼 자작마저 납득하는 분위기다.

아니, 이건 이 두 사람이 제정신이 아니라서 이러는 게 아니라 루에노라는 사람이 워낙 기행과 광언을 일삼아서 이런 현상이 일어나는 거다.

아무리 그래도 그렇지, 나를 죽였다는 증언마저 이렇게 왜곡해서 알아들어 줄 줄이야.

"자네도 고생이 많군."

"…아닙니다."

방금 전까지의 차가운 태도가 마치 거짓말이었던 듯 나를 격려하는 란첼 자작의 말에 나는 나도 모르게 고개를 저어버리고 말았다.

그러자 포아드 경은 한층 더 감탄한 시선으로 나를 뜨겁게 바라보기 시작했다.

이 분위기는 대체 뭐냐.

…괜히 불렀나?

황당함과 후회가 공존하는, 설탕이 빠져 전혀 달콤하지 않은 초콜릿 같은 느낌에 몸서리를 치고 있으려니, 란첼 자작 쪽이 내게 먼저 접근해 이렇게 제안했다.

　"방금 전의 초대는 아직도 유효한가? 슬슬 해도 넘어가는데 이런 곳에서 서서 이야기하는 것도 좀 뭣하군."

　"아, 예. 물론입니다. 함께 가시죠."

　뭔가 좀 이상하긴 하지만 나는 오늘도 살아남았다.

　그렇게 생각했다.

　'라플라스, 축의금은?'

　—아직 아닙니다.

　…앗.

＊　　　　＊　　　　＊

　저녁 식사가 될 만한 요리를 준비한다는 핑계로 잠깐 레너드 몬토반드가 자리를 뜬 사이, 란첼 자작은 포아드 경에게 눈짓했다.

　"예, 자작님."

　"어떤가?"

　"놀랍군요. 솔직히 말도 안 된다고 생각합니다."

　란첼 자작과 포아드 경은 그냥 무작정 금화에 걸린 추적 마법만 따라서 여기까지 온 건 아니었다. 정보망을 가동해 정보를 확보하는 것은 물론 그들 스스로도 탐문을 통해 오류를 바로잡고 갱신했다.

레너드 몬토반드라는 남자는 어떤 남자인가?

몬토반드의 자칭 협객, 다른 이들의 평가로는 몬토반드의 광대. 형제들과의 가문 계승권 경쟁에서 완전히 탈락해 방랑에 나선 후, 그가 벌여온 기행과 민폐는 말이 아니었다.

그리고 그 끝은 조카라고는 하지만 엄연히 황통인 라틀란트의 카를 페르디넌트를 찾아가 돈을 빌리려고 마음을 먹는 거였다. 그야말로 명예도 모르는 망종, 귀족이라고도 할 수 없는 망나니였다.

혈통을 제쳐두면 그저 방랑 기사일 뿐이니 실제로도 귀족이 아니었다. 아니, 타고 있는 말은 팔아버리고 그 돈은 도박으로 날려 버렸으니 사실 기사라고도 할 수 없었다.

그런데 지금 이 시점에 와서 이러한 기존의 정보는 모두 뒤엎어졌다.

루에노에게 살해당했다던 정보는 루에노 본인에 의해 뒤집어졌다. 살아서 돌아다니며 실제로 시티 오브 툴루에서는 꽤나 대단한 활약을 보였다. 그리고 지금, 어지간한 기사마저도 혼자 상대하는 것에는 애를 먹을 것이 틀림없는 트롤을 단독으로 때려잡고 다니고 있다.

사람이 뒤바뀌었다고 해도 과언이 아닌 변화다. 아니, 이 정도면 개변이라고 해도 좋으리라. 정말로 이전의 레너드 몬토반드와 지금의 몬토반드가 동일 인물이라면 그렇다는 이야기지만. 사실 그 둘이 다른 사람이라는 것이 오히려 더 설득력이 높을 정도다.

적어도 란첼 자작과 포아드 경은 여기 와서 레너드 몬토반드를 직접 만나기 전까지는 그렇게 믿어 의심치 않고 있었다.

지금은 어떤가? 하면······.

"역시 다른 놈이야."

란첼 자작은 자신의 가설이 맞았다고 믿어 의심치 않게 되었다.

"검의 주인이라고? 자네와 같은? 진심으로 하는 말인가?"

"저도 아니라고 믿고 싶었습니다만 진실입니다. 숨기려고 들지조차 하지 않더군요."

처음으로 봤을 때와는 전혀 다른 떡 벌어진 어깨에 전신의 근육, 그리고 단단한 피부는 레너드 몬토반드가 외력 수련을 얼마나 열심히 했는지를 여실히 드러내고 있었지만, 그보다도 더 결정적인 것은 그의 몸 내부에 자연스럽게 휘몰아치고 있는 내력의 거대한 흐름이었다.

"그 정도면 내력 발출을 다루기에 충분하다 못해 넘칩니다."

"···고작 1년 새에 그 정도 성취를 이루는 게 정말 가능하다고?"

"아뇨, 절대 불가능합니다. 전례가 존재하지 않을 정도입니다."

이제까지 존재하지 않았다고 앞으로도 존재하지 말라는 법은 없지만, 레너드 몬토반드라는 남자는 그렇게 이해할 수 있는 수준조차 아득히 뛰어넘은 상태였다.

칼로 사람 몸에 상처를 낼 수 있을 거라 믿기 힘들 정도로 허약한 몸을 갖고 있던 청년이 고작 1년 만에 칼날의 주인도 아니고 칼의 주인이 되어 있다고?

말이 안 되는 수준을 초월해 이런 괴물이 세상에 존재해선 안 되는 수준이었다.

"그럼 불꽃의 도끼를 던져 트롤을 토막 쳤다는 소리는 또 뭔가?"

"루에노 경으로부터 정령술을 배웠다고 하지 않았습니까? 스스로도 그렇게 말했고, 루에노 경도 같은 말을 했습니다."

"자네, 트롤을 정령술로 잡으려면 어느 정도 수준에 올라야 하는지 가늠이 가나?"

"저도 정령술에 대해 해박한 것은 아니지만, 그 정도면 적어도 정령을 3개체 정도는 불러낼 줄은 알아야 한다고 들었습니다."

"그래, 나도 함께 들었지. 그저 내가 들은 게 확실한지 확인한 것뿐이었네."

잠시 침묵이 이어졌다.

"1년 전에는 그저 좀 수상했을 뿐인 애송이가 단 1년 만에 검의 주인이 되고 정령도 3개체나 불러내는 거인이 되어 있다고?"

그러한 주인의 물음에 포아드 경은 답하지 않았다. 그것이 질문이 아님을 알 뿐만 아니라, 설령 질문이었다 하더라도 포아드 경으로선 그 답을 도저히 떠올릴 수 없었기 때문이다. 포아드 경 자신도 그 질문의 답을 알고 싶을 정도였다.

"차라리 마물이라고 하는 게 더 설득력이 있을 정도로군."

마물 중에는 인간의 모습을 가장해 인간의 집단에 숨어 다니는 놈도 있다고 한다. 지금의 레너드 몬토반드가 바로 그 마물이라고 가정하면 1년 사이에 사람이 어떻게 저렇게 바뀌었는지 설명이 된다.

그러나 완전히 설명이 되지는 않는다.

"하지만 마물이 다른 괴물을 때려잡고 다니지는 않잖습니까?"

"사람의 사회에 자연스럽게 숨어들기 위한 방편 아닐까?"

"정녕 그렇다면 더 좋은 방법이 많지 않습니까?"

"항상 가장 좋은 방법을 택할 수 있을 정도로 놈의 지능이 높지 않을지도 모르지."

포아드 경은 잠깐 입을 다물었다. 그러나 곧 다시 입을 열 수 있었다.

"그건… 그렇다면 루에노 경이 이미 알아채지 않았겠습니까?"

"…그렇군. 그건 좋은 지적이다. 루에노의 직감은 말로 설명할 수 없을 정도니, 놈이 마물이라면 바로 알아챘겠지."

다시 의문은 원점으로 돌아갔다. 모든 가설은 헛소리가 되었으며, 그 외에 더 떠오르는 가설도 생각나지 않았다.

"…대체, 저놈은, 대체 뭐야?!"

그저 짜증스럽고 답이 나오지 않는, 불쾌한 의문만이 다시금 부상했을 뿐이었다.

"그보다 당면한 과제는 저 괴물을 어떻게 상대할지에 대한 것 아니겠습니까?"

"…그렇지."

란첼 자작은 부하의 충언에 빠르게 머릿속을 전환시켰다. 고기를 가지러 간 레너드 몬토반드가 언제 돌아올지 모르니, 의논해 둬야 할 것부터 얼른 의논하고 판단을 내려야 했다.

"…저 괴물의 스승처럼 대해라."

저 괴물의 스승인 루에노도 괴물이었다. 이름 없는 대대를 상대하면서 하룻밤을 버텨내는 것에 그치지 않고, 레너드 몬토반드의 추적까지도 방해하는 전략적 행동을 혼자 힘으로 해낸 그야말로 괴물.

포아드 경은 루에노를 만나기 전까지 정령술이 그렇게 무서운 힘인지 몰랐고, 정령사가 그렇게 무서운 존재라는 걸 처음 깨달았다. 정확히는 그 전까지 알고 있었다고 생각했지만, 그게 전혀 알고 있는 게 아니었다는 것을 새삼 깨달았다는 표현이 더욱 정확하리라.

그런데 그랬던 루에노와 동급으로 대하라니. 일견 황당한 판단이었다. 포아드 경은 자신의 주인이 레너드 몬토반드라는 존재의 가능성과 장래성을 높이 샀다고 나름의 결론을 내렸다.

더욱이 어차피 주인의 결정이 내려진 이상 포아드 경 자신의 판단이나 생각은 별로 중요하지 않기도 했다. 두말할 이유가 없었다.

"알겠습니다."

"그래."

란첼 자작은 어째선지 조금 불만인 듯 미간을 찌푸렸지만, 다른 말을 던지거나 하지는 않았다. 어차피 이제 곧 레너드 몬토반드가 돌아올 시간이다.

만약 이보다도 더 시간이 늘어진다면 그게 더 문제가 될 테니, 굳이 부자연스럽게 다른 화제를 꺼내들기보다는 입을 다물고 기다리는 게 맞으리라.

*　　　　*　　　　*

나와 함께 이 임시 거처를 쓰고 있던 사냥꾼들은 여기에 귀족님께서 찾아오셨다는 말을 전하자 차라리 노숙을 하겠다며 후다닥 떠나 버렸다. 그 덕에 거처에는 나와 란첼 자작, 그리고 포아드 경만 남아 있었다.

정확히는 란첼 자작과 포아드 경만 있고, 나는 거처 밖에 나와 있었다. 식사용으로 쓸 만한 고기를 잘라 가겠다는 변명으로 나는 혼자 자릴 비웠다.

─지금쯤 돌아가시면 되겠습니다.

그 라플라스가 다시 내게 조언했다.

"아, 이야기가 끝났을 무렵인가?"

저녁 식사로 쓸 고깃덩이는 이미 마련해 둔 터였다. 사실 어디서 집어오는 데에 시간이 걸리는 것도 아니고, 그냥 각성창에서 꺼냈으면 됐을 일이었다.

그럼에도 내가 꽤 긴 시간 동안 임시 거처의 고기 저장고에 머무르고 있는 건 라플라스의 조언에 따르고 있었기 때문이었다.

─네. 설령 그렇지 않더라도 부재가 지나치게 길어지면 쓸데없는 경계를 살 위험이 있으니 이 정도쯤 해서 들어가셔야 합니다.

"그렇군. 알았어."

나는 묵직한 멧돼지의 등심 부위를 들고 고기 저장고를 나섰다. 피를 빼고 서늘한 저장고에서 숙성시킨 돼지고기의 맛은 대충 구워도 일품일 게 틀림없었다. 그 맛을 상상하니 입 안에 절로 침이 고였다. 하지만 동시에 아쉬움도 느껴졌다.

"이 고기를 일리어스 님께 부탁드리면 훨씬 더 맛 좋은 고기구이를 맛볼 수 있었을 텐데."

하지만 지극히 상식적인 라틀란트 제국인에게 고대 태양신의 비술로 구워낸 고기를 줄 수도 없으니 참아야 했다. 신성 교단이 대세를 이룬 제국에선 3대 성신 외의 신은 모두 이단이니 말이다.

"쳇."

혀를 한 번 차고, 나는 란첼 자작과 포아드 경이 머물고 있는 거처의 문을 두드렸다. 내가 다가오는 소릴 이미 들었는지, 안쪽에서 대화 소리 같은 건 들리지 않았다.

'…아무 말도 안 하고 있는 게 오히려 더 부자연스러운 거 같은데.'

—란첼 자작은 귀족이지, 염탐꾼은 아니거든요.

그렇구나. 나는 납득했다.

"들어가도 되겠습니까?"

"들어오시게."

들어오시게? 이상하게 어투가 한 단계 올라간 것 같은 그런 미묘한 느낌이다. 대체 무슨 작당을 했기에 이렇게 노선변경을 한 걸까? 좀 불안했지만 위기 감지는 조용했다. 나는 문을 열고 안으로 들어갔다.

"괴물 멧돼지 고기입니다. 제가 직접 잡았죠. 이놈이 마을까지 내려가서 애들을 잡아먹고 난장판을 쳐놨기에 잡으러 갔는데 이놈 힘이 엄청나서 쉽지는 않았습니다. 물론 저는 살았고, 놈은 이렇게 고기가 됐습니다."

어째 분위기가 좀 딱딱한 것 같아서 나는 먼저 대충 입을 털어보았다. 솔직히 별생각 없이 아무 말이나 한 건데 내 의도와 반대로 분위기는 오히려 더욱 딱딱해졌다.

"…그놈, 사람 잡아먹은 놈인가?"

"아, 네, 뭐, 그러고 보니 그렇네요."

사람 잡아먹은 괴수의 고기는 싫은가? 뭐 싫을 수도 있겠다. 그럼 다른 고기를 가져올까 고민하고 있으려니, 란첼 자작은 무겁게 고개를 끄덕이며 이렇게 말했다.

"꼭꼭 씹어 먹어야 하겠군."

너무 비장하게 말해서 좀 이상하게 들릴 정도였다. 그래서 나는 뒤로 돌아 나가려고 했다.

"다른 고기를 가져오겠습니다……."

"아니, 먹기 싫다는 의미가 아닐세."

그러자 란첼 자작이 오히려 당황하며 일어서 나를 붙잡았다.

"…그러시다면 뭐……."

나는 불 위에 철판을 올려 달구곤 따로 챙겨온 돼지기름으로 닦아내었다. 그리고 비탈을 줘서 고기에서 나온 기름이 흐르도록 배치한 후 고기를 저며 내었다.

"…오오……."

나는 그냥 하던 대로 하고 있는데, 포아드 경이 갑자기 감탄사를 냈다. 고개를 들어 보니 란첼 자작도 눈을 휘둥그레 뜨고 나를 바라보고 있었다. 왜들 이러지?

"지금 내력 발출로 고기를 자른 건가?"

"예? 아, 그러고 보니 그랬네요."

생고기는 칼로 자르려면 힘과 집중력을 요하니, 그냥 검기 꺼내서 자르는 게 편하길래 하던 대로 했을 뿐인데 이렇게 놀랄 줄이야.

"밀도가 아주 높고 제어 능력도 좋군. 이것도 수련의 일종인가?"

…아닙니다만. 그러나 포아드 경의 얼굴이 너무 진지해서 진실을 말해주기도 좀 뭐했다. 일단은 질문이 아니라 혼잣말인 것 같아서 나는 굳이 대답하지 않고 저민 고기를 철판 위에 올

렸다. 그러자 치이이이익 하는 소리를 내며 고기가 구워지기 시작했다.

이 돼지 놈, 얼마나 잘 먹었는지 고기에 기름 낀 거 봐라. 풍부한 지방이 녹아나와 철판 위를 흘러 다니며 고소한 냄새가 방 안을 진동했다.

"소금에 찍어 드시거나, 후추에 찍어 드시면 됩니다. 물론 둘 다 찍어 드셔도 됩니다."

나는 미리 준비한 그릇에 후추와 소금을 적당히 올려서 두 사람에게 건넸다. 그러자 란첼 자작이 소금을 새끼손가락으로 찍어서 맛보더니 눈을 휘둥그레 떴다.

"좋은 소금이로군. 이런 산 속에서 맛볼 수 있을 거라고는 생각하지 않았는데."

"제 가치관이 많이 바뀌긴 했지만 조미료에만큼은 돈을 아끼지 않는 것만은 바뀌지 않더군요. 후추도 맛보시죠. 좋은 겁니다."

사실은 그냥 대현자의 유적에서 받아온 것에 불과하지만, 나는 내가 신경 써서 마련한 걸로 포장했다. 그렇다고 사실을 말할 수도 없는 노릇 아닌가? 애초에 포아드 경과의 대련을 성사시키기 위한 밑 작업일 따름이니, 굳이 바닥까지 털어 내보일 필요는 없었다.

적당히 식사를 마치고, 잠자리를 폈다.

뭐, 잠자리라곤 해도 그냥 따갑지 않은 수준의 마른 잎사귀를 깔아둔 것에 불과하지만 그래도 한 번 손으로 쓸어주는 것과 안 그런 것의 차이는 크다.

란첼 자작은 귀족님임에도 불구하고 소박한 잠자리에 불평 한마디 토해내지 않았다. 처음 만났을 때 이 도시에서 가장 좋은 방을 쓰겠다며 내 방을 빼앗은 사람답지 않은 태세였다.

"안녕히 주무십시오."

당연하지만 나는 이 두 사람과 함께 잘 마음은 추호도 없었다. 어차피 사냥꾼들은 다 떠나 방은 많았다. 그중에 괜찮은 방을 골라 혼자 밤을 보낼 생각이었다.

"잘 자게."

"좋은 꿈을!"

두 사람의 밤 인사를 들으며 방에서 나온 나는 나지막하게 라플라스를 불렀다.

'라플라스.'

—네, 새 주인님.

'이제 내일 아침쯤 아침 운동을 겸해 대련을 신청하면 되겠지?'

—77% 정도입니다.

라플라스의 입에서 나온 미묘한 숫자에 나는 미간을 찌푸렸다.

언제까지 이 노릇을 해야 될지 모르겠다. 이럴 거면 그냥 이름 없는 대대를 찾아가 싸움을 거는 게 낫지 않았을까? 거기 대대장인 프란치노가 4검급이라던데.

하지만 스승님과 달리 대대 하나를 상대로 싸우고 상처 하나 없이 이기고 나올 자신이 없는 나는 투덜거림을 실제 행동으로 옮길 수 없었다.

'에휴, 잠이나 자자.'

—안녕히 주무십시오.

라플라스의 밤 인사를 들으며, 나는 바삭거리는 나뭇잎 침상 위에 몸을 누였다.

*　　　*　　　*

"아침 운동 대신 대련 한판 어떠십니까?"

밤새 고민한 끝에, 나는 그냥 77%에 걸고 질러보기로 했다. 이 이상 시간과 노력을 들이는 것도 비효율적인 것으로 느껴지기 시작한 탓이었다.

"저는 좋습니다만, 주인님의 허락을 득해야 합니다."

포아드 경은 란첼 자작의 눈치를 보며 말했다. 란첼 자작은 미간을 찌푸리긴 했지만 고개를 끄덕였다. 성공 확률 77%의 도박이 성공한 듯 보였다. 괜히 걱정했네.

"좋습니다. 그럼 검술만으로?"

"예, 검술만으로."

사실 내가 쓰는 건 검술이 아니라 검법이지만 여기서 굳이 그런 걸 깐깐하게 따져가며 정정시킬 이유가 없었다.

"마음껏 대련을 하려면 주변 정리를 좀 해야겠군요."

주변은 숲이라 나무와 수풀이 우거져 있어 마음껏 검을 겨루려면 공터를 만들어야 했다. 나는 그냥 검기를 뽑아 몇 번 획획 휘저어 공터를 만들었다. 내가 하는 양을 보고 있던 포아드 경이 감탄하며 이렇게 말했다.

"이거, 제가 이길 수 있을지 모르겠군요."

"너무 겸손하십니다."

포아드 경도 이 정도는 할 수 있을 터였다. 감탄하는 게 더 이상하다.

"자, 그럼."

"예, 그럼."

시작하자는 말은 필요 없었다. 검극에서 피어오르는 검기가 그 선언을 대신했다.

*　　　*　　　*

칼을 휘두른다. 막거나 피한다. 걸음을 옮기고, 거리를 벌리거나 달려든다.

검술을 모르는 자와 검법을 닦은 자가 하는 것은 본질적으로 같다.

아무리 그 과정에서 폭발적인 외력의 작용이 더해지고 검극에서 피어오른 내력이 춤을 춰도 궁극적인 목적은 같을 수밖에 없다.

내 칼끝을 상대에게 대려고 하고, 상대의 칼끝은 닿지 못하게 하는 것.

그러나 오직 그것뿐이라면 이 행위는 어찌하여 이렇게도 즐거운가.

물론 이 행동의 결실을 취해 더 강해지리라는 기대가 깔려 있기 때문이기도 하다. 나는 내 즐거움의 근간이 거기에 있으리라고 이제까지 그렇게 생각해 왔다.

지금 이 순간, 나는 내 생각이 틀렸음을 알게 되었다.

내가 처음으로 검극을 부딪치는 즐거움을 느낀 것은 두 번째로 몬토반드 검의 유적에 방문했을 때였다. 상대는 검의 망령들이었다. 이성도 감정도, 생명조차도 없는 상대들.

그 다음은 내가 일방적으로 습격한 상대인 가울 성채의 근위 대장이었다. 놈이 먼저 나를 발견했고, 나는 빅터 가울인 척을 하며 칼을 겨눴다. 나는 즐거웠으나, 놈은 늘 죽을 맛이었다.

이러한 경험들 속에는 교감이 결여되어 있었다. 함께 검을 겨루어 같이 더 위로 올라가자는 공감이 없었다.

그러나 포아드 경과의 대련은 달랐다. 포아드 경과의 경험은 내가 이제까지 경험해 온 그 어떤 검투와도 달랐다.

상대를 죽이기 위해 휘두르는 검도 아니며, 무언가를 빼앗거나 취하기 위해 휘두르는 검도 아니었다. 하물며 감정으로 휘두르는 검도 아니었다.

오로지 검의 실력을 겨루며 서로의 강점을 취하고 각자의 약점을 보완하는, 그럼으로써 깨달음을 얻기도 하고 나누기도 하는 이 일련의 논검.

그렇다, 이것은 논검이었다.

검으로 하는 토론.

과거 나는 토론이 즐겁다고 하는 사람을 이해하지 못했다. 그런 행위로 즐거움을 느껴본 적이 없다. 라이벌이라는 단어에선 유치함밖에 느끼지 못했다. 지구에서의 나는 전쟁통에 던져진 일개 병사였고, 이 세계에 당도한 지금까지도 생존을 위해 몸부림쳐야 했다.

그러나 나는 내가 몰랐다는 것을 비로소 인정할 수 있게 되었다.

단순히 살아남는 것만이 삶의 목적이 될 수 없음을 이제야 깨달았다. 오로지 한을 푸는 것만이 일생의 목표는 아니리라는 것을 알게 되었다.

이 논검의 즐거움이 그 모든 것들을 깨우쳐 주었다.

나는 계속해서 칼을 휘둘렀다.

단순히 상대의 몸에 칼끝을 대고 밀어 넣어 생명을 빼앗기 위해서가 아니라 내가 옳음을, 내가 깨달은 것이 맞다는 것을 증명하기 위해서.

*　　　　*　　　　*

아침에 몸을 풀기 위해 잠깐 하려던 대련이었던 것 같은데, 어느새 해가 뉘엿뉘엿 져가고 있었다. 전신이 땀으로 흠뻑 젖었던 포아드 경은 거칠어진 호흡을 가다듬으며 움직임을 멈췄다. 그러자 상대, 레너드 몬토반드도 칼을 내렸다.

그제야 포아드 경은 자신이, 그리고 상대 또한 지금까지 한 마디도 하지 않고 오직 검만 휘둘렀음을 깨달았다. 이 사실을 이제야 깨달았다는 것은 본인도 검투에 완전히 몰입했음을 가리킨다. 그리고 이 행동의 결과는 자신이 책임져야 했다.

"주, 인님……."

그러나 그의 주인, 란첼 자작은 예상과는 다른 반응을 보여 주고 있었다. 지루하다 못해 짜증 난 상태로 굉장히 불쾌함을 표출하리라는 포아드 경의 예상은 완전히 틀렸다. 그렇다고 즐거워하거나 감탄을 하고 있는 건 또 아니었다.

란첼 자작은 뭔가를 골똘히 생각하고 있는 것 같았다.

"아주 좋은 경험이었습니다, 포아드 경."

"아, 아아. 예. 저 또한 그랬습니다. 레너드 경."

주인에게 정신이 팔린 나머지, 포아드 경은 레너드 경의 인사를 받는 것이 약간 늦었다. 그리고 자신이 왜 이 남자와의 검투에 그렇게까지 완전히 몰두했는지도 뒤늦게 깨달았다.

"감사를 드리지 않으면 안 되겠군요."

비슷하다 못해 거의 같은 수준인 레너드와의 검투로 인해 얻은 것은 포아드 경의 입장에서 볼 때 그야말로 막대하다고 해도 될 정도였다. 한동안 정체되어 있었던 검의 경지에 움직임이 있었다는 것 자체만으로도 포아드 경은 레너드 경에게 절을 해야 했다.

"그건 제가 드릴 말씀입니다. 감사합니다, 포아드 경."

그러나 그것은 상대도 마찬가지라는 사실을 포아드 경은 조금 늦게 알아차렸다. 그렇기에 포아드 경은 더 이상 호들갑스럽게 감사의 마음을 표현하려 하지 않았다. 그저 고개를 젖히고 크게 웃을 뿐이었다.

*　　　*　　　*

"포아드."

레너드 경과 헤어져 거처로 돌아오자마자, 란첼 자작은 포아드 경의 이름을 불렀다.

"예, 자작님."

포아드 경은 다소 긴장한 채 주인의 부름에 대답했다. 주인께서 별로 화가 난 것처럼 보이지는 않았지만, 검투에 몰두한 나머지 해가 떠 있는 내내 방치한 것은 변하지 않은 사실이었으니.

"나는 자네가 평범한 수준의 기사가 아니라고 생각하고 있네."

그러나 의외로 날아든 것은 칭찬의 말이었다.

"아, 예. 자작님. 감사합니다."

어리둥절해하며 칭찬을 받은 포아드 경은 아직 주인의 입이 닫히지 않았음을 깨달았다.

"그리고 지금도 그 생각에는 변함이 없어. 내가 아는 기사의 3대 요소, 그러니까 내력과 외력의 조화, 검의 기예, 마지막으로 신체적 조건이 모두 갖춰진 기사는 흔치 않지."

"그렇습니다."

"그게 바로 자네일세, 포아드."

란첼 자작의 말에 포아드 경은 겸양하지 않았다. 이것이 순전한 칭찬이 아닐뿐더러, 단순한 사실의 나열일 뿐만 아니라, 이 뒤에 이어질 말이 있음을 알기 때문이었다.

"묻겠네, 포아드 경."

"예, 말씀하십시오."

"자네는 어릴 때부터 재능이 있다는 평가를 들었고, 그 덕에 가문의 충분한 뒷받침을 받았지. 혈통도 좋아. 자네의 춘부장 또한 위대한 기사시니까. 그리고 내 입으로 말하기엔 조금 그렇지만 나와 내 가문을 통해 적지 않은 후원도 받았어."

다 맞는 말이다.

제국 중앙 수도방위군의 기사단장을 역임한 포아드 경의 부친은 그 실력만 보자면 언제 대장군직에 올라도 이상하지 않은 실력자였다. 그러한 부친 밑에서 자란 포아드 경은 어릴 때부터 검을 가까이했고, 부친 또한 그의 교육에 돈과 시간을 아끼지 않았다.

강직한 군인이자 명예로운 기사인 포아드 경의 부친은 국가의 녹봉 외에 수입이 없어 그 직위에 비해 대단히 부유하다고는 말하지 못할 환경이었으나, 란첼 자작과 그 가문이 그러한 약점을 메워주었다.

란첼 자작의 가문은 포아드 경을 자작의 직속으로 보내주는 조건으로 비싸다는 말로도 부족할 정도로 고가의 보약을 지원해 주었고, 그 덕에 포아드 경은 실로 순조롭게 지금의 경지에 까지 이를 수 있었다.

포아드 경은 이러한 자신의 가문과 자작 가문의 지원에 깊이 감사하고 있었다. 혼자 힘만으로 여기까지 온 것이 아니다. 그 사실을 포아드 경도 잘 알고 있었다.

"그러나 레너드 경은 어떠했나?"

그런데 그 순간 이어진 주인의 질문에, 포아드 경은 찬물을 끼얹어진 것처럼 놀랐다.

"과거에 몬토반드 가문은 검가라고도 불렸다지만 지금은 그렇지 않지. 가문으로부터 가전의 검술을 사사받은 것으로는 보이지 않네. 더욱이 분명 1년 전의 그는 왜소했네. 자네가 검을 들 만한 신체가 아니라고도 말했어."

그제야 포아드 경은 주인이 왜 이런 사실을 늘어놓는지 깨달았다. 그리고 자신이 얼마나 생각이 없었는지도 깨닫고 부끄러움을 느꼈다. 기사인 자신이 먼저 알아차렸어야 할 일이었다.

"사실 자네가 그를 보고 검의 주인이라고 했을 때 나는 믿어지지가 않았네. 진짜로 내력 발출을 하는 모습을 보이는 걸 보고는 그저 어떤 기연을 얻어 내력만을 풍선처럼 부풀렸을 거라고 믿었지."

란첼 자작은 고개를 저었다.

"하지만 아니었어."

"아니었습니다."

진짜배기 기사인 포아드 경과 대등하게 검을 겨루는 것은 제대로 된 검술의 뒷받침이 없다면 불가능한 일이다.

그러나 레너드 경은 그것을 해냈다.

대체 어떻게?

"…배후에 누가 있다고 생각하나?"

이러한 의문은 란첼 자작으로 하여금 엉뚱한 가설을 세우도록 이끌었다.

기실 자작의 가설은 아주 틀린 것만은 아니었다. 지금의 레너드 몬토반드는 실질적으로는 대현자 카를 페르디넌트의 후원을 받고 있는 것이나 다름없으니.

하지만 '미래의 대현자'라는 말도 안 되는 가설을 떠올릴 수 없다면 그 추론이 엉뚱한 곳으로 새는 건 어쩔 도리가 없는 일이었다.

"진정한 검의 주인이 아니라면 설명이 되지 않는 영역이로군요."

진정한 검의 주인이란 대현자가 5검급이라고 부르는 경지를 세간에서 일컫는 칭호였다.

"허, 다섯 정령의 주인을 스승으로 섬기면서 동시에 진정한 검의 주인의 경지에 올랐다고? 그게 말이 되나?"

"사실 지금 하고 계신 것이 말이 안 되는 일을 어떻게든 이해해 보려는 노력 아니셨습니까?"

"…그렇긴 하지."

1년 만에 저렇게 사람이 바뀐다는 말도 안 되는 현상을 말이 되게 이해해 보려면 결국 말도 안 되는 인물들이 등장할 수밖에 없다.

"그럼 저… 사람의 배후가 제국의 대장군 중 하나라고?"

란첼 자작의 입에서 망설임 끝에 나온 '저 사람' 대신 나왔을 단어가 '저놈'인지, 혹은 '저분'인지 포아드 경은 잠깐 궁금해졌지만 주인에게 그걸 묻는 무례를 범할 정도로 경우가 없지는 않았다.

"가설일 뿐입니다만. …아무리 그래도 설마 그 이상은 아니겠지요."

"…그것 참……"

그럴 가능성이 아주 조금이라도 있다면, 내릴 결론은 하나뿐이다.

"…적으로만 돌리지 말자고."

"알겠습니다. 그리하겠습니다."

최대한 사리는 것!

*　　　　*　　　　*

란첼 자작과 포아드 경이 그들의 거처로 들어가자마자, 라플라스는 의미심장한 소릴 했다.

─지금쯤 이상한 생각을 하고 있을 가능성이 90%를 넘는군요.

"응? 이상한 생각?"

─네. 새 주인님의 배후에 제국의 대장군이 있을지도 모른다

는 가설을 세우고 있을 겁니다.

그 입에서 나온 말은 생각지도 못한 황당한 소리였다.

"엥? 왜?"

─왕의 검법이 그만큼 말도 안 되는 검법이라는 뜻입니다.
말도 안 되는 사람을 끌어오지 않으면 설명이 안 될 정도로요.

"몇 번이고 반복해서 들은 소리라 귀에 인이 박히겠군."

나는 투덜거렸지만, 라플라스는 굳은 목소리로 물었다.

─…오늘의 성과는 어떠셨습니까?

"아, 응. 그 전까지 4.5였지?"

─그렇게 기억합니다.

"말보다 보여주는 게 낫겠군."

나는 검강을 쭉 뽑아서 보여주었다. 갓 4검급이 되자마자
칼 주변에 빛 무리를 형성할 수 있었다면, 4.5급에서는 그 빛
무리를 마치 실재하는 고체처럼 굳혀서 보일 수 있었다.

그리고 지금은? 그 고체가 쭈욱 늘어나 보였다. 그렇게 거대
해진 검강은 레너드의 검을 마치 몬토반드의 왕검처럼 보이게
만들어주었다. 물론 이대로 유지하려면 꽤 많은 집중력과 내력
의 소모를 요하지만, 할 수 없었던 걸 할 수 있게 됐다는 것이
중요하다.

내 성과를 지켜보던 라플라스는 헛웃음이 섞인 목소리로 말
했다.

─왜 그게 되는 거죠?

"그야 4.7을 넘겼으니까?"

내가 대답하자, 라플라스는 입을 다물었다. 그 침묵에서 어이없음이 느껴졌다.

　—…가울의 성채에서 비티드와 수련했을 때는 0.05인가 오르지 않으셨나요?

"비티드가 누구야?"

　—그, 근위대장 이야기입니다만.

"아아."

이상하게 이름이 기억이 안 난다. 매일 그 근위대장, 저 근위대장 했더니만.

"확실히 그때와는 좀 달랐어."

　—4배 차이가 '좀'은 아닌 것 같습니다만……

"응, 뭐 그건 그렇지."

실력 차이가 확연한 상대와 비등한 상대의 차이라고 할 수 있을까. 아니, 아마도 그 덕뿐만은 아니었으리라. 호승심과 향상심이 일으킨 상승효과가 우연히도 극대화되어 나타난 일종의 기연에 가깝다는 게 내 개인적인 평가였다.

"그리고 아마도 이 덕을 본 건 나뿐만이 아니니까."

예상이긴 하지만 포아드 경도 4.7검급은 되었으리라. 그야말로 그림으로 그린 것 같은 호혜 관계였다.

"77%에 질러보길 잘했군."

나는 만족스럽게 고개를 끄덕였다.

　—하지만 그 대가도 치르게 되실 것 같군요.

그때, 문득 라플라스가 불길한 어조로 말했다.

"무슨 의미지?"

―가능성의 이야기긴 합니다만, 50% 이상의 확률로 란첼 자작이 동행을 제의할 겁니다.

"뭐?"

나는 그게 내게 이득인지 손해인지 머리를 굴려보았다.

"…그냥 도망치면 되지 않을까?"

툭하면 얼굴과 신분을 바꾸고 수상한 유적을 돌아다니는 걸 란첼 자작에게 보일 수 있느냐? 그 물음에 나는 단호하게 고개를 저을 수 있었다.

그러니까 도망친다.

그러한 내 판단에, 라플라스는 고개를 끄덕였다.

―그것도 방법이죠. 어차피 추적 마법이 걸린 금화를 각성창 안에 넣기만 하시면 되니까요.

"어, 그럼……."

―하지만 그러시면 란첼 자작은 새 주인님을 더욱 수상하게 여기게 될 겁니다.

"아, 그렇긴 하겠네."

그건 좀 곤란하다.

정확하게는 란첼 자작한테는 어떻게 인식돼도 상관없지만 포아드 경에게 나쁜 인상을 남기는 건 피하고 싶다.

한참 후에라도 다음에 다시 한번 대련을 하고자 한다면 가능한 한 좋은 인상을 주는 게 낫다. 그래야 이번처럼 마음을 열고 검극에 몰두하는 진짜 대련을 할 수 있을 테니까.

그런 의미에서는 좋은 인상을 남긴 채 헤어지고 싶은데……

"방법 없어?"

─물론 있습니다.

기분 탓인지, 라플라스가 함박웃음을 지은 것 같았다.

─그것은 바로…….

"황자의 신분 증명은 안 살 거야."

─그게 가장 간단하면서 확실한 방법입니다만.

"그리고 비싸지."

내 확고한 거부 의사에 라플라스는 아쉬움을 숨기지 않은 채 다른 방법을 입에 올렸다.

─그럼 다음에 만날 약속을 하고 헤어지시면 됩니다. 물론 금화는 각성창에서 꺼내두셔야 하니 좀 귀찮으시겠지만…….

의외로 간단한 해결법이었다. 게다가 내게도 나쁘지 않은 방법이기도 했다. 나와 포아드 경이 더욱 경지를 높인 후 다시 대련을 하면 또 얻는 것이 생길 테니까.

"그런데 그냥 약속만 한다고 떨어져 준다고?"

─당연히 그렇지는 않죠. 그럴듯한 변명을 늘어놔야 합니다.

"그럼 그렇지."

어쨌든 란첼 자작을 상대하기 위한 비용은 이미 지불한 상태였다. 그러니 라플라스도 그 변명이란 걸 순순히 말해주었다. 이렇게 추가금 없이 해결할 방법이 있는데 굳이 1,000루블을 받아내려고 하다니.

…라고 생각했었지만, 그렇지도 않았다.

"아니, 그런 소리까지 해야 한다고?"

나는 잠깐 1,000루블을 들여 황자 신분 증명을 살까 고민했다.

"역시 공짜가 가장 비싼 법이로구나……."

─1,000루블 지불하시겠습니까?

"아니!"

한국에는 공짜라면 양잿물도 마신다는 속담이 있다. 그리고 이미 다른 세계에까지 와 한국인의 피는 한 방울도 섞이지 않게 된 나지만 마인드는 여전히 한국인인 모양이었다.

"마신다!"

─뭐를요?

양잿물!

*　　　　*　　　　*

그러나 이번에는 라플라스의 말이 틀렸다.

란첼 자작과 포아드 경은 내게 동행을 제안하지 않았고 오히려 그날 중으로 사냥꾼의 임시 거처를 떠나기로 결정했다.

─정확히는 틀린 게 아니라 50% 미만의 가능성이 당첨된 거죠.

'하긴 50%면 그럴 수도 있지.'

그렇다고 란첼 자작의 심기가 상한 것처럼도 보이지 않는다.

어제 대련 내내 방치해 둔 탓에 삐쳐 버린 건가 싶었지만 그런 것도 아니다. 심지어 내게 반말을 쓰고 그냥 이름을 부르던 란첼 자작의 말투가 하오체로 바뀌고 이름 뒤에 경칭까지 들어갔다.

―이 정도면 거의 확신하고 있는 것 같습니다.

'아, 네가 어제 말한 그 이상한 가설을?'

내 배후에 대장군이 있을지도 모른다는 말도 안 되는 소릴 신빙성이 있다고 생각하는 게 이상하게 여겨졌지만, 라플라스는 내 성장세가 그것보다 이상하다며 그들의 태도를 옹호해 주었다.

'넌 누구 편이냐, 라플라스.'

―항상 말씀드렸듯 새 주인님 편입니다만.

그러나 상대가 자기 입으로 오해에 대해 말하지 않는 한 나로서도 그 오해를 풀어줄 방법이 없을뿐더러, 사실 그럴 마음도 없었다.

어제 라플라스에게 들은 궁여지책에 가까운 변명을 늘어놓지 않아도 된다는 사실이 더욱 매혹적이었기 때문이었다.

"언젠가 다시 볼 날을 기대하겠소, 레너드 경."

"다음에 다시 한번 검을 마주해 주실 수 있겠죠?"

란첼 자작과는 악수하고 포아드 경과도 간단한 포옹을 한 후 잘 헤어졌다.

앞으로 주머니에 금화를 넣고 다녀야 한다는 건 좀 귀찮았지만…….

"1,000루블도 안 썼고, 하기 싫은 소리도 안 해도 되고. 가장 좋은 결말이구만."

―이게 끝은 아니지만요.

"…자꾸 찬물 끼얹지 마라."

어디까지나 참고로 말해두자면, '하기 싫은 소리'란 건 이거였다.

'루에노와 만날 약속이 잡혀 있어서요.'

별 거 아니라고? 맞다. 별 거 아니다.

하지만 그런 말이 있지 않은가? 호랑이도 부르면 온다고. 난 호랑이와 만나기 싫었다.

아니, 물론 지금의 내 무력이라면 호랑이는 이기니까 별로 안 맞는 비유일 수도 있겠다. 그러니 솔직하게 말하자.

지금 당장 루에노와 만나고 싶지 않았다.

이런 내 심정을 토로하자, 라플라스는 이렇게 말했다.

―루에노와 만날 때마다 좋은 일만 일어났으면서 왜 그렇게 꺼리십니까?

그러게.

나도 몰라!

굳이 비유하자면 대대장이 이제껏 내게 휴가증을 줬다고 해도 굳이 대대장을 내가 만나러 가기 싫은 것에 가까울까? 조금 다른가? 그래도 조금만 다르니까 상관없다.

"어쨌든 이 이야기는 이제 그만하고."

진짜 호랑이 올라.

"자, 다음 유적 가자."

만날 사람 만났고 얻을 것도 얻었으니, 이제 본업으로 돌아
가야 할 때였다.

—30루블입니다.

"딜!"

*   *   *

아직 가을이 찾아오기 전의 일이었다.

예언자는 가을 성채의 소문을 들었다.

일반적으로 제국 중앙의 권력자들은 국경 경계에 있는 일개
성채의 일에 관심이 없었다.

변경의 도시에는 많은 이권이 걸려 있지만, 그에 비해 성채는
이권은 작고 책임은 크니 그럴 만도 했다.

억지로 찍어 눌러 영향력을 발휘하기보다는 외주를 맡기다
시피 방치하는 게 오히려 이득이라고 생각하기 때문이다.

애초에 도시도 아직 완전히 영향력 하에 넣지도 못했는데
강력한 군사력을 지닌 성채를 노리는 건 언감생심이라는 현실
적인 이유는 지나치게 불쾌한 진실인지라, 제국인들의 입에는
올라가지 않는다.

이런저런 이유로 제국 중앙에 앉아서 변경 성채의 제대로 된
소식을 듣는 것은 어려웠다.

어디까지나 예언자가 서쪽 변경 지역에 지대한 관심을 품고
있고, 또 그러한 관심을 반영하기에 충분한 정보 라인을 구축

해 두었기에 소문이라도 전해 듣는 게 가능했다.

비록 예언가의 정보망을 서쪽으로 돌려야 했지만, 그럴 만한 결실은 있었다.

"죽었던 성주가 돌아와서 복수를 했다?"

황당한 소문이었다. 단순한 괴담이라고 치워 버릴 이야기이기도 했다. 죽은 성주가 다시 돌아와 학정을 하던 근위기사단을 섬멸시켜 버렸다니.

그러나 예언자로서는 간단히 치워 버릴 수 없는 소문이었다. 어디서 한 번 들었던 이야기 같다는 기시감이 그녀를 잡아매었다.

정확히는 시티 오브 페르핀에서 들은 소식과 유사하다.

죽은 것으로 알려졌던 루브스 페르핀이 살아 돌아와 그의 양자이자 예언자가 직접 공을 들여 꽂아 넣은 바이론 페르핀을 살인미수 죄로 잡아넣어 버렸던 그때의 일과.

물론 다소간의 차이점은 있지만, 그 정도 차이는 신경 쓸 필요가 없었다.

더욱이 이 소문이 들려옴과 동시에 시티 오브 툴루에서 란첼 자작과 포아드 경이 갑자기 도시를 떠났다는 프란치노 대대장의 보고가 올라왔다.

이 일견 관계가 없어 보이는 두 가지 현상이 공교롭게도 같은 시기에 일어났다는 사실은 예언자의 심증을 더욱 굳혀놓았다.

예언자는 사실 프란치노의 충성심은 믿어도 능력은 그다지 믿지 않았지만, 란첼 자작과 예언을 틀리게 만드는 자 사이에

모종의 관계가 있으리라는 프란치노의 해석만큼은 일리가 있다고 보고 있었다.

그러므로 예언자는 곧장 가울 성채에 예언의 초점을 맞췄고, 며칠 후 미세하게 그 예언이 빗나갔음을 깨달았다.

이 일련의 현상이 가리키는 바는 확실했다.

'예언을 틀리게 만드는 자가 제국 변경으로 돌아왔어.'

그 사실을 깨닫는 순간, 예언자는 가슴이 콱 막히듯 답답해졌다. 극심한 스트레스에 예언자의 입술 끝이 파르르 떨렸다.

떨리는 입술과는 달리 예언자의 살의를 가득 담은 눈동자는 형형하게 빛났다.

'이번에야말로 확실하게 죽여 없애고 말겠어!'

쉬운 일은 아닐 것이다. 빗나가지 않는 예언이 그 존재 가치나 다름없는 예언자에게 있어선 천적이나 다름없는 상대다. 예언은 통하지 않으니, 오로지 실력으로 승부해야 한다.

그렇다고 포기할 생각은 없었다. 그동안 힘을 모으고 세력을 모으고 영향력을 모은 까닭이 무엇인가? 그것은 바로 지금의 이 상황을 예견했기 때문이었다.

'서쪽 변경을 초토화시켜서라도 반드시 없앤다!'

그리고 예언자는 그러한 결심을 현실로 옮길 만한 힘을 이미 모아두었다.

예언자는 그녀의 사람 같지도 않게 아름다운 몸매가 잘 드러나는, 거의 헐벗은 것 같은 드레스를 입었다. 그리고 그녀는 두꺼운 외투를 덧입어 그러한 드레스를 감췄다. 만나는 사람의 중요도에 따라 외투의 단추가 열리는 숫자가 달라질 것이다.

평소라면 자신의 가치가 떨어질 수도 있는 이러한 짓거리는 잘 하지 않을 테지만, 오늘만큼은 달랐다.

오늘은 뒷일은 나중에 생각해야 할 날이었다.

*   *   *

라틀란트 제국 중앙의 시민들은 제국이 예전의 성세를 되찾은 줄 알고 있었다.

여기서의 '예전의 성세'는 고대 제국 시대의 그것을 말한다.

인간의 나라는 오직 제국 하나뿐이었던 시대. 그리고 그러한 제국의 힘이 황제의 손끝 하나에 전부 모여 있던 시대.

그 시대에 그랬듯, 지금도 황제의 뜻이 제국 어디서든 그대로 이뤄지는 '상식적'인 통치가 이뤄지고 있다고 믿고 있다.

물론 이것은 라틀란트 제국의 황실이 여론 조성에 그만큼 공을 들였기에 얻은 성과였다.

고대 제국의 뒤를 잇는 라틀란트 제국이라는 프로파간다는 현 제국이 고대 제국의 모든 것을 그대로 이어받았다고 착각시키는 데에 매우 유효했다.

그러나 실제로는 라틀란트 제국이 고대 제국 시절만큼의 직접적인 지배력을 행사하는 영역은 매우 한정적이다.

고대 제국에 비하면 한 뼘밖에 안 되는, 의례적으로 '제국 중앙' 이라 불리는 지역에 불과한 황제 직할령만이 황제의 뜻대로 돌아간다.

황제 직할령이 아닌 제국 영토가 있다는 것 자체가 기밀인 까닭에 황제 직할령이라는 단어 자체가 금칙어인 제국 중앙에서 제국의 실태를 파악하기는 쉽지 않다.

따라서 제국 중앙에서 살다가 변경으로 처음 와본 제국인들은 매우 큰 충격을 받는다.

변경이라 불리기엔 지나치게 광대한 땅에서 황제의 뜻은 '가급적이면' 따르는 가이드라인에 지나지 않고, 시티라 불리는 고대 제국 시대의 도시들 대부분은 봉건적 질서에 의해 움직인다는 사실은 제국 중앙에서만 상식이 아니다.

그래서 몇몇 제국인은 변경에서 난동을 부리기도 한다.

"이 야만적인 변경 놈들이 감히 제국의 지고한 황제 폐하의 뜻에 반하다니! 당장 중앙에 알려 이 불경한 무리를 전부 징벌의 불에 태워 지워 버리리라!"

사실 몇몇이 아니라 꽤 많은 수가 이런 식으로 나오며, 이러한 제국인의 반응을 보거나 들은 변경 시민들은 웃어넘긴다.

그날 저녁의 술안주를 책임지는 조롱거리가 된 제국인은 현실을 눈치채고 조용해지거나 현실을 눈치챈 척하며 울분을 삼키기 일쑤였다.

그러나 오늘 밤은 달랐다.

—서쪽 변경에서 야만인들이 대대적으로 반란을 일으켰다!

이 대단히 자극적인 타이틀로 뽑힌 신문 기사는 제국 중앙에서 신문을 발행하는 한 신문사의 단독 특종기사였다.

물론 신문사라고는 해도 황제의 입김이 닿는 어용 언론에 지나지 않았으나, 이러한 실상은 철저히 감춰지고 어디까지나 진실을 전하는 진정한 언론인들의 신문이라며 스스로를 포장했다.

문제는 이번 기사는 황제의 입김이 들어간 게 아니라는 점이었다.

우연히 변경에 취재를 갔다가 실상을 알게 된 기자가 의분에 불타 진실을 전하고자 기사를 실은 것으로 되어 있었다.

기사의 본문은 변경의 상식이나 중앙에서는 몰상식인 내용으로 채워져 있었다.

변경의 도시가 낸 세금 전부가 마땅히 제국의 국고를 채워야 할진대, 그러지 않고 일방적으로 포탈당해 도시 시장의 저금통으로 쓰인다든가. 변경 도시가 중앙에서 파견된 기사단 대신 용병을 고용하여 군사작전을 벌이고 있다든가.

그런 식으로 변경에서 일상적으로 이뤄지고 있는 일을 침소봉대하여, 포탈한 세금을 군자금으로 쓰고 그렇게 고용한 용병들을 지금이라도 당장 제국 중앙으로 보내 침략할 것처럼 묘사했다.

철저히 제국 중앙의 시각으로 쓰인 그 기사는 제국의 '상식인' 들을 폭발시키기에 충분했다.

"이거 진짜로 반란이 일어나겠는데?"

"이걸 이대로 두면 안 되지 않나?"

"당연히 안 되지!"

이렇게 믿어 의심치 않은 시민들은 다함께 모여 분노했다. 글을 읽지 못하는 이들은 술집으로 달려갔고, 글을 읽을 줄 아는 이들은 사람들이 던져주는 동전 몇 푼을 더 받기 위해 오히려 기사를 더욱 자극적으로 각색하여 떠들어대었다.

게다가 기사는 한 번으로 끝나지 않았다. 신문사는 후속기사를 계속해서 뿜어내었으며, 그에 동조하기라도 하듯 다른 신문사에서도 특집기사를 다뤄대었다.

황제의 지원금에는 한계가 있었지만 팔려나가는 신문의 부수에는 한계가 없는 것 같았다. 따라서 언론사들은 마구잡이로 기사를 뽑아냈다.

잘 팔리는 기사이기도 했고 경쟁자도 많았기에, 이제는 제대로 된 취재도 없이 상상력만으로 기사를 써내며 여론을 달구기에 여념이 없었다.

—서부 변경의 실태! 야만인들은 제국에 칼날을 겨누나?

—서부 변경을 이대로 놔둬선 안 되는 열 가지 이유!

—제국이여, 일어나라! 신민이여, 분노하라!!

의기에 찬 젊은이들은 그런 기사에 속아 넘어가 군대에 지원하기까지 했다.

황제께서 이 사실을 아시게 되면 격노해 반란을 진압하리라 명령을 내리시겠지! 그렇다면 나는 황제 폐하의 창끝이 되어 반란군 놈들의 배를 쑤셔 창자를 꺼내 죽여야겠다!

　　물론 제국의 실태를 제대로 파악하고 있는 황제를 비롯한 제국 중앙 관료들의 입장은 달랐으나, 들불처럼 타오르는 여론에 찬물을 퍼부어 식히기엔 곤란한 점이 많았다.

　　그동안 해왔던 여론조작이 거짓이며 사실 라틀란트 제국의 현실은 시궁창이라는 점을 인정하기엔 황제의 자존심이 허락지 않은 까닭이다.

　　결국 황제는 이를 꽉 물고 서쪽 변경의 '반란'을 진압하라는 명령을 내렸다.

　　향후 10년간, 아니, 어쩌면 100년은 이 결정으로 인해 제국 곳곳에 진짜 반란이 일어날지 모르나, 때로는 국가의 안정보다는 지도자의 자존심이 더 중요할 때도 있는 법 아니겠는가. 적어도 황제 본인은 그렇게 생각했고 따라서 이렇게 판단했다.

　　라틀란트 제국 군부가 입안한 서쪽 변경 초토화 작전에 황제의 승인이 떨어졌다.

　　황제는 여전히 이 거대한 소란의 배후에 단 한 명의 여자가 있음을 모르는 채였다.

제5장
—
국경 너머에서 벌어진 일

그렇게 란첼 자작 일행과 헤어진 후, 나는 빌린 사냥꾼들의 움막을 대충이나마 정리하고 막 떠나려던 참이었다.

―한 달 내에 라틀란트 제국 중앙 정규군과 제국 서쪽 변경 연합의 전쟁이 일어날 가능성이 24%입니다.

갑자기 라플라스가 뜬금도 없이 이런 소릴 늘어놓았다.

"그게 무슨 소리야?"

따라서 나는 되묻지 않을 수가 없었다. 그런 내 물음에, 라플라스는 정말 당연한 걸 왜 묻느냐는 듯 대답했다.

―재해에 대해서는 미리 알림을 드린다고 말씀을 드린 적이 있는 것 같습니다만.

"아, 분명 그랬지."

작년에나 들은 소리라 거의 잊고 있었다. 두 번쯤 고개를 끄덕이고 있으려니, 또 다른 의문이 솔솔 기어 나왔다.

"그런데 전쟁이 재해야?"

ㅡ물론 재해입니다.

지구에서 사는 내내 이방인과의 생존 전쟁을 벌여왔던 내 의견과 라플라스의 의견에는 아무래도 차이가 있는 것 같았다.

그렇구나, 전쟁은 일상이 아니었구나!

실로 새삼스러운 깨달음이었다.

"흠, 그럼 도망쳐야 하나."

나는 반사적으로 생각했다.

재해니까 도망친다.

이건 이미 내 안에서는 공식이나 다름없었다.

ㅡ물론 전쟁은 위험한 재해입니다만, 다른 재해와 달리 새 주인님께 좋은 기회가 될 수도 있음을 조언 드립니다.

그런데 라플라스가 갑자기 다른 소릴 했다. 나는 금방 알아들었다.

"아, 루블을 잔뜩 벌어들일 기회 말이지?"

ㅡ그것도 그렇습니다만… 영웅은 난세에 난다고 하니까요.

뭐, 확실히 그건 그렇다.

지구에서도 그랬다. 강력한 각성자가 전면전에서 큰 전공을 세우고 영웅이 되는 케이스가 적지 않았다.

하지만 나와는 관련이 없는 일이다.

그렇게 끊어내려는 찰나, 반론이 내 가슴 속에서 피어났다.

아니, 정말로 관련이 없는 일일까?

지구에서와는 달리 나는 제법 강해졌다.

그저 오늘을 무사히 넘길 수 있기만을, 덤으로 이번 전장에서는 내 각성 능력을 개화할 수 있는 유적을 만날 수 있기를 기원만 하던 지구 시절과는 입장 자체가 달라질 수밖에 없다.

"…후, 너무 도망치는 것에 익숙해져 버렸군."

김연준으로서의 인생은 그럴 만한 인생이었다고는 생각한다. 그저 짐을 옮기는 것 외에 다른 능력이 없었던, 사실상 각성자라고 할 수도 없는 인생이었으니.

그마저도 결국 제대로 하지 못하고 적의 습격에 걸려 죽어버리고 말았다.

하지만 카를 페르디넌트라면 어떨까?

4검급의 검사이자 미완성이긴 해도 5령급의 정령사. 거기에 미력하나마 술법, 성법, 흑법까지 익혔다. 무엇보다 지금까지 각성창 안에 쌓아온 유물들의 힘.

"영웅이라."

될 수 있을지도 모른다.

그러한 웅심이 내 내면에서 심장 소리와 섞여 쿵쿵 울려 퍼지고 있었다.

"…아니야."

그러나 나는 곧 고개를 저었다.

제아무리 강력한 각성자라도 영웅이 되는 것은 운이다. 운이 나쁘면 아무리 강력한 각성자라도 허무하게 죽어나가는 것이 전쟁이다.

나 정도면 죽지는 않겠지. 설마 내가 죽겠어?

나는 그렇게 말하는 놈들을 많이 봐왔고 그런 놈들이 먼저 죽어나가는 것도 수도 없이 봐왔다. 그런 말을 하지 않은 놈들도 죽어나갔다. 나한테도 그 차례는 여지없이 돌아왔고……

나는 지금 여기에 있다.

"당장은 좀 더 강해져야겠군."

죽는 것은 한 번으로 족하다.

전쟁에서 활약하기 위해서는 생존을 도모하는 것보다 더 높은 수준의 힘이 필요하다. 당연한 이야기다. 숨어서 도망 다니는 것에 필요한 힘과, 나서서 싸우는 것에 필요한 힘은 그 수준이 다를 수밖에 없다.

"뭐, 급한 일도 아니고."

어차피 시간이 한 달이나 남았고 가능성조차 반도 아니고 반의반, 24%에 불과하다. 미리 나대고 있을 이유가 전혀 없었다.

당장은 홍홍이를 성장시키고 유적 하나라도 더 캐먹는 게 당면 과제다.

─그건 그렇습니다.

라플라스가 말하는 걸 보니 내 판단이 맞다. 맞지만……

"…확률이 50% 이상이 되면 나중에 알려줘."

─알겠습니다, 새 주인님.

그렇다고 모르는 척할 생각은 없다.

이러니저러니 해도 서쪽 변경에는 인연을 쌓은 사람들이 뭐,

아예 없지는 않으니까.

"좋아, 그럼 안내를 계속해 줘."

—네!

*　　　　*　　　　*

나는 제국 국경을 넘어섰다.

다음으로 찾아갈 유적이 야만족 지역에 있었기 때문이었다.

물론 털레털레 걸어가고 있는 건 아니었다. 지금 내가 있는
쪽의 국경 경비는 그럭저럭 느슨한 편에 속했으나, 그렇다고 아
무런 조치도 안 되어 있는 것은 아니었다. 어쨌든 주기적으로
동초를 나와서 도는 정도는 되었다.

따라서 나는 흑법으로 몸을 숨긴 채 날개를 펴 하늘을 날아
서 국경을 넘어가고 있었다.

"그런데 라플라스, 이 지역에 사는 야만족은 어떤 놈들이지?"

—유료입니다.

당연하다시피 나온 대답에 나는 실망조차 하지 않았다.

"응, 뭐 그럴 줄 알았다. 얼만데?"

—1루블입니다.

1루블짜리 정보를 못 살 이유가 없었다. 달리 말하면 별로
중요한 정보도 아니라는 의미긴 하지만 뭐, 굳이 이렇게 판촉
하는 걸 보면 알아서 나쁠 것 없는 정보란 의미기도 하겠지.

이 정도는 그냥 묻지 말고 바로 자동으로 결제해 달라는 말

이 목구멍까지 나왔지만, 별생각 없이 이런 소릴 했다가 무슨 결과가 나올지 모른다는 생각이 간신히 나오려던 말을 삼키게 만들어주었다.

루블의 문제가 아니다!

아니, 물론 루블 문제도 있긴 한데 그것만은 아니다.

라플라스를 신뢰하긴 하지만, 이 녀석의 설명하고자 하는 욕구는 보통 수준이 아니다. 잘못하면 하루 종일 설명만 듣고 있게 될 수도 있었다.

"딜."

따라서 나는 그냥 야만족의 정보만 샀다.

그리고 라플라스의 입에서 설명이 흘러나오기 시작했다.

"엘프?"

라플라스의 입에서 나온 단어는 의외의 것이었다. 왜냐하면 지구에서도 들은 적이 있는 단어였기 때문이다.

그렇다고 지구에 진짜 엘프들이 있었던 건 아니다. 지구에서 엘프란 어디까지나 가상의 존재였다. 뭔가 팔다리가 길고 얼굴이 하얗고 예쁜 애들을 가리키는 단어였나, 그랬을 것이다.

나는 잘 모르지만 헐벗은 사진을 공유하는 동기들의 '엘프녀'에 대한 집착은 대단할 정도였다.

—아, 지구에도 엘프라는 개념이 있는 모양이로군요. 그 단어로 번역된 걸 보니…….

라플라스, 네가 아는 것하고는 좀 다를 것 같은데……. 하지만 설명해 봤자 지구의 이미지만 더럽힐 것 같아서 나는 그냥 적당히 고개만 끄덕여 주고 말기로 했다.

—아무튼 비슷한 개념으로 번역은 됐어도 새 주인님께서 아시는 엘프의 개념과 이 세계의 엘프는 차이가 많을 것으로 압니다. 물론 비슷한 점은 있을지도 모르지만, 사소한 오해가 더 치명적인 법이죠.

이해해 줘서 고맙다는 생각은 잠깐이었다. 이거 설명이 길어지겠다는 생각이 곧장 그 뒤를 점령했기 때문이었다.

나는 불길한 예감에 몸을 떨었지만, 항상 그렇듯 안 좋은 예감은 빗나가는 법이 없다.

라플라스는 물 만난 고기처럼 생기 넘치는 목소리로 설명을 시작했다.

—엘프는 고대 인류의 일파로, 현생 인류인 인간과는 구분되는 존재입니다.

"뭐야, 인간이 아닌 거야?"

되물음을 던지면 설명만 더 길어진다는 걸 학습했음에도, 나는 오늘도 같은 실수를 반복하고 말았다. 아니나 다를까, 라플라스의 대답 같은 설명이 이어졌다.

—인간의 기준이 뭐냐에 따라 달라지겠군요. 넓은 의미에서 보자면 둘 다 인간이지만, 좁은 의미로는 서로를 인류라고 여기지 않습니다. 고대 제국의 문화권에 놓인 인간들은 엘프를 절대 같은 인간이라고 인정하지 않습니다. 반대도 마찬가지고요.

"아, 그래? 그럼 서로 간의 번식이 가능한가 보지?"

잘은 모르지만 지구에서는 종의 구분을 자손을 남길 수 있느냐 없느냐에 따라 구분했던 것 같다. 지구에 처들어온 이방인들을 그래도 '이방'인' 이라 부르는 이유가 그거였다. 미친 지구인과 미친 이방인 사이에서 나온 미친 잡종이 있긴 했으니까.

두 족속은 서로를 멸종시키기 위한 전쟁을 치르는 중이었는데 잘도 그런 미친 짓을!

─네, 그렇습니다.

이상한 곳으로 새려는 내 상념을 라플라스의 대답이 끊어주었다.

"아, 그럼 개랑 늑대 사이 같은 건가?"

─인간도 엘프도 굉장히 불쾌해할 비유지만 정확하십니다.

이 세계의 엘프들, 특히 북방 엘프는 주로 농사를 지어 먹고 살아가는 인간들과는 달리 주로 사냥을 통해 생활을 영위한다.

사냥만으로 그게 되나 싶지만, 이들이 잡아 잡숫는 것들은 짐승이라기보다는 괴물에 가까운 것들이다.

인간의 영역에서는 이미 대부분 구제되어 없어진 괴물들……. 그러니까 내가 시티 오브 툴루의 지하수로에서 잡았던 드레이크 같은 놈들이 드글드글하다고 라플라스가 말했다.

"여기 엘프는 육식인가 보네."

지구에서 듣기론 엘프는 채식주의자라는 소릴 들은 듯 만 듯 했는데, 여기서부터 차이가 나기 시작한다.

역시 개념만 존재하는 가상의 존재와 실제의 존재는 차이가 있을 수밖에 없다.

─아뇨, 정확히는 잡식입니다.

라플라스가 깐깐하게 짚어주었다.

하긴 고기만 먹고 살 순 없지. 사람은 골고루 먹어야 한다.

"흐음. 그럼 인간도 잡아먹나?"

인식상 서로 다른 종족 취급이라면 늑대가 개 잡아먹듯 할 수도 있겠다 싶어서 한 소리였는데, 라플라스로부터 아주 긴 설명이 돌아왔다.

축약하자면 옛 유적을 살펴보면 조직적으로 식인을 자행한 흔적도 발견되지만 현재는 그렇지 않다. 사실상 같은 종족이므로 질병도 공유하는데, 엘프와 인간이 서로 잡아먹다가 안 좋은 병을 옮기게 된 후론 두 족속 모두 서로를 잡아먹는 건 금기로 지정되게 되었다는 소리였다.

이게 요약한 거니 내가 실제로 라플라스에게 들었던 설명은 얼마나 길었겠는가? 하여간 이 녀석 간만에 판 깔리니 살판났다. 쓸데없는 호기심이 사람 잡는다는 지구 병사들 사이의 금언을 되새기며, 나는 앞으로 질문을 자제하기로 마음먹었다.

—다시 설명으로 돌아오자면…….

라플라스는 뻔뻔하게 말했다. 마치 아까 전까지는 설명을 안 한 것 같은 뉘앙스다.

내가 다신 질문 하나 봐라!

나는 나도 못 지킬 것 같은 맹세를 했다.

*   *   *

라플라스는 이게 정말 필요한 정본가 싶을 정도로 잡다한 정보까지 일일이 입에 올려가며 열성적으로 내게 설명했다. 논문 한 편을 입으로 줄줄 떠들어댄 것 같다. 논문을 써본 적도 읽어본 적도 없어서 잘은 모르지만 아무튼.

다 듣고 나서 나는 진이 빠진 채 이렇게 생각했다.

아, 그냥 다운로드 받을걸.

하지만 이것도 직원 복지다. 누가 직원이냐고? 물론 라플라스 이야기다.

나는 그런 생각을 하며 꾹 참고 설명을 다 들었다.

―이제 아셨죠?

라플라스의 물음에, 나는 고개를 주억거리며 대답했다.

"응, 엘프들은 다 죽여 버리면 되겠구나."

―…결론이 이상한 방향으로 난 것 같습니다만.

"응? 아냐?"

―아닙니다.

아무래도 작은 오해가 발생한 것 같다.

―물론 대현자께서 엘프라는 종족을 별로 좋아하시지는 않으셨습니다만 그래도 종족 절멸을 고려하신 적은…….

"있구나."

그 성격 안 좋은 대현자다. 없을 리가…….

―고작 열두 번 정도입니다만.

"대현자의 기준으론 열두 번이 고작이구나."

하긴 수백만 번 중 12번이면 고작이긴 하겠다.

―실제로 실행한 것만 따지자면 그렇습니다.

"아니, 생각만 한 거 아니었어?"

나는 황당함을 느끼며 나도 모르게 되묻고 말았다. 그러자 라플라스는 진지하게 반박했다.

―실행할 능력이 되는데 생각만 하고 그만두는 것도 이상하지 않습니까?

"…나한테 묻지 마."

분하지만 납득하고 말았다.

―좌우지간 엘프가 그렇게 사악한 족속인 것만은 아닙니다.

"지금까지 늘어놓은 이야기만 듣자면 별로 그런 생각은 안 들던데……."

―사실 데이터만 늘어놓으면 인간도 못지않게 사악합니다만.

과연 대현자는 인류 멸절은 몇 번 실행했을까.

문득 궁금해졌지만 돌아올 대답이 두려워 묻지는 못했다.

"알았어, 알았어. 적당히 이용만 하고 빠질게. 다 안 죽일 거야."

―저는 조언자의 입장일 뿐, 판단은 새 주인님께서 하시면 됩니다.

대놓고 말리는 것보다 이렇게 말하는 게 더 압박감이 느껴지는 건 왜일까.

뭐, 좋다. 이걸로 엘프란 종족이 어떤 놈들인지는 대충 알았다.

슬슬 이 정보를 실생활에서 활용해 보도록 할까.

"그럼 이제 시체 찾으러 가자."

그러기 위해선 일단 내가 엘프가 될 필요가 있었다.

정확히는 엘프의 신분을 취하는 것이지만 뭐, 그게 그거지.

—안내하겠습니다.

새 신분의 값은 이미 치러둔 터라, 라플라스는 군말 없고 안내를 시작했다.

*　　　　*　　　　*

엘프의 땅으로 나아갈수록 거칠고 혹독한 자연환경이 나를 반겼다.

하늘을 향해 창처럼 솟은 침엽수림 사이로 칼바람이 살갗을 찢어놓을 듯 불었다. 하늘은 해가 뜨기는 하나 싶을 정도로 매일 흐렸고, 땅바닥은 밤이 되면 얼어붙었다가 해가 뜨면 진창이 되었다.

그오오오오!

저 멀리서 뭔가 커다란 짐승의 긴 울음소리가 들렸다. 쿵쿵거리는 육중한 발소리는 그 짐승의 크기를 능히 짐작케 했다.

"저런 게 돌아다니는 땅에서 사람이 어떻게 사냐."

—그런데도 사는 걸 보면 사람이 저 괴물보다 더 괴물이라고 할 수도 있겠지요.

이건 인공정령 님의 인간… 비판이냐, 아니면 찬가냐.

라틀란트 제국 변경도 환경이 거칠긴 했지만 이 정도는 아니었다.

이런 걸 보면 인간과 엘프 간의 영역 싸움은 결국 인간이 이긴 것 아닌가 하는 생각이 자연스럽게 들 수밖에 없었다. 왜냐? 더 좋은 땅을 먹었으니까.

—정확히는 고대 제국의 승리지만요.

"아, 그렇군."

—사실 그게 그거긴 합니다. 고대 제국은 인류의 제국이었으니까요.

현 라틀란트 제국인을 비롯한 인간들이 고대 제국하면 껌벅 죽는 이유가 있었다.

생존경쟁에서 엘프를 비롯한 다른 족속들을 험한 땅으로 밀어버리고 인간의 제국을 구축했으니 열광할 수밖에 없다.

더불어 현 라틀란트 제국이 그렇게 열심히 고대 제국의 후신을 자칭하는 데에는 다 이유가 있었다.

단순히 지배계층이 제국을 하고 싶어서 제국, 제국 그러는 게 아니라 귀족부터 일반 시민에 이르기까지 제국이라는 칭호에 옛 영광과 함께 어머니 품속에 안긴 듯 안정감을 느끼기 때문이다.

반면 고대 제국과의 생존경쟁에서 패배하여 거친 땅으로 밀려난 북방 엘프들은 제국의 형성에 실패하고 네 개의 왕국과 여섯 개의 부족 연합으로 갈기갈기 찢겨져 있다.

이것도 북방 엘프만 셌을 경우이고, 다른 지역의 엘프나 다른 족속은 또 사정이 다르다.

아니, 어쩌다 보니 내가 나 스스로 라플라스의 설명을 되새김질하고 있네. 역시 설명을 너무 오래 들었다. 나는 고개를 흔들어 쓸데없는 생각을 머리에서 내쫓았다.

—저깁니다.

가끔은 쓸데없는 생각이 도움이 될 때도 있다. 이런 경우다. 생각에 빠져 날개만 움직이고 있으려니 어느새 목적지에 도착했다.

"좋아, 내려간다."

푹.

나는 날개를 접고 별생각 없이 착지했다가 진창이 된 바닥에 발을 빠뜨리고 말았다.

"으!"

나는 질색하며 부츠에 묻은 진흙을 털어냈다. [변신 브로치]를 이용하면 부츠를 깨끗하게 하는 건 금방이지만 기분이 나쁜 게 우선이다.

—여기입니다.

"응? 어디……. 어?"

시체를 찾아내는 데에는 약간 시간이 걸렸다.

그도 그럴 것이, 시체는 진흙 속에 푹 파묻혀 있었기 때문이었다. 잘 보니 내가 발을 빠뜨린 진창은 뭔가 거대한 생물의 발자국이었고, 시체는 그 생물에게 밟혀서 생긴 것 같았다.

"…비참한 죽음이로군."

나는 혀를 끌끌 차며 시체를 진창 속에서 끌어내었다.

차가운 북방의 바람 덕인지 시체는 별로 썩지 않은 채였다.

대신 얼었다 녹기를 반복해서 피부는 다 터져 있었고… 아무튼 상태가 별로 좋지는 않았다. 보고 있기 좀 괴로울 정도로.

하긴 시체가 다 이렇지 뭐.

"자, 라플라스. 다운로드!"

시체의 얼굴을 오래 들여다보고 있을 생각 따위 없었다. 외모 정보는 다운로드 받으면 그만이니 유심히 관찰할 이유도 없었고.

─알겠습니다. 다운로드를 시작합니다.

　　　　　　＊　　　　　＊　　　　　＊

북방 엘프 여섯 개의 부족 연합 중 하나인 알브헤아드. 그 연합의 한 축을 이루는 알브한트 부족. 가장 남쪽에 위치한 부족 연합 중에서도 가장 남쪽에 위치한 알브한트 부족의 전투 족장인 도먼 알브한트가 내 새로운 신분의 이름이었다.

엘프 부족에서 가장 강력한 전사이자 사냥꾼, 동시에 전략과 전술의 이해를 바탕으로 지휘의 소양을 갖춘 이만이 차지할 수 있는 영예로운 직책이 바로 전투 족장이다.

그러한 전투 족장이 거대한 괴물의 발에 짓밟힌 채 홀로 싸늘히 식어 있는 데에는 이유가 있었다.

그 거대한 괴물이 알브한트 부족의 영역을 침범하려 했고, 부족의 전사들이 몰려나와 저항했지만 역부족이었다.

마지막까지 남아 홀로 싸워 부족 사람들을 지키려 한 것이 바로 위대한 도면이었다.

도면 알브한트의 무모한 전투는 유의미한 성과를 낳았다.

피투성이가 되어 싸우는 도면에게 질려 버린 괴물이 다른 지역으로 가버린 것이 그것이었다.

물론 그 대가로 도면은 짓밟혀 죽어버리고 말았지만, 밟혀 죽는 순간까지 가시처럼 들어 올린 창끝에 굳어져 있는 괴물의 혈액은 그가 최후를 맞이하며 어떤 표정을 지었는지 능히 짐작케 한다.

"이 창."

나는 [유물 감지]가 반응하는 걸 보면서 흡족하게 웃었다. 괜히 한 부족의 전투 족장이 아니라는 듯, 이 창도 유물이었다.

―[보복의 가시]입니다. 효과는⋯ 이미 아시겠군요.

"뭐, 그렇지."

괴물이 도면을 다 잡아놓고도 이 땅에서 도망친 이유가 따로 있는 게 아니었다.

이 창, [보복의 가시]에 붙어 있는, 가진 자가 받은 피해의 일부를 되돌려 주는 [보복의 저주] 기능 때문이다.

괴물은 창의 주인인 도면을 아예 짓밟아 죽여 버리기까지 했으니, 그에 상응하는 피해를 보복으로써 받았을 것이다. 최소한도로 잡아도 발꿈치가 다 터졌을 것이고, 심하면 다리 하나가 날아갔을 수도 있었다. 아마 그 괴물은 비명을 지르며 깽깽이 발로 이 땅을 떠났을 터였다.

도면 알브한트에게는 아주 유감스러운 일이겠지만, 그는 괴물의 그러한 장면을 목격하지 못했다. 밝힌 시점에서 이미 목숨이 날아갔을 테니 당연한 이야기다.

"인상적이로군."

라플라스로부터 도먼 알브한트에 대한 다운로드 받은 정보를 곱씹던 나는 고개를 주억거렸다. 그리고 내가 당장 무엇을 해야 할지에 대해서도 떠올렸다.

"도먼 알브한트의 복수는 내가 대신 해줘야겠어."

물론 이건 단순한 의리 때문이 아니다. 지금도 내 각성창 안에 잠들어 있는 북방 엘프의 보물인 철봉활의 복원에 그 거대한 괴물의 힘줄이 필요하기도 했다.

더불어 이미 도먼이 큰 피해를 입혀놓기도 했으니, 잡는 게 더 쉬우리라는 계산도 깔려 있다.

전투 족장을 비롯한 주요 전투원을 잃은 데다 알브헤아드에서의 입지가 약해진 알브한트의 위상을 생각하면 단순히 도먼 알브한트가 생환하는 것만으로는 부족했다.

이대로 그냥 가도 알브헤아드의 유적 입장권을 손에 넣는 건 불가능하지는 않았지만, 그 대신 본래 알브한트가 받아야 하는 지원을 포기해야 한다.

아무리 내가 신분을 빌린 외부인이라 한들, 아니, 오히려 그렇기에 더더욱 꺼려지는 선택지다. 따라서 나는 괴물을 죽이고 그 부산물을 챙겨 알브헤아드와 제대로 된 거래를 할 생각이었다.

"라플라스, 그 괴물…… 거대 오우거를 죽이러 가야겠는데."

─새 주인님이시라면 그 선택을 하실 줄 알았습니다.

라플라스가 어째선지 자부심 넘치는 목소리로 말했다

*   *   *

도먼 알브한트를 밟아 죽인 괴물의 정체는 거대 오우거. 사람을 사냥해서 잡아먹고 사는 인간형 괴물이다.

오우거 자체도 3m는 기본으로 넘는 큰 괴물인데, 내 사냥감이 되어야 할 변종 거대 오우거는 그보다도 배는 더 커서 차라리 거인에 가까운 진짜 괴물이었다.

당연히 쉬운 상대는 아니다. 그냥 거대하기만 한 괴물이었다면 내가 새로 깨달은 거대 검기로 썽둥썽둥 썰어 넘기면 그만이었겠지만, 이 변종 오우거는 100년 가까이 살아남으며 무슨 파충류처럼 계속해서 성장해 왔기에 단순히 몸만 큰 멍청이가 아니다.

괴물인 만큼 그 가죽 자체가 질겨 외력을 단련한 기사 이상의 내구력을 지녔을 뿐만 아니라 괴물인 주제에 무슨 기연을 얻은 건지 내력을 단련해 왔다고 한다.

이것만으로도 놀랄 만한데, 도먼 알브한트는 놈이 마법이나 술법 비슷한 무언가를 쓰는 광경도 목격했다고 한다.

―말하자면 거대한 새 주인님이라 하실 수 있겠군요.

"아니, 사람을 괴물 취급하다니."

―1년 만에 그 수준까지 올라서신 분이 괴물이 아니라면 대체 누가 괴물이겠습니까?

칭찬이겠지? 칭찬인 셈 치자.

―거대 오우거에 대한 더욱 상세한 정보를 원하시면…….

"아냐, 됐어. 괜찮아."

거대 오우거를 뒤쫓는 데 라플라스의 도움을 받을 필요는 없었다. 도먼 알브한트에 대한 정보를 다운로드 받으면서 사냥꾼으로서의 추적술도 함께 이어받은 덕이었다.

추적술뿐만이 아니다. 도먼 알브한트는 다재다능하기 짝이 없는 녀석이었다.

장창술, 투창술, 투망술 같은 갖가지 병장기를 다루는 법부터 시작해 약초 채집을 비롯해 산과 숲에서의 생존 기술과 특수한 이동 방법, 은엄폐 기법을 익히고 있을 뿐만 아니라, 간단한 전술적 지식과 이해, 조야하긴 하나 외교술과 정치 기법까지 습득한 상태였다.

"이 녀석, 괜히 비싼 게 아니었구나."

도먼 알브한트는 혼자 살아남는 건 물론이고 집단을 이루면 나라까지 세울 수 있는 인재였다. 이런 인재가 부족 사람들 살리겠다고 혼자 남아 목숨까지 던졌으니 알브한트 부족에겐 크나큰 손실이었을 것이 틀림없었다.

나는 도먼의 신분을 사는 데에 든 돈이 아깝지 않음을 느끼며 빠른 속도로 숲을 돌파했다.

―하늘을 나는 게 더 빠르지 않나요?

"그럼 흔적을 못 찾잖아."

―거대 오우거의 위치를 구매하시면 굳이 흔적을 쫓으시지

않아도…….

"양잿물."

—네?

반나절의 추적 끝에 나는 거대 오우거의 거처 주변에 도착했다.

"라플라스."

—네, 새 주인님.

"거대 오우거의 정보는 얼마지?"

—예? 새 주인님께선 공짜니까 양잿물을 마신다고 하지 않으셨나요?

라플라스가 보기 드물게 바로 정보를 팔지 않고 내게 빈정거렸다. 이럴 줄 알았으면 양잿물이라는 단어의 의미를 가르쳐주는 게 아니었는데……. 이렇게 삐칠 줄 알았나.

"라플라스."

—네, 새 주인님.

"보통은 사람이 양잿물을 마시면 죽는다."

—그… 렇죠?

나는 라플라스에게 끄덕거렸다. 끄덕, 끄덕.

—…알겠습니다. 말씀드리겠습니다.

보통이라면 이렇게까지 아쉬운 소리를 해서 일부러 정보를 사려고 하지는 않겠지만, 이번에는 경우가 달랐다.

나는 아직 거대 오우거의 거처에 들어가지도 않았다.

그럼에도 불구하고 위기 감지가 미약하게나마 반응했다.

실질적으로는 아홉 번이나 강화된 셈인 위기 감지는 매우 민감해졌고 동시에 위기의 정도도 세밀하게 구분해 내게 알려줄 정도의 성능을 자랑했다.

그러나 나 자신이 강해져 목숨의 위기를 겪을 일이 드물어지면서 반응의 빈도수 또한 바닥을 치게 되었다.

그럼에도 불구하고 위기 감지가 지금 반응한다는 것의 의미는 명확했다.

거대 오우거는 터무니없는 괴물이다.

더하여, 거대 오우거의 거처로부터 1㎞ 이상 떨어진 여기에서 위기 감지가 반응한다는 건 저 괴물이 가용 가능한 살상 능력의 유효 사거리가 1㎞ 이상 된다는 뜻이기도 했다.

그뿐만이 아니다. 바로 발 앞에 깔린 이 광대한 영역의 함정! 함정 감지가 캐치해 낸 함정은 뭐가 어떻게 된 건지 거대 오우거의 거처 주변 1㎞를 온통 뒤덮고 있었고, 함정 해체는 거대 오우거의 거처에서나 가능했다.

그다지 치명적인 함정은 아니다. 그저 침입자가 들이닥치면 그 위치를 알려주는 방식으로 작동하는 단순한 함정이었다.

그러나 거대 오우거가 같은 사정거리의 살상 수단을 갖고 있다고 생각하면 이 함정이 갖는 의미가 실로 명백해진다.

애초에 함정이 치명적일 필요는 없다.

함정에 걸려든 적을 본인이 직접 나서서 죽이면 되니까!

도먼 알브한트는 본인이 거대 오우거에 대해 잘 알고 있다고 생각했던 모양이지만 그는 틀렸다. 내 트레저 헌터 능력으로

읽히는 정보들은 도면이 알고 있는 정보가 빙산의 일각에 불과하다는 것을 알려주고 있었다.

그러니 내가 라플라스에게 아쉬운 소리까지 하면서 비싼 루블 내고 거대 오우거의 정보를 사려고 드는 거였다.

그렇게 해서 내가 알게 된 진실은 너무나도 의외의 것이었다.

─거대 오우거, 오게흐우거는 마법사입니다.

터무니없는 괴물인 건 알았지만, 그 터무니없음의 방향성이 내가 예상한 거랑은 너무 달랐다.

*   *   *

일단 나는 1km 후퇴했다.

괜히 위기 감지가 반응한 게 아니었다. 거대 오우거 오게흐우거의 거처 1km 반경에는 자신에게 적대감을 가진 생물을 감지하는 마법이 걸려 있었다고 한다. 그리고 라플라스는 내가 만약 앞으로 한 발만 더 디뎠다면 그 마법에 의해 오게흐우거에게 걸릴 뻔했다고도 말해주었다.

"아니, 무슨 오우거가 장거리 저격을 해대냐?"

오우거를 상대하는 건 이번이 처음이 아니다. 국경을 넘어선 이후, 나는 오우거에 대한 지식과 사냥 경험을 다운로드 받은 것은 물론 그것을 바탕으로 루블 벌이도 할 겸 몇 마리 잡아보기도 했다.

'평범한' 오우거는 그냥 알몸으로 돌아다니는 멍청이였다. 무기를 쓰긴 하지만 동족의 대퇴부 뼈를 휘둘러 대거나 하는 식이었고, 그 움직임에는 지성은커녕 최소한의 섬세함도 엿보이지 않았다. 이 정도면 원숭이보다 지능이 낮지 않을까 싶을 정도였다.

그런데 갑자기 마법으로 저격을 한다니. 놀라는 걸 넘어서 황당하기까지 하다.

"심지어 사거리가 나보다도 길다니……."

물론 나도 1km 정도 거리는 저격할 수 있다. 끼릭이의 자체 스펙도 있을뿐더러 [이름도 잊힌 고대 사냥신의 활]의 기능을 테마 보너스로 강화하기도 했으니 불가능한 일은 아니다.

하지만 끼릭이를 써야 한다는 것 자체가 문제다. 정령력은 전부 훙훙이의 성장에 쓰기로 했는데, 고작 오우거 잡겠다고 봉인을 풀어야 하나? 별로 그러고 싶진 않았다.

더군다나 오우거를 몇 번 상대해 본 바로는, 일반 정령탄으로는 그 두꺼운 가죽을 뚫는 것조차 힘들다. 그때도 정령력을 아끼느라 진짜 쏴본 건 아니지만, 굳이 직접 쏴보지 않고도 충분히 알 수 있는 사항이었다. 정령폭주를 쓰면 또 모를까?

그런데 오게흐우거는 일반 오우거보다도 튼튼하다. 대부분의 생물은 늙을수록 그 힘이 약해지고 내구도도 떨어지게 마련이건만, 이놈은 지가 무슨 파충류인 줄 알기라도 하는 건지 오히려 더욱 그 가죽이 질겨지고 충격에도 강해졌다.

그뿐만이 아니다. 이놈, 자기 보신에 얼마나 철저한지 스스로에게 보호마법까지 걸어놨다. 마법이라는 힘의 신비는 오히려 마법이 아닌 힘에 보다 강력하게 작용하는 탓에, 정령폭주시킨 끼럭이의 정령류탄으로도 안 뚫릴까 걱정이다. 애초에 정령류탄은 사거리도 닿지 않는다만.

이 모든 것이 뜻하는 바는 꽤나 절망적이다. 설령 정령법을 동원한다고 하더라도 지금의 내 전력으로는 1㎞ 너머에서의 저격만으로 오게흐우거, 저 오우거 마법사 놈을 처치하는 것은 무리라는 소리다.

즉, 놈을 잡으려면 알람 마법을 건드리고 녀석의 사거리 안으로 파고들어야 한다는 소리다.

"어휴……."

칼이 닿는 거리까지 다가가려면 대체 몇 번의 마법을 맞아가며 버텨야 할까?

"아찔하군."

내가 고개를 절레절레 젓고 있으려니, 라플라스가 드디어 입을 열었다.

─새 주인님께서도 그냥 마법을 배우시면 되지 않을까요?

평소와 다름없는 판촉이었다.

─애초에 처음에는 마법을 배우실 생각이 있으셨지 않나요?

기억력도 좋네. 확실히 그런 뉘앙스의 말을 흘리긴 했었다. 막 이 세계에 카를로서 눈을 떴을 때의 이야기다.

하지만 마법을 배우지 않은 것에는 이유가 있었다.

"아니, 네가 별로라고 했잖아."

─당시에는 그랬습니다만 지금은 다릅니다.

그러고 보니 당시에는 꼬깃꼬깃하게 모은 300루블을 다 털어 넣어봤자 1마급으론 할 수 있는 게 거의 없다는 게 마법을 추천하지 않은 이유이긴 했다.

하지만 1,000루블이 모여 있다면 이야기가 달라진다고 라플라스는 말했다.

─지금은 경조사비 계좌에 여유가 있으시잖습니까?

"그렇지……."

여유가 있긴 했다. 정령법 6령급에 대비한다고 모아놨으니까.

게다가 국경 넘어오기 전에도 트롤 등을 잡아가면서 모으기도 했고, 국경 넘어와서도 오우거 몇을 사냥했으니 계좌 잔액은 꽤 풍요로웠다.

"얼마지?"

─정확히 2,327루블입니다.

"허허, 어떻게 또 2,000루블 넘게 모아놨었네."

작정하고 모았더니 꽤 모이긴 했다.

─지금 다시 추천하라고 하시면 가장 가격 대비 성능비가 뛰어난 마법을 익히시라고 말씀드릴 수 있습니다.

나는 잠깐 고민했다. 내가 고민하는 것을 보고 가능성이 생겼다고 판단한 건지, 라플라스가 한마디를 더 얹었다.

─그리고 마법은 대단위 전투, 특히 전쟁을 치르는 데에 아주 특화되어 있습니다.

"내가 전쟁하러 간다고 한 적은 없었던 것 같은데."

그래도 라플라스의 그 한마디가 내 마음을 흔들어놓은 건 또 맞았다.

더불어 어차피 잔뜩 쟁여놓은 골렘 코어와 자재들을 활용할 방법은 마법을 익히는 것뿐이라는 점도 예전부터 갖고 있던 고민의 씨앗이기도 했다.

물론 가장 직접적인 이유는 풍요로운 계좌 잔액이었다.

언제 얻을 수 있을지 기약이 없는 6령급에 대비한답시고 너무 많은 루블을 쌓아놓은 것 같다는 생각이 나를 사로잡았다.

계좌에 쌓여 있기만 한 돈은 그냥 숫자에 불과하다. 어떤 식으로든 활용하고 투자해야 비로소 가치를 갖게 된다.

비록 내게 이 소릴 한 지구 시절 전우님께서는 술과 여자에게 전 재산을 활용하고 투자하다 죽어버렸지만, 어쨌든 죽기 전에 돈을 다 쓰고 죽어서 여한이 없다는 걸 유언으로 남겼다.

당시엔 유언도 꼭 지 같은 소리만 한다고 생각했지만, 그렇다고 또 틀린 말은 아니라는 생각도 했었다.

"좋아."

따라서 나는 고개를 끄덕였다.

"라플라스, 오게흐우거가 3마급이라고 했었지?"

그럼 나도 3마급까지 익히면 되겠지.

나는 다소 안이하게 생각했다.

*   *   *

—마법은 술법과 그 체계가 비슷합니다.

라플라스가 말했다.

―그러니까 일단 1마급을 구매하셔서 기초적인 마력을 확보하고 마력을 다루는 기술을 습득하신 후, 2마급으로 올라가 필요한 마법의 학파를 골라 전문화시키는 과정을 거치게 됩니다.

술법이라면 1성급 때 바로 할 수 있었던 세부 계열 선택을 마법의 경우 2마급까지 올려야 가능하니 확실히 처음부터 익히기엔 그다지 효율이 좋지 않은 게 맞았다.

―그리고 1마급의 마력을 다루시면서 본인이 어느 학파의 마법에 걸맞은지 확인하는 작업도 필수입니다. 마력을 어떤 식으로 다루느냐에 따라 달라지거든요.

게다가 마음대로 고를 수 있는 것도 아니고 재능을 타기까지 하는 모양이었다.

―자, 그럼 일단 1마급을 사셔서 마력의 특질부터 파악해 보시죠!

"정작 그런 소릴 들으니 갑자기 마법을 사기 싫어지는데……."

그렇다고 지금 와서 손바닥을 뒤집을 생각은 없었으므로, 나는 값을 치르고 다운로드를 승인했다.

그러자 1마급에 해당하는 마력과 함께 마력을 다루는 지식과 기술이 내게 주입되었다.

그리고 굳이 라플라스의 설명을 들을 것도 없이 내 마력의 특질을 금방 이해하게 되었다.

"내 마력은 붉은 마력이로군."

―나쁘지 않군요.

라플라스는 위로하듯 말했다.

그렇다. 위로하듯.

붉은 마력은 나쁘지는 않지만 나쁘지만 않을 뿐인 그런 성질의 마력이었다.

그나마 무색의 마력이나 연홍의 마력보다는 좋지만, 정말로 좋다는 말을 들으려면 최소한 진홍의 마력, 더 나아가 훌륭하다는 말을 들으려면 홍옥의 마력이 필요했다.

즉, 내게는 마법에 그리 큰 재능이 없는 셈이라고 할 수 있었다. 3마급까지는 별문제 없이 성장하겠지만, 그 이후는 좀 힘들리라.

그러나 나는 곧 이러한 나의 마력 특질은 나에게 아무 의미도 없다는 것을 깨달았다.

"…유레카!"

나는 외쳤다.

―예?

"라플라스, 라플라스. 라플라스야!"

―왜, 왜 그러시죠?

"왜 내가 이제야 마법을 배웠을까!"

내가 깜짝 놀라 제자리에서 펄쩍 뛰었다가 기뻐서 데굴데굴 굴러다니다가 바닥을 주먹으로 쿵쿵 쳐가며 한스러워하는 꼴을 보고 있던 라플라스는 한참 동안이나 입을 다물고 있다가 아주 조심스럽게 나를 불렀다.

―…새 주인님?

나는 그 부름에 대답하는 대신 각성창에서 이걸 꺼내 들었다.

이것이란 바로 그동안 용도를 파악하지 못했던 보물이자 마롤카 왕국의 레갈리아인 [마롤카의 왕홀]이었다.

이걸 얻은 게 시티 오브 페르핀에 들르기 전, 괴도 늑대거미 가면의 보물 창고에서였으니 무려 작년의 일이다.

이 보물이 지닌 진짜 힘을 이제야 깨닫다니!

내가 이 보물의 진짜 기능을 이제까지 몰랐던 건 마력이라는 힘의 개념에 대해 전혀 몰랐기 때문이다.

이 보물을 사용하기 위해서는 아주 정밀한 마력의 운용이 가능해야 하는데, 마력이 뭔지 모르니 보물의 기능 또한 알 수가 없는 게 당연했다.

하지만 라플라스로부터 마력과 마력의 운용법, 그리고 마력이라는 힘의 개념에 대해 주입받으면서 나는 모든 것을 깨닫게 되었다.

나는 바로 꺼내 든 마롤카의 왕홀에 마력을 불어넣기 시작했다. 그냥 아무렇게나 마력을 집어넣기만 한다고 되는 게 아니라, 정밀하게 마력을 다뤄 잠금장치를 해제하고 나를 왕홀의 주인으로 인지시키는 작업이 필요했다. 그리고 이것이 대현자가 왕홀의 진짜 힘을 알아채지 못한 이유였으리라.

아무리 대현자가 수십만 번의 재도전 기회를 얻은 괴물이라 한들, 몇 억도 아니고 몇 조 정도의 말도 안 되는 패턴을 풀 수는 없었을 테니까.

더군다나 라플라스의 말을 들어보면 대현자는 이 왕홀에 봉인된 힘이 있다는 것조차 알아차리지 못했다고 하니 어불성설이다.

그러나 나는 가능하다.

"됐다!"

그리고 실제로 해냈다.

고작 1마급의 마력과 마력 제어 기술로는 버거운 일이었으나, 나는 땀을 뻘뻘 흘려가며 사용자 각인에 성공하고야 말았다.

내가 하도 집중하고 있으니 내게 말도 걸지 못했던 라플라스가 주저주저 입을 열었다.

―대체… 뭔가요?

말투만 들어도 라플라스가 얼마나 당황했는지 알겠다.

"마롤카의 왕홀. 이 보물이 가진 진짜 힘은 바로 이거야!"

각인을 하기 전에는 그저 문자가 몇 개 세공되었을 뿐인 쇠막대기였던 마롤카의 왕홀은 지금 무지갯빛 마력광으로 반짝반짝 빛나고 있었다.

―서, 설마!

"그래, 맞아."

나는 이를 드러내며 웃었다.

"이 왕홀은 마력의 형질을 바꿀 수 있어. 붉은 마력이든 푸른 마력이든, 그게 어떤 마력이든 상관없이!"

즉, 원래대로라면 마법에 큰 재능이 없어야 할 내게 타고난 한계를 극복해 줄 수 있는 강력한 기능이 붙어 있었다!

―축하드립니다, 새 주인님.

라플라스는 어딘가 안도한 것 같은 목소리로 내게 축하의 말을 전했다. 하긴 그도 그럴 만했다. 원래 내 마법 재능으로는 기껏해야 3마급까지만 팔 수 있었을 마법을 이 왕홀 덕에 더 많이 팔 수 있을 테니 녀석에게 있어서도 좋을 일이 틀림없다.

―마력의 형질을 자유자재로 바꾸실 수 있다면 어느 마법이 든 다 사용하실 수 있으시겠군요.

아니, 그 정도가 아니었다.

―모든 마법 학파를 전부 다 사실 수 있으시겠습니다.

라플라스의 야망은 내 예상보다 훨씬 컸다.

물론 나는 라플라스의 의도대로 움직이지는 않았다. 거대 오 우거 오게흐우거를 죽이는 데에 필요한 마법만 딱 맞춰서 샀다.

그 마법이란 바로 원소마법 학파의 3마급 작열계 마법인 작 열투창이었다.

―이 정도라면 그냥 굳이 마롤카의 왕홀조차 필요가 없었을 텐데요.

"응, 뭐. 그렇긴 하지."

원소마법 학파는 붉은 마력으로도 구현하기 좋은 마법들로 구성이 되어 있고 작열투창은 딱 3마급의 마법이라 보물의 힘 을 빌리지 않아도 구현이 가능했다. 게다가 내겐 불의 속성력 까지 있으니 더욱 상성이 잘 맞았다.

이 준비는 일사천리로 끝냈다. 3마급까지의 마력을 일시불 구매하고 관련 지식과 정보, 기술을 다운로드 받은 후 작열투 창 마법이 포함된 적색 원소마법 학파 주문들을 한꺼번에 사들 이면 끝이었다.

"돈 많으니까 이게 편하네."

루블 한 푼 깎아보겠다고 꾸준히 훈련하고 정령력이든 신성력이든 모으던 과거의 경험이 마치 파노라마처럼 펼쳐졌다.

그런데 이번에는 달랐다.

돈으로 시간과 노력을 샀다는 표현이 딱 맞아들었다.

이걸 만약 스승에게서 배워서 스스로의 노력으로 쌓아올렸다면? 설령 마롤카의 왕홀이 있다 한들 최소한 10년은 걸렸을 것이다. 아니, 시작 시점에선 마롤카의 왕홀을 활용조차 못 했을 테니 그거 두 배는 걸렸겠네.

—괜히 마법을 나중에 습득하시라고 추천해 드린 게 아닙니다.

분하지만 이번엔 라플라스의 말이 맞았다.

돈으로 밀어버리니 이것보다 편할 수가 없었다!

하지만 대가는 치러야지.

가격은 1,050루블.

"이번에도 잔고를 반 토막 내고 말았어……."

사실 반 토막보다 조금 덜 써서 잔고는 1,277루블이 남아 있었다.

원래는 왕홀의 힘도 활용해 볼 겸 좀 더 다양한 학파의 주문을 습득하고 싶었지만, 잔고가 반 토막 나는 걸 보니 정신이 번쩍 들어서 딱 필요한 것만 사기로 판단을 선회했다.

"자, 그럼… 이제 내가 먼저 공격할 수 있게 됐군."

3마급의 경지에 올랐기 때문에, 마력의 흐름을 어느 정도 감지할 수 있게 되었다.

정령법이나 다른 힘들과 마찬가지로 상대의 경지가 더 높다면 무용지물인 능력이지만, 거대 오우거 오게흐우거의 마법 경지는 나와 같은 3마급이었다.

"오우거랑 같은 급이라니 자존심 상하는걸?"

—4마급을 구입하시겠습니까?

"아니, 그건 아니지."

자존심 때문에 일부러 돈을 쓸 생각은 없었다. 그것도 그냥 돈이 아니라 목숨 걸고 번 돈이다. 사실 요즘 들어선 내가 적절히 강해지면서 이전만큼 버는 게 어렵진 않은 터라 꽁꽁 싸매고 되도록이면 안 쓰려고 들 정도는 아니지만 그래도 이건 아니다.

오우거 때문에 자존심이 상한다면 오우거를 죽여 없애면 될 일이다. 굳이 루블 들여가며 마법 경지를 지금 당장 올릴 필요는 어디에도 없었다.

아무튼 나는 오게흐우거가 펼쳐놓은 알람 마법의 영역을 마력의 흐름으로 감지하고, 그 경계에 아슬아슬하게 접근했다.

그리고 끼릭이를 꺼내 들었다.

"끼릭! 끼릭!"

"아… 오랜만이지? 미안해."

하지만 유감스럽게도 끼릭이를 꺼내 든 건 저격을 위해서가 아니다. 아니, 저격을 위한 건 맞지만 끼릭이로 저격할 생각은 없었다. 이번에는 그저 끼릭이의 스코프를 쓰고 싶었을 따름이었다.

끼릭이를 견착하고 스코프로 저격 위치를 확인했다. 비록 한

쪽 발을 절뚝거리고 있긴 했지만, 한가롭게 산책하고 있는 오게흐우거의 모습이 보였다.

"[보복의 가시]로 인한 상처겠군."

나는 각성창 안에 잠들어 있는 도면의 유품을 떠올렸다. 자신의 죽음을 대가로 지불하고 입힌 피해치고는 너무 작지 않은가 싶기도 하지만, 그만큼을 지불했으니 저 거대한 괴물을 상대로 저 정도라도 피해를 입힌 게 아닌가 싶기도 했다.

거대 오우거 오게흐우거는 그 정도로 컸다. 분명 1㎞ 떨어진 위치에 있는데 100m 밖에 안 떨어진 게 아닐까 싶은 착시현상이 일어날 정도였다.

"자, 그럼 저격을 시작해 볼까?"

"끼릭?"

끼릭이가 자신에게 쏟아져 들어올 정령력을 기대하며 내 말에 반응했지만, 내가 움직인 힘은 정령력이 아닌 마력이었다.

붉은 마력을 잔뜩 끌어 모으고 마법을 구상하니 내 뇌가 멋대로 연산을 시작했다.

"다운로드 받아서 이미 알고는 있었지만……!"

머리가 달아오른다. 점점 더 다른 생각을 못 하게 된다.

마법사는 보통 머리가 좋다는 속설이 있다지만 나는 그 속설을 믿지 않는다. 정확하게는 믿지 않게 되었다. 뇌의 성능을 모조리 마법을 계산하는 데다 끌어 쓰느라 오히려 바보가 되어버리는 게 아닐까 싶을 정도다.

어쨌든 연산은 끝났고 마법은 완성되었다. 이제 쏘기만 하면 된다. 그런데 그때, 스코프 안의 오게흐우거가 깜짝 놀라며 이쪽을 바라보았다. 아무래도 마력의 파동을 감지한 모양이었다.

"이미 늦었어!"

나는 날카롭게 외치며 마법을 발사했다. 마력이 대번에 빠져나가며 열에너지로 치환됨과 동시에 불꽃의 속성력이 더해져 생성된 작열투창은 1㎞에 달하는 거리를 쏘아져 나가며 허공에 붉은 선을 그었다.

목표의 머리 위에 도달한 작열투창은 마치 사냥하는 뱀처럼 그 머리를 기이하게 구부리더니 오게흐우거의 대가리에 깨끗이 내리꽂혔다.

쿠궁, 하는 폭발음이 저 멀리서 들렸다. 빛이 먼저 오고, 충격파가 온 후, 소리가 한 타이밍 늦게 들렸다.

목표의 10m 반경을 초토화한다는 작열투창의 제원을 처음 읽었을 때는 그냥 그러려니 했지만, 그것이 실제로 이뤄진 것을 직접 목도한 충격과 쾌감은 마법 연산으로 뜨거워진 뇌를 하얗게 만들었다.

아니, 이러다가 진짜 기절하겠다!

"젠장, 당이 필요해!"

나는 각성창에서 얼른 잼 한 통을 꺼내 순식간에 퍼먹었다. 그러자 덜덜 떨리던 손가락 끝이 그제야 진정되기 시작했다.

"이거 마력뿐만이 아니라 뇌에 영양분을 엄청 쓰는 것 같은데?"

―이미 말씀드렸잖습니까?

"해보기 전까지는 몰랐지!"

실전 사용은 이번이 처음이니 어쩔 수 없다.

—금방 익숙해지실 겁니다.

"흐……."

익숙해질 필요가 있기도 했다.

왜냐하면 나는 이미 알고 있기 때문이다.

이쪽의 선제 타격으로 시작하긴 했지만, 사냥은 아직 끝나지 않았다.

그러므로 나는 곧장 다음 작열투창을 준비해야 했다.

"이 싸움이 끝나면, 잼을 더 사러 가야겠어."

마법 연산 때문에 다시 뇌가 가열되는 것을 느끼며, 나는 굳게 마음을 먹었다.

*　　　　*　　　　*

"끼릭, 끼릭!"

"미안, 미안."

내게 강렬하게 항의하는 끼릭이에게 사과의 말을 던지며, 나는 내가 벌인 파괴 행각의 결과를 끼릭이의 스코프로 바라보았다.

오게흐우거의 거처는 말 그대로 초토화되어 있었다. 내게 선제공격을 허용한 후 오게흐우거는 제대로 된 반격을 하지 못했다. 뇌의 자원을 모조리 끌어다 써야 할 정도로 집중을 요구하는 마법의 특성상, 한 번 흐름을 빼앗기자 계속해서 공격을 허용할 수밖에 없었다.

그나마도 작열투창 같은 요란한 공격 방식이니 이러한 일방적인 공세를 취할 수 있는 거였다.

오게흐우거는 마법사, 즉 미리 준비하는 자답게 자신의 거처에 경고 마법은 물론 능동 방어막과 피해 점감 마법까지 깔아놓았으니. 어중간한 공격 수단을 동원했더라면 오게흐우거는 방어막으로 버티고 마법을 완성하는 방법을 썼을 것이다.

그러나 작열투창은 맞는 표적의 입장에서 보자면 천지를 뒤흔들어 놓는 마법인 데다, 위력도 충분해 방어막과 피해 점감의 조합으로도 완전히 커트해 내기 힘들었다. 이걸 맞고도 마법에 집중하는 건 설령 5마급의 마법사라도 힘들 거다. …잘은 모르지만. 아무튼.

"저거 잘못했으면 내가 당했을 콤보였지."

다운로드 받은 정보에 의하면 지금 내가 쓰고 있는 전술이야말로 오게흐우거가 즐겨 쓰는 수법이었다.

하지만 내가 마법을 배웠기에 상황은 역전되었다.

일이 이렇게 되니 오게흐우거는 마법이 아닌 다른 방법을 동원할 수밖에 없었다. 놈이 동원할 수 있는 선택지는 둘. 거리를 벌리든가, 거리를 좁히든가.

이미 오게흐우거는 첫 번째 선택지를 골라보았다. 그럼에도 불구하고 내 마법 저격이 멈추지 않는 것을 한 번 경험했다. 놈과 나의 마법 경지는 거의 동일함에도 내 마법의 사정거리가 더 긴 건 이제 더 언급할 필요도 없이 [이름마저 잊힌 고대 사냥신의 활]과 테마 보너스 덕이다.

도망쳐 봤자 어차피 반격의 기회가 없으리라는 것을 학습한 오게흐우거에게 남은 선택지는 단 하나. 작열투창을 몸으로 받아 내면서 거리를 좁히는 것이 그것이었다.

나를 향해 달려오는 오게흐우거를 스코프로 바라보며 나는 혀를 끌끌 찼다.

오게흐우거가 한 선택에는 문제가 있었다. 그것은 바로 나는 마법만 쓸 줄 아는 게 아니라는 점이다. 아니, 내게 있어 마법은 주력이 아닌 보조 공격 수단에 지나지 않는다. 따라서 오게흐우거가 거리를 좁힌 후에는 전투가 더욱 쉬워질 수밖에 없었다.

"하긴 뭐, 다른 선택지가 있는 것도 아니니까."

오게흐우거가 열심히 달려 여신의 부월 사거리까지 들어오자 나는 차라리 안도의 한숨을 내쉴 수 있게 되었다.

이제 잼을 퍼먹어가며 억지로 마법을 완성시킬 필요가 없어졌으니. 그냥 가죽끈을 잡고 도끼를 빙글빙글 돌리다가 집어 던지면 끝이다. 마법에 비하면 훨씬 간편하고 수월하다.

퍼억!

"거참 튼튼하기도 하지."

여신의 부월은 오게흐우거의 목을 잘라내지 못했다. 어지간한 통나무보다도 훨씬 굵은 놈의 목에 턱하니 박혔을 뿐.

사실 이게 낮은 전과는 아니다. 어마어마한 열량의 작열투창을 연속적으로 처맞아놓고도 피부가 좀 그슬리는 정도로 끝나던 놈의 내구력을 뚫고 실질적인 피해를 준 건 그만큼 이 보물이 얼마나 강력한지를 자랑할 만한 결과물이라 할 수 있었다.

"크워어어어억!"

고통의 비명인지 분노의 포효인지 잘 구분 안 되는 흉성을 터뜨리며, 오게흐우거는 더욱 빠른 속도로 나를 향해 질주해 오기 시작했다.

나는 굳이 도끼를 회수하려 하지 않았다. 그 대신 나는 다른 유물을 꺼냈다.

"너는 이걸 본 적이 있을 거야. 그렇지?"

[보복의 가시].

도먼 알브한트의 주력 무기. 고유 기능은 소유자가 입은 피해를 가해자에게 그대로 되돌려 주는 것. 좋은 기능이지만, 나는 이 기능을 쓰기 위해 이 창을 꺼내 든 게 아니었다.

부우우웅.

창을 타고 길게 늘어지는 검강. 아니, 창이니 창강이라고 해야 하나? 그냥 이 세계식으로 내력 발출이라고 하는 게 맞긴 하겠다. 아무튼 그것이 결코 부족하지 않은 밀도로 모습을 드러내었다.

당황한 오게흐우거는 속도를 줄이려 했지만 소용없었다.

왜냐하면 이번에는 내 쪽에서 속도를 냈기 때문이다.

"이 도먼 알브한트가 도먼 알브한트의 복수를 하겠다."

나는 선언했다.

"응보를 받아라!"

그리고 창을 뻗었다.

본래 강철조차도 튕겨내는 탄탄한 가죽을 지니고 있음에도 오게흐우거는 외력을 쌓는 것을 게을리하지 않았다. 따라서 어지간한 검기로도·그 가죽이 베이지 않는다고 한다.

하지만 검강 앞에서는 이야기가 달랐다. 세간의 호사가들이 검강을 두고 무엇이든 자를 수 있다고 장담을 하는 데에는 근거가 있는 셈이다.

퍽, 하는 소리와 함께 창극이 오우거의 심장을 터뜨렸다.

심장도 어찌나 큰지, 만약 내 깨달음이 부족해 검강을 뻗어내지 못했더라면 그저 작은 구멍을 하나 내는 것에 그쳤으리라. 여기 오기 전에 포아드 경과 대련해 두길 잘했다고 생각하며, 나는 창을 거두었다.

"크어, 억……!"

꿰뚫린 가슴의 구멍에서 피를 뿜어내며, 오게흐우거는 단말마를 흘렸다.

그러나 나는 속지 않았다.

"연기 잘하네!"

오우거의 심장은 인간이나 엘프, 혹은 보통 다른 인간형 생물들과 비슷하게 하나다.

하지만 이 변종 오우거에게는 보조 심장이 하나 더 있다. 하나의 심장이 멈추면 보조 심장이 움직이며 전신에 피를 공급하기 시작한다. 죽은 척을 한 후 방심한 적에게 반격을 하는 건 오게흐우거의 트레이드마크나 다름없다, 고 대현자는 라플라스의 정보를 빌려 말한다.

따라서 나는 곧장 다음 심장을 찔러 터뜨렸다.

퍽!

"끄어어어억······!"

조금 전의 연기와는 다른, 진짜 단말마.

이제야 오게흐우거의 숨통이 끊겼다.

놈의 몸이 천천히 기울어지고, 그 자리에 쿠당탕 넘어졌다. 워낙 거체인지라 그것만으로도 작은 지진이 일어난 것처럼 땅이 뒤흔들렸다.

―죽음을 극복하셨습니다.

라플라스의 승리 선언을 듣고서야 나는 긴 한숨을 내쉬고는 창을 거두었다.

"후······!"

아슬아슬했다.

전투 양상이야 내 쪽에서 일방적으로 패기만 하다 끝났긴 했지만, 그건 내가 오게흐우거 공략에 필요한 스펙을 아슬아슬하게나마 만족시킨 덕이었다.

이 마법도 쓸 줄 알고 외력도 단련했으며 내력까지 운용할 수 있는 거대 오우거에게 한 번이라도 반격을 허용했다면 상황은 아주 골치 아파졌으리라.

반대로 다소 오버 스펙이었어도 공략을 숙지 못했으면 그 경우에도 골치가 아파지는 건 마찬가지였으리라. 단적으로 심장이 두 개인 걸 몰랐으면? 대단히 피곤해졌겠지.

"아주 그냥, 만만한 게 하나도 없어."

슬슬 자신감 좀 가져도 되지 않을까? 이런 생각을 할 때마다 그 자만을 깨부수는 일이 일어나니 내가 사리고 또 사릴 수밖에 없지.

"하지만……."

나는 웃었다.

―오게흐우거는 정수가 안 나온 적이 없는 확실한 사냥감입니다. 가끔은 심장이 두 개라 그런지 정수도 두 개씩 나오기도 하죠. 그리고 스스로 단련하여 더욱 단단해진 가죽은 좋은 방어구의 소재가 됩니다.

라플라스의 설명은 이제 시작했을 뿐이다.

뿔, 어금니, 힘줄, 심지어 내장과 지방에 이르기까지, 오게흐우거는 뭐 하나 버릴 게 없는 사냥감이었다.

사실 나는 다운로드 받은 정보로 오게흐우거에게서 얻을 수 있는 전리품에 대해 이미 알고 있었지만, 굳이 라플라스의 설명을 끊지는 않았다.

이번만큼은 설명을 들을수록 미소가 번지는 매우 드문 사례였기 때문이다.

제6장
—

조상님의 길

나는 전리품을 챙기고 바로 알브헤아드의 영역으로 향했다.

도먼 알브한트의 알브한트 부족이 알브헤아드에 의탁하고 있기 때문이며, 그보다는 내 원래 목적지인 유적이 거기 있기 때문이다.

내가 알브헤아드의 영역 경계에 도달하자마자, 곧장 두 명의 엘프가 따라붙었다. 경계병이다. 둘 모두 도먼 알브한트의 기억 속에는 없는 인물이다.

나는 바로 그 자리에 멈춰 서 무기에서 손을 떼고 양손을 들어 올려 보였다.

"누구시오?"

"내 이름은 도먼 알브한트! 알브한트의 전투 족장이오."

내 대답을 들은 경계병들은 서로 속닥이기 시작했다.

"도먼? 어디서 들어본 이름인데."

"아니, 알브한트의 전투 족장이라니! 명예롭게 전사했다고 들었소만!"

속닥임은 어느새 외침이 되어 있었다.

저들이 도먼의 죽음을 입에 올리는 건 어디까지나 알브한트의 사람들에게서 그 최후를 전해 들었기 때문이지, 결코 그 죽음을 눈으로 직접 확인한 건 아니었다. 그랬다면 시체도 찾았을 테고, 귀중한 유물인 보복의 가시 또한 진작 회수했을 테니까.

그러므로 나로선 쫄 이유가 전혀 없었다.

"보시다시피 나는 살아남았소!"

나는 당당하게 거짓말을 했다.

"그리고 원수 또한 갚았지!"

하지만 이건 사실이다.

나는 증거물로써 품속에서 오게흐우거의 뿔을 꺼내 보였다.

"헉!"

"그, 그것은······!"

거대 오우거의 뿔을 바로 알아보는 걸 보니, 라플라스의 정보대로 오게흐우거는 알브헤아드의 영역도 제 땅인 양 활보하고 다닌 것 같았다.

"우리 일족의 영역은 내가 내 손으로 되찾았소!"

나는 마치 도먼 본인인 것처럼 외쳤다.

"그러니 이제 내 사람들을 만나게 해주시오."

내 요구를 들은 두 명의 경계병은 둘이서 뭐라고 속닥이더니, 곧 결론을 내렸다.

"…우리가 결정을 내릴 수 있는 사항은 아니로군. 일단 안내하리다."

당연히 그래야지. 나는 고개를 끄덕였다.

*　　　*　　　*

나는 곧장 알브헤아드의 수뇌부가 모인 최고의회에 인도되었다.

"도먼 알브한트! 살아계셨을 줄이야. 이는 우리 알브헤아드 연합 전체의 홍복이오!"

팔을 활짝 펼치며 내게 환대의 말을 건네는 남자의 이름은 알베르 알브후스. 알브후스 부족의 대외족장이자 지금 알브헤아드 연합의 최고의장 자리에 앉은 남자다.

보기에는 도먼의 생환을 진심으로 기뻐하는 듯 보이지만 속내는 따로 있다.

"우리 연합 전체를 위협하던 거대 오우거를 처치하셨다 들었소. 이보다 더 큰 공을 세울 이가 우리 중에 있겠소? 실로 믿어지지 않는 위업이오. 한데… 놈의 시체는 어디 있소?"

그 속내를 빨리도 드러낸다. 두어 마디만 더 칭찬해 줄 것이지.

뭐, 그럴 만도 했다. 오게흐우거의 시체는 그만큼 가치가 있었으니. 그 가치를 제대로 알고 있고 그걸 독식할 가능성이 있다면 누구라도 눈이 돌아갈 만했다.

나는 알베르 알브후스의 질문에 대답하는 대신 최고의회의 자리를 둘러보았다.

그리고 이렇게 말했다.

"알브한트가 없군."

아무리 알브후스가 최고의장을 맡고 있다고는 하나 알브헤아드는 어디까지나 부족 연합체. 이 자리에는 연합을 구성하는 모든 부족의 대외족장이 참여해 있어야 한다.

그러나 아무리 둘러봐도 알브한트 부족의 대외족장은 이 자리에서 찾아볼 수가 없었다.

"…알브한트의 대외족장께서 조금 늦으시는 모양이오."

알베르 알브후스가 변명하듯 대꾸했다.

아니, 변명이 맞았다.

"빈자리도 없고."

애초에 의자조차 갖다놓지 않았는데 지각은 무슨. 처음부터 오지 않을 것을, 아니, 오지 못할 것을 알고 한 망발이었다.

"…여봐라! 이 무슨 망발인가? 얼른 의자를 대령하라!!"

적어도 이 최고의회에서만큼은 알베르의 끗발이 장난 아닌지, 분명 명목상으로는 같은 직위일 터인 다른 부족의 대외족장이 얼른 일어나 의자를 가져왔다.

"자, 앉으시오."

그러나 나는 의자에 앉지 않았다.

당연하다. 이 의자는 대외족장의 자리다. 전투 족장인 내가
앉을 자리가 아니다. 이러한 기본조차 잊고 내게 자리를 권하
다니. 어지간히 오게흐우거의 시체가 탐나는 모양이었다.

"내가 자리를 비운 사이 최고의회가 많이 달라진 모양이
오?"

물론 이건 질문이 아니라 그냥 비꼬는 소리였다.

비꼬는 거긴 했지만, 최고의회가 많이 달라진 건 또 사실이
었다. 음모와 모략이 횡행하긴 했어도, 어쨌든 최고의회의 각
대외족장들은 서로 견제하며 대등한 관계를 유지했었다.

그러나 지금, 최고의회의 균형은 무너져 있었다.

알브후스 부족은 고향을 잃고 알브헤아드에 피신해 온 알브
한트의 부족원들을 흡수했다. 이 이야기만 들으면 갈 곳 없는
사람들을 받아준 것 같지만, 그 실체는 많이 다르다. 알브한트
의 전 부족원들은 사실상 알브후스에 예속화된 것이나 다름없
으니.

알브한트의 세력을 흡수한 알브후스의 힘은 강성해졌고, 그
결과는 방금 전 본 것과 같다. 최고의회에 서열이 생기고, 상하
관계가 확립되었다.

단 한 방울의 피는커녕 땀조차 흘리지 않은 알브후스가 오
게흐우거의 시체와 전리품을 탐내는 것만 봐도 알 수 있다. 저
딴 양심 없는 짓거리를 해도 아무도 견제할 수 없을 정도로 우
위가 확고해졌다는 방증이다.

나는 최고의회의 원탁에 오게흐우거의 뿔을 올려놓았다. 알베르 알브후스를 비롯한 이 자리에 앉은 모든 이들의 시선이 돌변하는 것을 피부로 느끼며, 나는 선언했다.

"보시다시피 거대 오우거는 내가 죽였소. 놈의 심장을 나의 창으로 터뜨리고 놈의 뿔을 내가 잘랐지. 따라서 이제 알브한트의 영역은 다시 안전해졌소."

노골적인 욕망의 시선들. 오게흐우거의 시체도 탐나지만, 그보다도 그들이 원하는 것은 알브한트의 땅이다.

알브헤아드에서 인간 제국과 가장 가깝지만, 동시에 가장 윤택하기도 한 땅.

그 땅이 다시 안전해졌다니, 이들로선 곧장 집어삼키고 싶으리라.

무슨 수를 써서든!

"그러니 알브한트의 부족민들을 고향으로 되돌려 보내주시오. 우리가 우리의 의무를 다시 이행할 수 있도록."

알브한트의 의무.

그것은 인간 제국과의 경계선에 자리 잡아 인간 제국의 북진을 막는 거였다. 인간의 군대가 몰려오면 가장 먼저 맞서야 하는, 알브헤아드 전체의 방패가 되어야 하는 의무.

그러나 이 의무가 오랫동안 유명무실해져 왔다는 것을 모르는 엘프는 여기에 없었다.

고대 제국은 멸망했고, 그 뒤를 이어 새로 세워진 라틀란트 제국은 나약했다. 라틀란트 제국기에 들어 인간들이 엘프의 땅을 밟은 적은 없다시피 했다. 기껏해야 사냥꾼이나 약초꾼이 경계를 넘어 들어왔다가 쫓겨나는 게 고작이었으니.

가장 위험한 땅이면서 가장 윤택한 땅. 그러나 이제는 윤택하기만 한 땅이 되었다. 오게흐우거까지 죽었으니 거칠 게 없었다.

"크흠, 오랫동안 의무에 묶여 고생하던 알브한트의 이웃들을 다시 적진으로 내몰 순 없지."

아니나 다를까, 알베르가 가장 먼저 이빨을 드러내었다.

"이제 알브한트는 쉴 때가 되었소. 우리 알브후스가 최전방을 감당하도록 할 테니……."

"아니, 이전부터 그 의무가 과중하다 생각했소."

그러나 조금 전까지는 알베르의 말을 잘 듣던 다른 부족의 대외족장이 무려 말허리까지 끊어가며 끼어들었다.

"적어도 우리 여섯 부족이 힘을 합쳐 위험한 시기를 잘 넘겨야 하지 않겠소?"

무모했지만 좋은 수였다. 알브후스는 너무 강하고 혼자 상대할 수 없으니, 다른 부족들을 끌어들여서 이권을 나눠 먹기라도 해야겠다는 의지.

알브한트의 땅은 그 정도의 가치가 있었다. 이미 한 번 확립되었던 상하관계를 뒤엎을 시도라도 해볼 정도로.

"…그것도 나쁘지 않지."

그러나 알베르 알브후스는 그리 만만한 남자가 아니었다. 사실상의 선전포고에도 결코 분노하거나 적대심을 드러내지 않은 채, 느긋한 목소리로 말을 이었다.

"알브한트의 땅은 본래 변경, 어떤 일이 일어나도 이상하지 않으니. 그 위험한 땅에 귀중한 부족민들을 투입하는 건 부족의 손해를 감수하고자 하는 고결한 행동이오. 내 그 의지를 결코 잊지 않겠소이다."

만약 알브한트에 욕심을 낸다면 그들이 파견한 부족의 전사들을 사고사를 가장해서라도 모조리 죽여 버리리라는 속뜻을 알아채지 못할 족장은 단 한 명도 없었다. 심지어 먼저 반기를 든 족장마저 곧장 시선을 돌렸으니 말이다.

알브후스가 그동안 어떤 방식으로 최고의회를 휘어잡았는지 알 수 있는 대목이었다.

"그렇지. 알브한트의 땅은 변경이지. 무슨 일이 일어나도 이상하지 않은."

그래서 내가 입을 열었다.

"그런데 내가 무슨 수를 써서 거대 오우거를 퇴치했는지 궁금하지 않으신가들."

그제야 알베르 알브후스가 움찔했다. 생환한 도먼 알브한트를 보고도 제 욕심만 생각했다는 증거였다.

"무, 무슨 수를 쓰셨기에……"

"아, 이제야 좀 자랑할 수 있겠군."

나는 검지와 중지를 세워보였다. 그리고 내력을 일으켰다. 그러자 두 손가락을 타고 빠져나온 내력이 빛을 내며 그 존재감을 과시했다.

"헉!"

"위, 위대한 조상의 힘……!"

여긴 또 검강을 가리키는 말이 다른 모양이었다. 위대한 조상의 힘? 어원이 조금 궁금하긴 했지만 지금 당장 알아봐야 할 정도로 호기심이 이는 건 아니었다.

"거대 오우거 놈, 피부가 어찌나 단단한지 평범한 무기로는 상처조차 내지 못하더군. 그래서 놈을 죽일 방법을 찾아내는 데에 시간이 조금 걸렸소. 그런데… 그 짧은 세월도 못 견디고 이 자리에 알브한트의 의자마저 빼내 버렸군."

"오, 오해요!"

내 시선을 받은 알베르 알브후스가 크게 놀라며 손을 내저었다.

아니, 이미 늦었다. 이 자리에 전투 족장을 불러들인 게 화근이다. 지금까지 이 자리에서 몇 번의 군사쿠데타가 일어났던가. 그동안 망각했겠지만 최고의회는 원래 이런 자리다.

무기를 다 빼앗았으니 안전하다고 생각했겠지만, 그리고 내가 진짜 도먼 알브한트였다면 정말로 안전했겠지만, 이들의 그러한 생각은 틀렸다.

도먼 대신 내가 찾아올 줄 몰랐던 게 이들의, 알베르 알브후스의 결정적인 오산이었다.

나는 곧장 알베르 알브후스에게 몸을 날려 손날로 놈의 목을 쳤다. 놈도 저항을 위해 숨기고 있던 단도를 꺼내 들었지만 아무 소용도 없었다.

푸학!

머리통이 굴러 떨어지고, 피가 흘렀다.

─죽음을 극복하셨습니다.

그리고 메시지도 흘렀다.

"으, 으아아아악!"

"쿠, 쿠데타다!"

목이 날아가 피를 뿜어대는 알베르의 시체를 보며 다른 부족의 대외족장들이 패닉에 빠져 울부짖었지만, 나는 고개를 저었다.

"쿠데타라니, 그 무슨 망발을. 나는 그저 모든 것을 원래대로 돌리는 것뿐이오."

정말로 쿠데타를 일으켜도 상관은 없었지만, 어차피 나는 곧 떠날 사람이다. 진짜 도면인 것도 아닐뿐더러 애초에 엘프조차 아니다.

"그대들 부족의 전사들을 위협하고 알브한트의 영토를 탐내던 악적을 살해했을 뿐이오. 최고의회를 망치고 연방제를 부술 마음은 추호도 없소."

반쯤은 억지인 내 변명에, 다른 대외족장들은 비명을 지르는 것을 멈추고 눈을 끔벅거렸다.

"…조상님들의 혼에 맹세하실 수 있으시겠소?"

"조상님들의 혼에 맹세하오! 내게 그런 악심은 없소!"

내가 맹세까지 하자, 다른 대외족장들은 신기하리만큼 빠른 속도로 안정을 되찾았다.

그럴 만도 했다. 엘프가 조상님들의 혼을 걸고 한 맹세를 어기면 큰 대가를 치러야 하니까.

적어도 이들은 그렇게 믿고 있었다.

—죽음을 극복하셨습니다.

이 맹세를 통해 라플라스의 메시지까지 받아낼 수 있을 정도로 굳건한 믿음이었다.

사실 내가 엘프가 아니란 걸 알면 어떤 반응을 보일지 좀 궁금하긴 했지만, 나는 내 작은 호기심을 푸는 대신 진짜 도먼 알브한트가 이 자리에 있었다면 당연히 할 요구를 했다.

"다만 한 가지. 알브한트의 땅을 알브한트에게 되돌려 주시겠소?"

너희도 알브한트의 땅을 노리는 악적이라면 내가 이 손으로 죽여주겠다. 그런 의미를 담은 눈빛을 한 번 쭉 돌려줬더니 대외족장들은 움찔 놀랐다.

이들도 알고 있다. 내가 도먼 알브한트의 이름으로 맹세를 하긴 했지만 맹세의 내용은 악적 외에는 죽이지 않겠다는 것이었다.

즉, 악적으로 분류된다면 도먼 알브한트가 죽여도 된다!

"알브한트의 것을 알브한트에게 돌려주는 게 무에 문제되겠소?"

"그렇지, 그렇지. 모든 것이 원래대로 돌아가는 것뿐이오."

알브한트의 땅에 욕심을 부렸던 게 거짓말이었던 것처럼, 다른 대외족장들은 깨끗하리만치 간단하게 알브한트의 귀향을 인정해 주었다.

알브한트에게는 이 정도 해줬으면 됐다. 이걸로 도먼에게 미련은 없으리라.

그럼 이제 내 욕망을 채워도 되겠지.

"그리고 나, 도먼 알브한트는 조상님의 길에 도전하고자 하오."

나는 나의 본론을 꺼내들었다.

*   *   *

조상님의 길이란 여기 알브헤아드에 존재하는 엘프 나무 내부의 유적을 말한다.

나무 안에 유적이 있다니? 나도 처음 알게 됐을 때에는 귀를 의심했다. 아니, 사실 다운로드로 알게 된 사실이니 귀를 의심했다는 표현에는 어폐가 있지만 그거야 뭐 아무튼.

그러나 엘프 나무를 직접 목도하면 느낌이 달라진다.

엘프의 각 왕국과 부족 연합이 하나씩 소유하고 있는 엘프 나무는 그 크기 자체부터가 압도적이다. 생존 전쟁 이전에 세워졌다던 지구 시절의 거대한 건물이 몇 개씩 합쳐진 것 같은 엄청난 크기.

확실히 이 정도 크기라면 과연 안쪽에 유적 몇 개쯤은 들어 있다고 해도 별로 이상하지는 않을 것 같다.

그보다 더 신기한 것은 이 나무가 살아 있다는 것이다.

안에 구멍이 몇 개가 파여도 아무렇지도 않게 그 생을 이어 나가고 있다. 정확히는 전성기를 아직도 구가하고 있다는 표현이 더욱 올바를지도 모른다.

문제는 엘프 나무가 이 거체로 생명력을 유지하기 위해서 하는 짓이다.

엘프 왕국과 엘프 부족 연합이 둥지를 틀고 사는 이 엘프 나무 주변에는 다른 식물이 거의 존재하지 않는다. 식물을 위한 양분을 엘프 나무가 모조리 독점하고 있기 때문이다.

그래서 엘프들은 농사를 짓지 못한다. 엘프 나무에서 멀리 떨어지면 농사를 못 지을 건 또 아니지만, 거리가 꽤 있음에도 농작물이 시름시름 앓다가 죽어버리는 경우가 많다.

잡초들은 멀쩡한 것으로 보아, 어쩌면 엘프 나무는 엘프들이 농사짓는 것을 싫어하는 것일 수도 있겠다.

결국 엘프들은 먹고살기 위해 자신들이 할 수 있는 일을 해야 했다.

해안에 인접해 있다면 바다로 나아가 고기를 잡거나, 아니면 사냥을 해야 했다. 그마저도 여의치 않으면 다른 인류의 영역으로 가 교역을 하거나, 더 단순하게 약탈에 열중하기도 한다.

엘프들은 엘프 나무를 위해 양분을 적극적으로 공급한다. 물이나 부엽토, 동물의 배설물 같은 것은 물론이고, 필요하다면 동물의 사체까지도 엘프 나무에게 급여한다.

자연스럽게 죽은 동물 사체를 공급하는 경우도 더러 있지만, 주로 엘프 나무가 원하는 생물을 직접 사냥해 바칠 때가 더욱

잦다.

잘 들여다보면 오히려 엘프 나무가 엘프들을 일방적으로 이용하고 있는 것처럼 보일 때도 있을 정도다.

엘프들은 왜 이런 수고를 마다 않으며 엘프 나무 주변에 둥지를 틀고 사는 걸까?

그것은 그 보상으로 엘프들은 보통 인간보다 더욱 긴 수명을 보장받기 때문이다. 그것도 그냥 오래 사는 것으로 끝이 아니라, 젊음 또한 오래 가고 질병에도 잘 걸리지 않게 된다.

이 보상이 바로 엘프 나무의 축복이다.

엘프들에게 있어 조상의 혼에 걸고 한 맹세가 무거운 것도 이 축복 덕이다. 맹세를 어긴 이는 저주를 받아 엘프 나무의 축복이 거둬진다. 수명이 줄어들고 병에 잘 걸리게 되고 빨리 늙게 되는 저주다 보니, 맹세를 어기는 것을 두려워할 수밖에 없게 된 덕이다.

각설하고, 이렇게만 보면 엘프 나무와 엘프들의 사이는 그냥 상부상조하는 좋은 관계처럼 보인다. 그러나 이러한 관계에도 문제가 생길 때가 있다.

그것은 바로 엘프 나무가 원하는 제물이 엘프 자신이 되었을 경우이다.

엘프 나무가 간혹 엘프의 생명을 원한다는 사실은 엘프들에게 잘 알려져 있지 않다. 자신들을 무병장수하게 해주는 고마운 나무가 실은 인신공양을 원한다는 게 엘프 대중에게 널리 알려져 좋을 게 없다.

그래서 엘프의 조상들은 기발한 방법을 생각해 냈다.

엘프 나무 안에 구멍을 뚫어 유적 비슷한 것을 만들고 조상신의 길이라는 이름을 붙인 후 시련을 돌파하면 소원을 이루게 되지만 아니면 목숨을 잃을 것이라는 소문을 퍼뜨리는 것이 그것이었다.

인간 젊은이와 마찬가지로 경험 없고 무모하고 야망은 큰 엘프 젊은이들은 위험하다는 경고를 무시하고 조상신의 길에 도전했다. 그리고 상당수는 그 안에서 목숨을 잃고 죽어 나자빠져 엘프 나무의 양분이 되었다.

물론 들어간 이들이 족족 죽어나가면 아무도 들어가지 않게 될 테니, 적당히 난이도를 조절해서 몇 명쯤은 살아남아 나갈 수 있도록 만드는 철저함도 발휘했다.

당연히 죽음을 불사하고서라도 손에 넣길 바랄 보상도 준비해 두었다.

그것이 바로……

"엘프 나무의 정령과라는 거지?"

─가능하면 그 설명을 제가 전부 하고 싶었습니다만. 그렇습니다. 엘프들에게 있어서도 귀중한 보물이죠.

내가 이 정보를 얻게 된 건 도면 알브한트의 정보를 다운로드 받았기 때문이다. 전투 족장이던 그는 이런 민감한 정보도 잘 알고 있었다.

좌우지간.

나는 그 귀하다는 엘프 나무의 정령과를 손에 넣었다.

그렇다. 나는 이미 이 조상님의 길이라는 유적을 돌파했다.

그리 어렵진 않았다. 이미 트레저 헌터로서 충분히 성장한 내가 돌파하지 못할 난관은 적어도 이 유적 안에는 없었다.

트레저 헌터로서의 소양이 없는 엘프들도 돌파할 수 있는 여지가 있도록 설계된 난이도다. 내가 돌파 못 하는 게 더 이상하지.

이 유적의 보상으로 엘프 나무의 정령과만 손에 넣은 건 아니다.

엘프 나무가 직접적으로 준비해 둔 보상은 이 정령과 하나지만, 이 잘 꾸며진 인신공양의 제단에서 자신의 실력을 시험하다 실패하고 제물로 바쳐진 옛 엘프 전사들의 유품이 유물로써 내 손에 들어왔다.

엘프 나무가 희생당한 엘프들의 시체를 집어삼키긴 했지만, 유기물이 아니거나 흡수하기에 곤란한 물건들은 대충 방치해 두었기에 가능했던 일이었다.

비록 보물 같은 건 없었지만 기능이 붙은 유물이 꽤 여럿 발견되었기에, 나름 수확이 좋았다고 평가할 수 있겠다.

그리고 그 모든 유물들이 내 탐사 점수로 환산되었다.

"그래도 천 점 정도는 벌었군."

굉장히 많은 점수라고는 볼 수 없었으나, 충분한 점수이기는 했다. 그동안 줄곧 뒤로 밀리기만 한 능력 업그레이드에 필요한 점수를 모두 충족했으니까.

[유물 감식 3], [기능 추출 3], [유물 복원 3]. 이 세 능력을 통

합하고 추가로 강화하기 위해 필요한 탐사 점수는 5,000점. 이걸 이제 와서야 마련할 수 있게 된 거다.

"당연히 업그레이드! 한다!!"

나는 오랜만에 탐사일지에 떠오른 문자를 꾹꾹 눌러가며 외쳤다. 그러자 내게서 세 능력이 빠져나가더니, 곧 새로운 능력으로 구성되었다.

[트레저 헌터의 유물 관리 능력 1]

"됐어!"

나는 업그레이드를 마치자마자 바로 철봉활을 꺼내 유물 복원을 시도해 보았다. 그러자 아주 느리긴 하지만 복원이 시작되었다.

"됐어!!"

역시 예상대로였다. 업그레이드를 하고 나면 보물에도 복원 능력이 들을 거라는 내 추측이 들어맞았다.

—…아니, 그거 하루 꼬박 다 들여도 절반도 채 복원 안 될 것 같은데요.

"그건 그렇지만 아예 안 되는 것보다는 훨씬 낫지. 그리고 또 강화하면 되니까."

라플라스의 지적에 머쓱해진 나는 철봉활을 도로 집어넣었다.

어차피 복원에 필요한 재료였던 거대 오우거의 힘줄도 입수했으니 내가 직접 복원 작업을 어느 정도 진행한 후 나머지를 트레저 헌터의 능력으로 때우면 시간과 집중력도 절약할 수 있을 테니 크게 걱정할 이유가 없었다.

"꿀!"

─꿀도 좋아하시는군요. 하긴 잼도 그렇게 좋아하시니…….

아무래도 라플라스는 내 탄성을 듣고 오해를 한 모양이었다.

뭐, 굳이 오해를 풀어줄 이유는 없을 것 같았다.

"그보다 라플라스, 다른 엘프 나무에도 이런 유적이 있지 않나?"

한 번 꿀을 맛봤더니 다른 꿀도 맛보고 싶어진 나는 그렇게 질문을 던져보았다. 의외로 대답은 무료로 돌아왔다.

─반드시 그런 건 아닙니다만, 대부분 그렇습니다.

"와우. 그럼 회수해야 할 정령과가 몇 개야?"

생각만 해도 입에 군침이 돈다. 그걸 다 먹으면 나는 대체 어떻게 되어버리는 걸까?

그러나 막 펼쳐지려고 하는 내 망상을 라플라스가 막았다.

─같은 정령과는 복용할수록 효율이 크게 떨어짐을 명심하십시오.

계속해서 먹을 때마다 처음 먹을 때에 비해 반 토막도 아니고 80%씩 잘려 나간다고 한다. 그럼 세 번째 먹을 때는 4% 정도 효과밖에 못 본다는 소리다.

"…하긴 그러니 루에노가 나한테 통 크게 정령과 하나를 썼겠지."

아무리 스승님이지만 루에노 본인의 성장까지 마다하고 나에게 정령과를 쏠 의리는 없었다.

—게다가 이 던전에 들어오시기 위해선 엘프 사회 수뇌부의 허락을 구해야 한다는 것도 잊지 마십시오. 그걸 고려하면 배보다 배꼽이 더 크고도 남습니다.

"그건 또 그러네."

어지간한 곳은 흑법과 어둠장막의 단검을 써서 프리패스 할 수 있지만, 엘프 나무의 유적은 경우가 달랐다.

라플라스는 수뇌부의 허락이라고 표현했지만, 사실상 엘프 나무의 허락을 득하지 않으면 입장조차 불가능했다.

하긴 그렇다. 엘프 나무의 입장에선 자기 배 속에 사람을 들여놓는 거다. 아무나 들여놓겠는가? 적어도 보증인이 서넛은 있어야지. 그리고 그게 엘프 사회의 수뇌부가 되는 셈이다.

여기 알브헤아드로 치자면 대외족장들이 그 수뇌부다.

그러니 다른 엘프 나무의 유적에 입장하려면 또 그 엘프 사회의 일원이 되어야 했다.

라플라스가 배보다 배꼽이 더 크고도 남는다고 표현한 건 그런 이유였다. 매번 신분을 사거나 아니면 다른 특단의 조치를 취해야 하니 확실히 그 수고로움에 비해 얻는 것이 적다.

물론 이번만큼은 다르다.

엘프 나무 정령과!

정령과라는 명칭은 어디까지나 복용하면 정령력을 얻을 수 있는 과실의 총칭이라는 듯했다. 루에노가 내게 준 정령과는 엘프 나무의 것이 아닌, 정령목이라 불리는 나무에서 딴 것이라 엄밀하게 구분하자면 다른 열매나 다름없다.

이 말인즉슨, 처음 먹는 거나 다름없는 효과를 기대할 수 있다는 뜻이다.

나는 희희낙락하며 정령과를 먹을 준비를 했다.

─이 정도로 신선하고 큰 정령과입니다. 절반은 그냥 생으로 껍질째 드시고, 나머지 절반은 연금술로 가공해 드시는 것을 추천해 드리겠습니다.

"좋아, 그러지."

라플라스의 조언에 따라, 나는 비록 내 머리통만 하지는 않지만 12살 어린이인 카를의 머리통만큼은 큰 정령과를 반으로 갈라 남은 반쪽은 잘 싸서 신선 유지고에 집어넣었다.

그리고 남은 반쪽을 과즙 한 방울이라도 흘릴까 조심히 핥아가며 다 먹었다.

"배부르다!"

나는 곧장 몬토반드의 왕검을 꺼내 왕의 검법을 수련하기 시작했다. 물론 그 전에 훙훙이를 불러내 정령 합일을 쓴 건 당연하고, 이번엔 아예 정령폭주까지 곁들였다.

그러자 정령력이 물독에 밑 빠진 것처럼 흘러 나갔다. 하지만 동시에 내 정령력의 총량은 별로 줄지 않았다.

"이건 엄청나군!"

나 자신이 뭔가 일종의 수로가 된 것 같았다. 그것도 보통 수로가 아니라 홍수가 났을 때의 수로에 비견할 만했다.

정령력이라는 이름의 물이 콸콸 흐르며 내 몸을 한 번씩 훑고 홍홍이를 통해 빠져나간다. 그렇다고 이 정령력이 그냥 없어지는 것도 아니다. 온몸이 달아오르며 막대한 힘을 뿜어내고 있었다.

나는 희열을 감추지 못한 채 더욱 열렬히 칼을 휘둘러 대었다.

*　　　*　　　*

결과.

"이 정도면 4.99쯤 되겠는데?"

―하하, 설마요.

라플라스가 웃었다!

"응, 뭐 사실 농담이긴 해."

―역시 그랬군요.

"사실 4.9 정도인 것 같아."

―…하하…….

다른 건 몰라도 5검급을 목전에 두고 있다는 것만큼은 확실했다.

"남은 걸 연금약으로 만들어 먹으면 이제 5검급 되겠지?"

―설마요! 5검급은 그렇게 간단히 도달할 수 있는 경지가 아닙니다. 최소한 100년은 검에 매달려야 벽을 넘을 수 있을까 말까 한 영역이란 말입니다!

라플라스가 이제는 거의 발악에 가까운 소리로 외쳤다. 그런 라플라스의 말에 나는 어이가 없어져 허를 찼다.

"뭐? 100년? 사람이 100살까지 살지도 못하는데 무슨."

─연명의 돌이라든가 엘프의 나무라든가, 수명을 늘리는 수단은 많으니까요.

그리고 연명의 돌은 이미 내가 몇 개 보유하고 있고, 지금 나는 엘프의 나무 체내에 들어와 있다.

"와, 그럼 나도 100살까지 살 수 있는 거야?"

─여기 계속 머무실 거라면 그 이상도 가능합니다.

"아냐, 됐어."

그냥 오래만 사는 것이 내 삶의 목적이 될 수는 없다. 적어도 이번 생의 나는 내 발에 닿는 모든 유적을 탐사하고 내 손에 닿는 모든 유물을 파먹어야 직성이 풀린다.

김연준의 한이 그리도 깊었다.

그러니 당연히 나중에는 엘프 나무의 모든 유적을 탐사할 계획이다. 지금이야 효율이 안 좋으니 뒤로 미루는 것일 뿐. 다른 유적부터 다 캐 먹고 효율 같은 걸 신경 안 써도 되는 수준까지 올라서면 부스러기 하나 안 흘리고 다 주워 먹어야지.

─나중 말씀이시죠?

"그럼, 당연하지."

나는 고개를 끄덕였다.

"훙훙이도 다 컸는데."

애초에 군이 정령과를 찾아서 먹은 이유는 훙훙이에게 있었다. 그리고 그 당초의 목적은 달성되었다.

"흐… 홍!"

내 뒤에 둥실둥실 떠서 흥흥거리는 흥흥이의 모습을 보고 있자니 안 먹어도 배가 부른 기분이다.

뭐, 실제로는 먹었지만. 정령과를. 배부르게.

흥흥이도 자기 성장이 실감난 건지 흥흥거리면서도 그리 기분이 나쁘지는 않은 것 같은 반응을 보여주고 있었다.

…귀여운 것.

"그럼 이제 6령급을 노려볼 수 있겠지?"

"흥!"

그러나 흥흥이의 기분은 내 실언으로 망쳐지고 말았다. 고개를 팩 하니 돌리더니 아예 소환 해제가 되고 말았다.

—…방금 건 새 주인님께서 잘못하셨어요.

"…인정한다."

나는 고개를 끄덕였다.

*   *   *

—6령급에 도달하기 위해서는 단순히 루블을 지불하는 것만으로는 안 됩니다.

라플라스가 말했다. 물론 내 질문에 답하는 내용이다.

공짜도 아니었다. 가격을 치렀다.

단순히 그 힌트를 얻는 것만으로도 100루블을 지불해야 했다. 평소라면 꽤 고민한 끝에나 치렀을 가격이지만, 이번에는 별 고민 없이 바로 샀다. 루에노가 언제 찾아올지 모르니 최대한 빨리 알아둬야 하는 게 맞았다.

그나마 조상님의 길이 실속 좋은 유적이었던 게 다행일 따름이다. 돌파하면서 꽤 루블을 주워 먹을 수 있어서 100루블 정도는 별 부담이 안 될 정도는 됐다.

―대현자께서 정립하신 정령법의 이론은 5령급까지 완성되어 있습니다. 6령급에 도달하는 확실한 방법은 없습니다.

그런데 그 대가가 이거라니.

"설마 또 인생이 너무 쉬우면 재미없다느니, 그렇게 말할 건 아니지?"

―원래는 그렇습니다만, 새 주인님께는 해당되지 않는 말씀입니다.

그러나 돌아온 대답은 의외의 것이었다.

―6령급에 도달하는 법은 사람마다 다릅니다. 전 주인님이 6령급에 도달하는 방법은 판매하고 있습니다만, 이 방법은 새 주인님께는 맞지 않습니다.

"그, 그러냐."

―그러나 힌트 정도는 될 수 있으니, 100루블의 가격을 책정하고 새 주인님께는 공개해 드리겠습니다.

"그것 참… 고맙네."

나는 화를 내려다 말았다. 어쨌든 다음 경지로 나아갈 힌트 정도는 얻을 수 있다는 점에서 나는 카를보다 상황이 나았다. 게다가 사실 큰 기대도 안 했다. 5령급의 가격이 1,000루블이었는데 6령급의 힌트가 100루블이라니, 기대를 할 수가 없는 가격이었다.

—다운로드 받으시겠습니까?

"…그래."

결과.

"아니?"

나는 눈을 껌벅거렸다. 그럴 수밖에 없는 내용이었다.

"5마급의 마법에 5성급의 술법, 5륜급의 성법에 5야급의 흑법까지 다 익혀야 한다고?"

물론 이건 지나치게 요약한 것일뿐더러, 사실 중점적인 내용은 아니었다. 그러나 내가 지금까지 6령급 대비한답시고 미리 루블을 모아뒀던 것 때문에 더 충격적으로 다가왔을 따름이다.

—마법 익히셨잖습니까?

"응, 뭐 그건 그렇지."

결국 못 참고 마법을 배워 버리긴 했으니 이도 저도 아니게 되긴 했지만.

—먼저 말씀드렸듯 이것은 전 주인님의 방법입니다. 새 주인님께서 이 방법을 쓰신다고 6령급에 도달할 수 있다는 보장은 없습니다.

5마급에 해당하는 특정 마법과 5성급의 특정 술법, 5륜급의 특정 성법, 마지막으로 5야급의 특정 흑법을 동시에 써서 어떤 조건을 만족하면 여섯 번째 정령을 소환할 수 있는 방법이 생긴다. 이것이 대현자의 해답이었다.

하지만 내 해답은 아니다. 물론 내게도 통할 가능성이 좀 있긴 하지만, 라플라스가 몇 번이나 주의를 주는 걸 보면 아마 가능성은 낮겠지.

사람마다 다르다고 확언한 걸 보면 대현자는 이미 다른 사람에게도 이 방법을 쓰도록 해봤을 테고, 그 결과를 확인해 보기도 했을 것이다.

"…그렇다고 다른 힌트가 있는 것도 아니니 일단 따라 해 보기는 해야지."

루블을 열심히 벌어야겠네.

*   *   *

"자, 그럼 나가볼까?"

여기서 볼일은 다 끝냈다. 엘프 나무 정령과로 정령과약을 만들어서 숙성도 시켜놨고. 이전처럼 이 자리에서 사흘을 술 마시며 흘려보낼 생각은 없었다.

─이제 어디로 가시겠어요?

"그야 다음 유적이지."

당연한 소릴. 그런데 내가 당연한 대답하자 라플라스가 돌연히 딴소릴 했다.

─한 달 내에 전쟁이 터질 확률은 51%입니다.

"그걸 왜 지금 말하지?"

―확률이 올라가면 미리 말씀드리라고 지시해 주시지 않으셨습니까?

잘 생각해 보니 그랬던 것도 같다. 50% 이상 올라가면 말해 달라고 했던 것 같은데, 진짜로 51%가 되자마자 말해주다니.

"후… 어쩐다."

―만약 참전하실 거면 어떤 신분으로 참전하실지 미리 생각해 두시는 게 좋을 것 같습니다만.

레너드 몬토반드, 잭 제이콥스, 루브스 페르핀. 이 셋 중 하나가 될 공산이 높았다. 저 남부 대륙 출신인 스파타나 이미 죽은 걸로 알려진 빅터, 아예 엘프인 도먼으로 참전하는 건 좀 부자연스러우니……

그런데 전쟁용으로 새로 얻은 힘이 마법인데, 저 세 신분으로 마법을 쓰는 것도 좀 이상하지 않을까? 마법을 쓸 생각이면 아예 새로운 신분을 얻는 게 더 적절할 것 같다.

아니, 잠깐. 내가 왜 참전을 전제로 생각을 하고 있지?

"라플라스."

―네, 새 주인님.

"마법을 써도 이상하지 않은, 유적 입장에 필요한 새 신분이 있나?"

내가 말해놓고도 참 어중간하고도 애매한 발언이라고 본다. 굳이 이렇게 돌려 말할 필요가 있나 싶기도 하고.

―있습니다.

그런 내 요구에 대한 라플라스의 대답은 참 단출했지만 그만큼 든든하기도 한 것이었다.

　─그리고 전쟁에 참전해도 이상하지 않은 신분이기도 하지요.

"그, 그런 거 아니거든!"

너무 노골적으로 내 속내를 짚어버리니 좀 부끄럽다.

*　　　*　　　*

아무튼 나는 다시 제국 변경으로 향했다.

알브한트가 조금 걱정되긴 했지만, 엘프들 일은 엘프들이 알아서 잘하리라.

　─새 주인님께서 지나치게 빠르게 던전을 돌파하신 겁니다. 지금쯤 알브헤아드의 사람들은 아직도 도먼 알브한트가 조상신의 길에서 시련을 겪고 있는 줄 알고 있을 겁니다. 그러니 알브한트가 고향을 되찾는 것도 문제없이 진행될 거고요. 물론 일주일쯤 지나면 도먼 알브한트가 조상신의 길에서 죽었을지도 모른다는 소문이 퍼지긴 할 테지만, 그때쯤이면 알브한트의 사람들은 이미 다시 자리를 잡았을 시점입니다. 그 뒤의 일은 굳이 새 주인님께서 책임감을 가지실 필요는 없으실 것 같습니다만.

아니, 내가 무슨 책임감을. 그런 거 없거든?

나는 이렇게 대꾸하지는 않았다. 어쨌든 라플라스의 말을 들으니 내가 지고 있는 줄도 몰랐던 마음의 짐이 다소 가벼워지는 게 느껴졌기 때문이었다. 마음의 짐이 느껴진다는 것 자체가 어느 정도 책임감을 느끼고 있다는 소리니, 이것마저 부정하는 건 거의 위악에 가깝다.

뭐 아무튼 좋다. 책임질 일이 없다는 건 좋은 일이다.

"어차피 한 번 이상 더 올 텐데, 도면을 쓸 일이 생기면 좋지."

그때 일은 또 그때 일이다. 미래의 일이 어떻게 될지 어찌 알겠는가?

물론 라플라스에게 물어보면 어느 정도 예측은 할 수 있겠지만, 변수가 조금만 늘어나도 확률 타령을 하며 가능성의 영역으로 가버리고 만다. 대현자의 지식과 경험으로도 미래 예측은 완전할 수가 없다는 소리다.

그러니 괜한 미련은 놓고 지금에 충실할 따름이다.

"어느 쪽이지?"

─방향은 남쪽, 제국의 서쪽 변경입니다.

그렇게 나는 다음 유적을 향해 떠났다.

*　　　　*　　　　*

"그게 사실인가?"

란첼 자작은 수정구 너머의 상대에게 그렇게 되묻고 말았다. 평소라면 있을 리 없는 일이었다. 통화는 간략히, 보고는 요점만. 이걸 가장 중시하고 또 행동으로도 옮기는 이가 바로 란첼 자작이었으니.

—사실입니다.

그러나 수정구 너머의 보고자는 평소와 다른 란첼 자작의 태도에도 그리 당황하지도 않고 오히려 그게 더 당연하다는 듯 대답했다. 보고의 내용이 내용이다. 보고자는 아마도 '자작도 사람은 사람이구나' 하는 식으로 받아들이고 있으리라.

"초토화 작전이라니······."

국토 회복도 아니고 재정복도 아니고 초토화라니. 세상 어느 위정자가 자신의 국토를 초토화한다는 표현을 쓰겠는가? 사실 찾아보면 꽤 많지만, 적어도 라틀란트 제국이 세워진 이래로는 최초의 일이었다.

변경이라고는 하나 엄연히 제국의 일부인 사람들을 모조리 죽이고 국토를 불태우겠다니. 제정신으로 할 수 있는 말은 아니거니와, 그걸 실행한다는 것은 생각조차 할 수 없는 일이었다.

더욱 충격적인 부분은 이 작전명령이 오로지 황제 혼자만의 생각으로 내려진 것이 아니었다는 점이었다. 오히려 제국 중앙의 제도 시민들이 일개 언론의 보도에 부화뇌동해 일제히 여론을 일으키고, 황제가 그것에 응답하는 형식으로 명령을 내렸다니!

시민들이 모조리 미쳐 버린 걸까?

아니다! 그럴 리가 없다.

"그 여자 짓이로군."

란첼 자작은 이를 갈았다. 이 기이하기 짝이 없고 누가 봐도 비이성적이며 부자연스러운, 작위적인 느낌이 가득한 현상에는 예언자의 냄새가 지독하리만큼 배어났다.

그러나 어쩌리오, 이미 황제의 재가가 내려졌다. 이 결정에 반대한다는 것은 제국에 반기를 듦을 의미하는 것이니 그 자체가 반역이다.

안 그래도 적이 많은 란첼 자작이다. 여기서 잘못 행동하면 이 일을 기회삼아 그를 파멸시키려는 세력은 예언자 외에도 얼마든지 있었다.

"…포아드 경."

"예, 자작님."

"하는 수 없다. 이 일은 접도록 해야겠어."

제국 서쪽 변경 전체에 반역의 혐의가 걸린 이상, 이미 카를 황자의 죽음에 대한 진상 조사는 그리 중요한 일이 아니게 되었다.

아무리 증거를 모으고 범인을 밝혀봐야, 초토화 작전이라는 거대한 파도 앞에서는 휩쓸려 갈 뿐이다.

이 파도를 피하기 위한 방법이라고는 그저 제국 중앙으로 돌아가는 것뿐이었다. 이마저도 제대로 될지 의문이기는 했지만, 다른 방법이 없었다.

정확히는 그동안 쌓아온 명성과 고귀한 혈통, 그리고 재산, 가족, 모든 것을 다 희생시킬 각오를 한다면 그제야 다른 방법이 생겨나겠지.

그러나 란첼 자작은 이런 일로 아버지와 어머니, 장인 가문,

사랑하는 아내와 아이들, 그의 밑에서 일하는 부하들과 그들의 가족까지도 일방적으로 희생시킬 생각은 추호도 없었다.

홀로 희생해 모든 피값을 치를 수 있다면 모를까, 모든 것을 희생하더라도 시대의 거대한 파도를 막아서기는커녕 그저 휩쓸리기만 할 뿐임을 아는데 무의미하게 무고한 사람들의 운명까지 내던지기엔 란첼 자작은 몰이성적이지 못했다.

"…쓰레기 같은 기분이로군."

마음 속 무게 추는 이미 기울었지만, 그럼에도 얼굴도 모르는 서쪽 변경의 사람들을 희생시키는 결정을 하는데 마음이 무겁지 않을 수가 없었다.

틀린 결정은 아니리라 생각하지만, 설령 그러하더라도 이 일은 평생의 후회로 남으리라.

*   *   *

제국 중앙에서 비롯된 전쟁의 전조는 당연히 그 대상이 될 서쪽 변경에도 전해졌다. 그러나 그 소식을 전해 듣고도 변경 사람들은 별로 동요하지 않았다.

그도 그럴 만했다. 그 내용이 너무 비현실적이었으니. 실제로 변경에서 사는 사람 입장에서는 그냥 헛소문이라 여기기에 딱 좋은 소식이었다.

"서쪽 변경 전체가 반란의 불길로 타오르고 있다던데."

"안 그런데?"

변경은 10년 전에도 변경이었고 100년 전에도 그러했다. 자신들은 변한 게 없고 뭔가 달라진 것도 없는데 갑자기 반란이 일어난다는 둥, 그래서 제국이 서쪽 변경 전체를 불태우겠다고 천명했다는 둥……. 이런 소리에 신빙성을 느낄 리가 만무했다.

가끔 제국 중앙에서 파견 나온 머저리가 변경 사람들의 행태에 불경하다느니 반역이라느니 난리를 치는 걸 목격한 사람도 있지만, 그건 그 머저리가 이상한 거지 제국 중앙의 사람들이 설마 그렇게 다 미친놈들이겠느냐는 쪽이 훨씬 설득력이 있었다.

제국 중앙에 직접 가본 극소수의 사람들, 그중에서도 또 소수의 사람들만이 진짜 위기감을 느꼈다.

옛 제국의 영화가 현재까지 이어지고 있다고 믿는 중앙 사람들의 광기 어린 자부심은 그 실태를 아는 변경 사람들에겐 비웃음거리였으나, 평소에 웃고 넘겼기에 진지하게 받아들이기가 쉽지 않았던 탓이다.

소문의 진상을 알아챌 정도로 눈치가 빠른 사람들은 이걸 주변에 퍼뜨리고 다녀봐야 자기에게 불리할 거라는 사실 또한 알아챘다.

모든 일이 실제로 벌어져 큰 혼란이 일어나기 전에 가산을 조용히 정리하고 가족들만 챙겨 재빨리 내빼는 게 제 몸을 지키는 일이라는 것을 그들은 깨달았다.

그중에서도 극소수의 인간만이 자신의 이익을 도외시하고

사람들에게 진실을 알려야 한다고 일어날 수 있었다.

그러나 그 숫자는 적어도 너무 적었다. 비웃음거리가 되는 건 그나마 나았고, 헛소문을 진짜로 믿는다고 정신이상자 취급을 받거나 매질을 당하는 경우도 허다했다.

그럼에도 불구하고 진실을 알리려는 시도가 아주 헛수고는 아니었다.

제7장
—
방랑 미법사 I

　적어도 시티 오브 페르핀의 시장 대행 헤이즈 카스트로 페르핀은 자신의 양부, 루브스 페르핀이 도시를 떠나기 전에 한 말을 기억했다.

　라틀란트 제국을 믿지 마라.

　양부의 그 반역적인 발언은 헤이즈의 뇌리에 꽂혀 좀처럼 빠지지 않았다. 그리고 실제로 몇 차례 제국 중앙 측의 공작으로 의심되는 수작을 당했다. 보내온 선물에 정말로 독이 들어 있었던 적도 있었고, 우연히 만나 사랑에 빠질 뻔했던 여성이 제국 중앙 정보부 소속의 요원이었던 적도 있었다.

　일부러 확인하지 않았더라면 끝까지 모르고 당했을지도 모른다. 이런 걸 몇 번 당하다 보니 헤이즈 또한 제국 중앙에 대한 의심과 적개심을 품게 되었다.

그런 헤이즈였음에도 처음에는 제국 중앙의 서쪽 변경 초토화 작전에 대해서는 믿지 않았다. 믿기에는 너무 극단적인 내용인 탓이었다.

"…그렇습니까……."

그럼에도 불구하고 헤이즈가 비밀리에 전쟁 준비를 하게 된 건 소문이 진실일 가능성이 높다고 외치는 극소수의 인물과 만난 덕이었다.

"알려주셔서 감사합니다, 란첼 자작님."

그 인물이란 바로 란첼 자작이었다.

비밀리에 독대를 청하기에 이 또한 제국 중앙의 수작이 아닐까 의심했지만, 만나라도 보자는 생각에 대범히 응했더니 의외의 말을 듣게 되었다. 초토화 작전이 사실일 가능성과 그 근거, 무엇보다 그 메신저가 제국 중앙 마법청 자문관인 란첼 자작이라는 점이 가장 설득력이 있었다.

"아니, 감사 인사는 받고 싶지 않소. 오히려 미안한 마음이 크군."

"이 일을 알려주시는 것만으로도 정치적인 부담이 크실 것은 이해하고 있습니다."

아무리 아직 정식으로 선포된 내용이 아니라지만 제국의 반역자에게 제국의 행보를 미리 알려주는 건 반역 행위로 몰릴 가능성이 매우 컸다.

아니, 사실 제국 중앙의 미치광이들 눈에는 실제로 반역으로 보일 것이다. 그럼에도 불구하고 란첼 자작이 굳이 자신을 찾아와 이렇게 정보를 주는 것에 대해 헤이즈는 깊은 감사의 마음을 느낄 수밖에 없었다.

"이 빚을 어떻게 갚아야 할지……."

"갚을 필요 없소. 받아도 문제지. 대가성이 생길 테니."

그도 그렇다. 만약 페르핀에서 란첼로 재화의 이동이 생기면 그들의 적들은 더 쉽게 란첼 자작의 반역을 황제에게 증명할 수 있으리라. 자신의 잘못을 깨달은 헤이즈는 입을 우물거리다 가, 결국 한숨처럼 이렇게 말했다.

"…페르핀은 이 일을 잊지 않겠습니다."

"…살아남는다면, 그러시오."

란첼 자작은 왔을 때처럼 몰래 떠났다. 바로 제국 중앙으로 귀환해도 모자란데 시티에 들러 시장까지 보고 갔다는 사실이 알려지면 그것만으로 큰일이다.

혼자 남겨진 헤이즈는 깊은 공포를 느꼈다.

"제국을 상대로 싸워야 하다니!"

제국이라는 이름에는 그 정도의 무게감이 있었다.

고대 제국이 아니라 라틀란트 제국이라고 한들, 공포심은 변하지 않았다. 오히려 관념만이 남아 일종의 이상향처럼 되어버린 고대 제국보다는 실체가 있고 현실에 존재하는 라틀란트 제국이 훨씬 무서웠다.

이대로 모든 것을 내던지고 도망치고 싶은 마음뿐이었다.

이럴 줄 알았으면 시티 오브 페르핀의 시장 대리직을 받지 말걸, 페르핀의 양자로 들어가지 말걸……. 그러나 거기까지 후회한 시점에서, 헤이즈는 더 이상 후회할 수 없게 되었다.

"하하……. 내가 도망칠 수 있을 리 없잖아."

설령 페르핀의 양자로 들어가지 않았더라도, 시티 오브 페르핀의 시장 대행이 되지 않았더라도 헤이즈는 도망치지 않았을 것이다.

카스트로 가문의 가주로 남았더라도, 설령 가문의 가주가 되지 못했더라도 헤이즈는 이 도시를 위해서, 도시의 사람들을 위해서 싸웠을 것이다.

그것은 이미 책임감을 넘어선 영역의 마음가짐이었다.

나의 것, 나의 땅, 나의 사람들. 결코 그냥 내주고 홀로 도망칠 수 없는 것들. 이것들을 팽개치고 이 몸 하나 빼내는 건 한낱 짐승이라도 못 할 짓이다. 적어도 헤이즈는 그렇게 생각했다. 아니, 느꼈다.

그 시점에서 헤이즈는 자신의 운명을 깨달았다. 맞서 싸워야 할 운명. 설령 이 운명의 끝이 파멸일지라도 그는 운명에서 도망칠 수 없었다.

"어차피 싸울 거라면 일개 가문의 가주보다는 시장 대리 자리에 있는 게 낫지."

헤이즈는 초연히 혼잣말을 흘렸다.

그것은 체념이 아니었다. 각오였다. 심장에서부터 뜨겁게 피어오르는 투쟁심에 의해 공포는 이미 휘발되어 없어져 있었다.

그러한 스스로의 마음가짐에 헤이즈는 새삼 놀랐으나, 그렇다고 각오가 식거나 공포가 되돌아오지는 않았다.

이미 마음은 정해졌다.

그렇다면 행동으로 옮길 따름이다.

헤이즈는 움직였다.

＊　　　　＊　　　　＊

나의 새로운 신분은 방랑 마법사였다.

"방랑신관에 이어 방랑 마법사인가."

이번에는 시체를 찾을 필요가 없었는데, 마법사가 시체도 못 남기고 죽었기 때문이다.

—마법사에겐 자주 있는 일이죠.

마법사란 대체 어떤 작자들이기에 그런 걸 자주 당하는지 사실 알고 싶지도 않았다.

—그럼 다운로드 받으시겠어요?

"그래."

다운로드 받은 정보를 열람한 나는 고개를 절레절레 저었다.

방랑 마법사의 이름은 로투스 루베르.

루베르는 가문의 이름이 아니라 스스로 붙인 성으로, 자신이 귀족보다 우월하다고 믿는 선민사상에 빠진 마법사들에게는 흔한 일이었다.

이런 짓을 자주 하고 다니는 통에 마법사들, 특히 신분을 증명할 가문의 문장이 없는 방랑 마법사들은 귀족들에게 꽤나

등한시당한다고 한다.

그래도 마법사라는 족속이 꽤나 쓸모가 있는 건 사실인지라 방랑신관처럼 경원시까지 당하지는 않는다는 점이 그나마 위안일까.

—신성력과 달리 마력은 써도 완전히 없어지진 않으니까요.

만약 마력도 신성력만큼 휘발성이 강한 힘이었다면 마법사들도 마법을 아꼈을 테니, 방랑신관처럼 비싸게 구는 애물단지가 됐을 거라나.

더욱이 라틀란트 제국의 마법사들을 한데 묶는 기관인 중앙 마법청은 신성 교단이 그러는 것과 달리 방랑 마법사들을 대놓고 경원시하지는 않는다는 점이 컸다.

방랑 마법사를 고용한다고 중앙 마법청이 일체의 지원을 금한다거나 하지는 않는다는 소리다.

"그래도 로투스 루베르가 잭 제이콥스보다는 훨씬 낫군."

신성 교단의 신전이 있는 도시에는 아예 들어갈 생각조차 못했던 잭 제이콥스보다는 확실히 비싼 값을 한다.

아무튼 로투스 루베르는 원소마법의 달인으로 비록 직접 학교를 꾸릴 정도는 못 됐으나 만약 다른 마법 대학에 고개를 숙이고 들어갔으면 교수직 정도는 능히 달고도 남았을 실력자였다.

그러나 대부분의 마법사가 그렇듯 로투스 루베르도 사람을 가르치는 것과 사람에게 고개를 숙이는 것, 사람과 대화하는 것에 어려움을 겪었다.

스스로 이름에 자신의 성을 만들어 붙인 것에서 알 수 있듯 귀족 출신도 아니었던지라 이렇다 할 뒷배가 있었던 것도 아니고, 제국 중앙에서의 삶에 염증을 느꼈기 때문에 결국 방랑 마법사의 길에 빠지게 되었다.

"이 아저씨도 어지간히 아웃사이더네."

―인간관계가 좋아서 아는 사람이 많으면 이쪽에서 신분을 차용하기 어려워지니까요.

듣고 보니 그건 또 그렇네.

"아무튼 유적이나 들어가야겠다. 라플라스, 이거 어떻게 열어?"

나는 이미 유적 앞에 서 있었다. 신분에 대한 정보는 다운로드로 전달했으면서 유적을 여는 법은 따로 나눠둔 건 단순히 심술을 부리기 위한 것은 아니리라.

그냥 자기가 직접 설명하고 싶었겠지.

―마법사의 신분 증명은 고유 마법을 통하니, 그 고유 마법을 쓰기만 하시면 됩니다.

아니나 다를까, 라플라스의 목소리에는 생기가 넘쳤다.

"오, 간단하군."

고유 마법이라는 건 마법사들 사이에서 통하는 일종의 사인 같은 거다. 마력의 파장을 이용하는 건데, 이게 지문처럼 사람마다 달라서 신분 증명에도 쓰인다고 한다.

보통은 지금처럼 보안장치에 쓰이지만, 마법으로 모습을 바꿀일이 많은 마법사들끼리 신분 증명을 위해 쓸 때도 있다고 한다.

그런 걸 이렇게 복제해 버리다니, 대현자도 어지간히 고수다.

—자주 쓰실 일은 없을 겁니다. 고유 마법을 알아볼 정도의 마법사가 흔한 건 아니니까요.

"하긴 나도 고유 마법 알아보는 법은 모르지."

—유료입니다.

"아직 산다고 안 했거든?"

나는 라플라스와 티격태격 대며 유적에 들어갔다.

＊　　　　＊　　　　＊

결과.

"이거 유적 아니잖아?"

각성창 안에 탐사일지가 나타나지 않았다.

—처음부터 던전이라고 말씀드렸습니다만…….

라플라스는 변명하듯 말했다.

아무래도 로투스 루베르는 죽은 지 얼마 안 된 것 같다. 하긴 아직도 활용할 수 있는 신분이니 옛날 사람은 아니겠지.

즉, 이 던전도 만들어진 지 얼마 지나지 않았으리라는 유추가 가능했다.

"그리고 유물도 없네?"

—아, 아무래도 그 탓인 것 같군요.

라플라스가 알았다는 듯 말했다.

"여기가 유적으로 판명되지 않는 이유 말이야?"

하긴 루브스 페르핀의 창고는 유적 취급이었다. 로투스 루베르와 마찬가지로 사망한 지 얼마 지나지 않았음에도…… 아, 그래도 행방불명 기간이 10년 정도 차이가 나긴 난다. 루브스 페르핀이 더 오래됐었지. 그런데 그 탓만은 아닐 수도 있겠다 싶다.

"유물이 있어서 그랬나?"

─그랬을 가능성이 높습니다.

라플라스는 잠시 입을 다물었다가, 이어서 이런 말을 했다.

─…아니면 루브스 페르핀이 기존의 유적을 고쳐다 쓴 것일 수도 있고요.

"아, 그 변수도 있군."

뭐, 이런 생각을 늘어놓는다고 탐사 점수를 얻을 수 없다는 점이 바뀌는 건 아니지만. 아무튼 흥미로운 주제다.

내가 이렇게 다소 여유롭게 고찰을 할 수 있었던 이유는 이 '던전'에서 얻은 소득이 없었던 건 아니었기 때문이다.

던전의 주인은 고유 마법으로 문을 봉인해 두었음에도 불구하고 도둑이 들 것을 염려했던 건지 꽤 많은 함정을 남겨놓았고, 그래서 꽤 많은 양의 루블을 벌 수 있었다.

그리고 유물은 없었지만 그럭저럭 훌륭한 마법 물품들을 입수했다.

마력 방어막 팔찌, 마법 화살 반지 같은 것들.

비록 사용에는 마력을 필요로 하기에 마법사가 아니면 못 써먹을 물건이지만, 이미 나는 3마급의 마력을 샀으니 사용에는 문제가 없다.

직접 마법을 쓰는 것이 비해 확연히 집중력과 연산 능력을 덜 들이고 비슷한 효과를 낼 수 있으니 괜찮아 보였다.

그 외에도 마법을 보조해 주는 도구 같은 것들이 있었다. 마력을 증폭해 주는 지팡이나 연산을 보조해 주는 수정구 같은 물건이었다.

당연하지만 유물이 아니라서 각성창에 넣은 채로 활용은 못하고 기능을 뽑아내지는 못한다. 그래도 아무 의미 없는 물건이라고는 할 수 없었다.

"그래, 뭐. 이 정도면 신분값은 한 것 같군."

아쉬움은 남지만 그럭저럭 만족했다.

어쨌든 흑자였기는 했고, 무엇보다 이 던전 자체가 쾌적했다.

로투스 루베르는 여길 근거지 같은 곳으로 활용했던 건지, 창고나 연구시설뿐만 아니라 생활공간까지 그대로 남아 있었다. 무엇보다 마법 연습실로 쓰려고 했던 건지 지하 공간을 꽤 넓게 파둔 게 좋았다.

"이건 여기서 먹어야겠어."

마침 엘프 나무 정령과로 만든 연금약의 숙성이 끝난 참이다.

"마침 타이밍도 딱 좋지."

―마침 타이밍이 딱 좋은 게 아니라 시간이 딱 맞도록 제가 안내해 드린 겁니다!

"그래그래. 잘했다."

나는 피식 웃으며 라플라스의 말에 대꾸해 주었다.

내가 뭐 크게 화를 내거나 한 것도 아니고 그냥 여기가 유적이 아니라는 말만 했는데, 그 동안 이상하게 내 눈치를 보며 시무룩하게 있기에 한 말이었다.

계속 시무룩해 있는 것보다야 생색 좀 내고 기운 좀 차리는 게 낫지.

"그럼 먹어볼까?"

나는 각성창에서 한 손에는 연금약이 든 연금 쉐이커, 다른 손에는 몬토반드 왕의 검을 꺼내 들었다. 그리고 연금약을 쭈욱 들이켰다.

발효가 되어서 그런지 기대했던 단맛보다는 신맛 쪽에 더 가까운 연금약의 맛에 한 차례 미간을 찌푸리게 되었지만, 그건 곧 별일 아니게 되었다.

"힘이… 솟아오른다!"

그냥 정령과를 먹었을 때에 비해 훨씬 더 농도 높은 힘의 분출에, 나는 흥분하고 말았다.

연금 쉐이커를 바로 각성창 안으로 던져 넣고, 나는 바로 왕검을 휘두르기 시작했다.

이거 이러다 오늘 5검급 찍는 거 아닐까? 하는 잡념은 곧 검법에 녹아 사라졌다.

＊　　　　＊　　　　＊

결론부터 말해서 5검급에 들어서는 것에는 실패했다.

아니, 내력은 늘었다. 이전과 다름없이 늘었다. 단순 내력만이라면 5.1은 찍은 것 같다.

다만 더 높은 경지에 올라섰다는 느낌은 들지 않았다. 2검급에서 3검급으로, 3검급에서 4검급으로 올라설 때의 극적인 희열이 느껴지지 않았다.

5검급의 벽을 깨는 데에는 단순히 내력을 늘리는 것만으로는 부족했던 모양이었다.

─5검급이라는 극의에 오르기 위해서는 깨달음이 필요합니다.

"그렇구나."

내력만 5.1의 4검급이라는 참 애매한 경지에 올랐지만, 사실 이건 익숙한 일이다.

실제로 지금 나는 신성력만은 5륜급으로 올려놓았지만 실제 성법의 경지는 아직도 4륜급을 유지하고 있으니 말이다.

─깨달음을 위해서는 강적을 마주할 필요가 있다는 것은 이미 경험하셔서 아실 것 같습니다.

"그래……."

사실 검법만이 아니다. 성법도 마찬가지다. 마법이든 술법이든 뭐든 더 많은 경험을 필요로 한다. 대현자의 유산으로 쉽게 여기까지 올라왔지만, 그 위에 올라서려면 그만큼 생략한 것들을 채워 넣어야 했다.

그리고 그 방법으로 가장 좋은 것 또한 나는 알고 있다.

"라틀란트 제국."

아무리 라틀란트 제국이 고대 제국에 비하면 이빨 빠진 호랑이라지만, 그건 그냥 고대 제국이 지나치게 대단했었던 것뿐이다.

아니, 실상을 보면 라틀란트 제국이 더 대단할지도 모른다.

그 영역이 심하게 쪼그라들었다지만 인구수는 오히려 늘었고 그만큼 인재도 늘었으니.

"5검급 기사도 있고, 5마급 이상의 마법사도 보유하고 있다지."

직접적으로 황제의 명령을 받지는 않는다지만 신성 교단의 힘도 무시할 수 없다. 교단은 어쨌든 제국과 함께 자라온 세력이고, 제국 자체의 확장에는 힘을 빌려주고도 남을 테니.

라틀란트 제국은 이토록 강대하다.

나 혼자 제국을 상대로 싸운다는 것은 생각조차 못 할 정도로.

하지만 전쟁이 터진다면 이야기가 다르다.

제국의 반대편에 서서 한 칼 보태는 것 정도야 가능하다. 그러다 보면 제국이 보유하고도 좀처럼 꺼내놓지 않는 강력한 비대칭전력인 5검급의 강자와 검극을 겨룰 기회도 어쩌면 얻을 수 있을지도 모른다.

목숨을 걸고 싸워야 하니 오로지 검에만 정신을 집중하지는 못하겠지만, 실전에는 또 실전 나름의 장점이 있게 마련이다. 게다가 5검급의 검술을 목격하는 것 자체가 내게는 아주 좋은 기연이 될 터였다.

즉, 내 입장에서는 전쟁에 뛰어들 이유가 하나 더 늘어난 셈이다. 물론 전쟁에 뛰어들 걸 염두에 두고 계획을 세워봤자 그 전쟁이 안 터지면 아무 소용 없겠지만, 그런 걱정을 할 필요는 없어 보였다.

한 달 내에 전쟁이 터질 가능성은 매일매일 1%씩 오르더니,

최근 들어서는 2~3%씩 오르기 시작했다. 이 정도면 그냥 전쟁이 터진다고 봐야 했다.

"지금부터 준비해야겠네."

전쟁에서 눈먼 총 맞고 죽지 않으려면 최대한으로 전력을 쌓아놔야 한다. 아, 이 세계의 전쟁에는 총이 안 쓰였던가? 뭐 그게 중요하진 않지.

내가 전력 향상으로 채택한 첫 번째 수단은 바로 [철봉활]의 복원이었다.

가울의 성채에서 발굴해 낸 야만족의 보물. 보기에는 그냥 곧게 뻗은 철봉으로밖에 보이지 않는 이 보물은 사실 꽤 대단한 기능을 갖추고 있다. 게다가 전쟁에도 꽤 유용해 보이니, 여기서 복원 작업을 해두는 것도 나쁘지 않을 것 같았다.

"게다가 여기 작업 환경이 너무 좋단 말이지."

마법사의 작업실에는 작업대도 있고, 도구도 잘 갖춰져 있고, 조명까지 조절할 수 있었다. 주변이 조용하기도 하고 집중해서 작업을 하기에 너무 좋은 환경이었다.

재료도 다 갖춰졌다. 거대 오우거의 힘줄도 구했고 다른 부자재도 어느 정도는 마련해 냈다. 설령 부족한 부분이 있어도 [트레저 헌터의 유물 관리 능력 1]로 어떻게든 때워낼 수 있었기 때문에 복원이 가능하다.

이렇게 삼박자가 딱딱딱 다 맞아드는데 복원을 안 시키는 게 더 이상하지.

나는 한다, 복원!

　　　　　*　　　　　*　　　　　*

결과.

"됐다."

완전히 복원된 [철봉활]의 모습은 그 정체를 아는 내가 보기에도 기묘했다. 반딱반딱하게 닦인 철봉에 오우거 힘줄로 된 시위를 단단히 묶어놓은 것처럼 보였으니. 말은 시위라고 했지만 모르는 사람이 보면 그냥 끈을 감아놓은 봉처럼 보일 터였다.

─그 보물은 어떤 능력을 갖고 있나요?

라플라스가 뒤늦은 질문을 던졌다. 아니, 사실 뒤늦은 질문이라곤 할 수 없다. 그냥 내가 그간 대답을 안 해준 거니까. 그러니까 정확히 하자면 내가 뒤늦은 대답을 하는 셈이다.

"활이니까, 화살을 쏠 수 있어."

─그것뿐인 건 아니죠?

"당연하지."

나는 자랑스럽게 고개를 끄덕였다.

"화살을 아주 많이 쏠 수 있어."

라플라스는 내가 자기를 놀리는 거라 생각했는지 삐쳐 버렸지만, 내 말은 결코 농담이 아니었다. 물론 좀 놀리고 싶었던 건 사실이었지만, 그건 그럴 수도 있는 거고.

나는 완전히 복원된 철봉활을 꺼내 들었다. 그리고 활에 단단히 감긴 거대 오우거의 힘줄로 만든 시위를 잡아당겼다. 그러자 곧게 뻗어 있던 봉에 힘이 가해지고 휘어지면서 별 의미가 없어 보였던 봉에 새겨진 문자들이 의미를 갖기 시작했다.

이 문자들은 심하게 훼손되어 있었던지라 내가 새롭게 한 글자 한 글자 공들여 다 새겨 넣고도 모자라서 트레저 헌터의 힘을 빌려 복원해야 했지만, 그 고생을 한 보람이 있었다.

―시위에… 화살이……!

그렇다. 문자들이 철봉에서 흘러나와 화살의 모양을 갖췄다. 화살이라고는 해도 깃이 달린 것도 아니고 촉이 달린 것도 아니다. 매끈한 봉, 아니, 침의 모양이라 해도 되겠다.

각각의 문자가 지닌 힘을 담은 이 침들은 비록 그 생성에 적지 않은 양의 영력을 빨아먹었지만 그만한 힘을 발휘할 수 있었다.

충분히 침들이 시위에 걸린 것을 확인한 나는 시위를 당겼다. 그러자 모든 침들이 일제히 쏘아져 나갔다.

60도 각도로 쏘아올린 침들은 단번에 하늘을 가르고 날아가 아름다운 포물선을 그리며 내가 목표로 삼았던 지역에 한꺼번에 내리꽂혔다.

그렇게 적중한 각각의 침들은 각각의 위력을 발휘했다. 관통하거나, 폭발하거나, 회전하거나, 커지거나, 여러 작은 침들로 분리되거나, 등등.

시험 사격을 마친 나는 라플라스에게 웃어 보이며 말했다.

"자, 이제 설명이 됐지? 이 활은 화살을 아주 많이 쏠 수 있어."

그것도 아주 다양한 화살들을.

―…틀린 말씀은 아니셨군요.

그렇게 말하는 라플라스의 목소리가 부들부들 떨리는 이유는 뭘까? 나는 알 것 같았지만 굳이 알려 하지 않았다.

"트레저 헌터식으로 말하자면 이 활에는 무려 12종류의 기능이 붙어 있어. 그리고 각각의 화살에 어떤 효과를 담을 건지는 내가 결정할 수 있고."

대신 나는 자랑하기로 했다.

"화살들이 퍼지는 반경도 조절할 수 있고. 목표 하나에 모든 화살을 때려 박을 수도 있지만 넓은 반경을 동시에 타격할 수도 있지. 나는 느리게 쐈지만 속사도 가능하고 연사도 가능해."

물론 이게 전부는 아니다.

"게다가 지금 쏴보면서 알게 된 거지만 쏜 화살에 영침술이나 성법의 힘을 담을 수도 있어. 그러니 아마 마력도 담을 수 있을 거야. 시도해 봐야 알겠지만 그것도 가능하다면 활용도가 무궁무진해지는 셈이지."

이뿐만이 아니다. 방점을 찍는 건 이거다.

"마지막으로 이 활도 당연히 유물 취급이라, 굳이 힘들어서 시위를 당길 필요도 없이 각성창 안에 둔 채로 쓸 수 있어. 이런 식으로."

나는 철봉활을 각성창 안으로 밀어 넣고 양손도 호주머니 안에 집어넣었다. 그럼에도 허공에는 화살이 생겨났다. 이것까지 굳이 쏴서 보여줄 필요를 못 느낀 나는 손을 뻗어 화살을 소멸시켜 버리고는 자랑스럽게 말했다.

"봤지?"

결론.

이 활을 복원하느라 엄청나게 고생했지만, 그럴 만한 가치는 있었다.

만족!

―전쟁에 쓰려고 준비하셨다더니, 그러실 만한 성능이네요.

라플라스는 체념한 듯 말했다.

"그렇지?"

나는 콧대를 높였다.

하지만 아직 싸움은 끝난 게 아니었다. 라플라스가 체념한 듯 보인 건 나를 방심시키기 위한 술책에 불과했다.

―그럼 이제 영력을 더 높이시면 되겠네요.

내 빈틈을 노리고 날아든 일격!

"…어?"

그게 그렇게 되나?

그게 그렇게 되네!

끼릭이 대신 쏜다고 하더라도 활의 속사와 연사 기능까지 끌어내다 쓰게 되면 영력의 소모가 어마어마해질 건 불을 보듯 빤했다. 결국 영력의 총량을 늘릴 필요가 있다는 건 명확한 사실이었다.

―거대 오우거의 정수도 가공하셔야 하고요.

"아, 그것도 있었지. 맞네."

오게흐우거를 잡고 얻은 거대 오우거의 정수를 가공하려면

5성급 연금술이 필요했다. 그리고 5성급 연금술을 익히려면 5성급 영력도 얻어야 했고……

"좋아, 알았어."

그야말로 효과적인 일격, 그러니까 판촉이었다.

나는 순순히 패배를 인정하기로 하고 고개를 끄덕였다.

"5성급 영력, 딜."

루블이야 또 벌면 된다.

지금은 돈을 쓸 때였다.

전쟁터는 루블 벌기 딱 좋은 곳이라 라플라스가 공언했으니 다시 벌기도 그리 어렵진 않을 것이다.

어, 그런데 이러다 전쟁이 안 터지면?

뭐… 적당한 데 가서 고블린이라도 잡으면 되겠지.

나는 그런 안이한 생각을 했다.

*　　　　　*　　　　　*

거대 오우거의 정수로 만든 연금약은 숙성에 무려 2주나 필요로 했으므로, 그걸 기다리고 있을 시간은 없었다.

그래서 요 주변의 고블린이나 청소를 하려고 마실을 나왔는데……

"고블린이 없네."

―이미 말씀드렸듯 제국의 영역에서는 고블린을 주기적으로 청소하니까요.

게다가 북방 엘프들도 고블린을 좋아한다고 한다. 정확히는 엘프 나무가 고블린의 뇌를 빨아서 만든 비료를 좋아하는 거지만 뭐 그게 그거지.

아무튼 그런 이유로, 적어도 이 주변 영역에서 고블린은 아주 적극적으로 사냥당하기 때문에 쉬이 숫자를 늘릴 수 없다고 한다. 그래서 내가 사냥해야 할 건 트롤과 오우거였다.

매우 쉬운 일이었다. 이제는 정령력을 홍홍이에게 몰아줄 필요도 사라져서 끼릭이로 탕탕 쏴 죽여도 되고 마법으로 터뜨려 죽여도 되고 철봉활로 꿰뚫어 죽여도 된다.

그래서 나는 세 가지 방법을 모두 사용했다.

정령력, 마력, 영력을 모두 고르게 써먹은 셈이다.

물론 여신의 부월을 던져도 되지만, 붕붕 돌리다가 던지는 것도 시간이 좀 들고 귀찮았기 때문에 몇 번 쓰지 않았다.

정령력은 근육처럼 쓸수록 늘어나니 계속 소진시켜야 하고, 마력의 운용 방법도 마법을 쓸수록 숙련되니 이것들을 적극적으로 써먹기에도 시간이 모자랐다.

밤에는 임시 근거지로 삼은 마법사의 던전으로 돌아와 일리어스 여신님과 함께 밥을 먹었다.

트롤과 오우거뿐만 아니라 멧돼지나 다른 맹수도 잡아 죽였기 때문에 고기가 모자랄 일은 없었다.

식사를 마치고 나면 그간 회수한 트롤의 생간으로 상처 치료 약을 만들었다.

성법을 쓸 수 있는 내가 직접 마실 일은 별로 없겠지만, 전쟁 중에는 수요가 아주 많을 테니 비싼 값에 팔아도 되고 위급한 이에게 주어 마음의 빚을 만들어줄 수도 있을 것이다.

트롤에 비하면 오우거는 먹을 것도 없었지만, 아주 간혹 나오는 정수는 연금 재료로 쓰여서 모아놓았다. 오게흐우거의 정수처럼 주재료가 되지는 못하지만 뭐, 나중에라도 쓸 일이 있으리라.

물론 이것들은 다 부차적인 것들이고 주목적은 어디까지나 루블 벌이다. 그리고 루블도 차곡차곡 쌓이고 있으니 그 주목적도 달성됐다고 봐야 한다.

아니, 사실 목적이 아니라 수단이지. 이렇게 모인 루블들을 진짜 힘으로 바꿔야 의미가 있다.

그럼 어떤 힘으로 바꿔야 의미를 가질까?

이런 식으로 아무 생각이나 하면서 다음 사냥터를 향해 날아가고 있을 때였다.

"……!"

누군가가 따라붙었다.

눈에는 보이지 않지만 틀림없다. 느껴진다!

나는 재빨리 날개를 접어 지상으로 내려와 적당한 그림자 속에 숨었다. 흑법은 어둠 속에서 더 효과적으로 힘을 발휘하니, 태양 아래보다는 그림자 속이 낫다.

그러나 상대는 마치 내 위치를 알기라도 하듯 따라붙었다. 흑법이 전혀 소용이 없을 줄이야. 나는 코로 한숨을 내쉬며 모습을 드러내었다.

레너드 몬토반드의 모습을 취하면서.

"스승님."

왜 군이 레너드였냐면, 상대가 루에노였기 때문이었다. 당황한 마음을 가라앉히고 잘 살펴보니 루에노 특유의 기운이 느껴졌다. 나도 이제 완숙한 5령급 정령사다 보니, 루에노가 품은 정령의 기운을 읽을 수 있게 된 덕에 알아볼 수 있게 되었다.

"그 모습은 오랜만에 보는구나."

아니나 다를까, 어둠 속에서 루에노가 모습을 드러냈다.

어떻게 그렇게 귀신같이 모습을 숨겼는지, 모습을 드러낸 후에나 그 수수께끼를 알아차릴 수 있게 되었다.

바람의 정령과 어둠의 정령, 두 개체의 정령과 함께 정령 합일을 쓰는 삼위일체를 구현한 거였다.

아, 삼위일체란 건 내가 붙인 이름이다. 라플라스로부터 다운로드 받은 5령급의 테크닉 중에는 이런 게 없었다.

어쩌면 6령급의 테크닉으로 분류되어 있을지도 모르지만, 추측은 추측일 뿐이다. 당장 5령급인 루에노도 지금 삼위일체를 쓰고 있으니……

역시 정령사로서의 테크닉을 따라잡으려면 멀었다는 생각을 하며 나는 고개를 숙였다.

"사실 이 모습으론 뵙는 게 처음입니다."

루에노도 레너드 몬토반드의 모습을 본 적이 있지만, 그건 레너드 본인의 모습이었다. 그리고 그 레너드 몬토반드는 루에노 본인이 죽였다.

뭐 이런 걸 헷갈리나 싶지만, 상대가 루에노다 보니 감히 따지고 들 수는 없다.

"아, 그런가? 아, 그렇군."

루에노가 고개를 끄덕였다.

정말 납득해서 고개를 끄덕였다기보다는 그저 다음 화제로 넘어가기 위한 방편인 것 같았다.

그런 내 예상은 맞아들었다. 루에노의 입에서 곧장 본론이 나왔다.

"다섯 번째 정령을 완전히 키운 모양이로군. 대단히 빠른 성장세다."

"아, 예. 스승님. 그렇습니다, 스승님. 이게 다 스승님 덕입니다."

스승님이라는 단어만 쓰면 루에노와의 대화가 편해진다는 것을 이미 학습했기에, 나는 다소 과하다는 느낌이 들 정도로 스승님이라는 단어를 사용해서 멘트를 쳐주었다.

"내 덕이라니, 오다 주운 물건일 뿐이다. 하하하."

그러자 루에노는 기분 좋게 웃으며 손을 내저었다.

'역시 잘 먹히는군.'

나는 내심 회심의 미소를 지었다.

"하지만 이제는 내가 네게 배워야 할 때가 온 것 같구나."

"예?"

"네게 아직 말한 적은 없지만 이제야 말해야겠다."

루에노의 목소리가 전에 없이 진지해졌다.

"이 스승은 사실 다섯 번째 정령을 완전히 성장시킨 후 오랫동안 벽에 부딪혀 더 성장을 못 한 상태다."

그런 루에노한테 대고 나도 그렇다고 말할 만큼 간담이 크지는 않았다. 홍홍이를 완전히 성장시킨 지 며칠 지나지도 않았다. 벽에 부딪혔다고 하기엔 너무 짧은 시간이다.

"나의 스승은 다섯 번째 정령을 소환해 내는 것조차 못했으니, 나의 대에 이르러 나름 이룬 것이 있다며 만족하려 했지만 좀처럼 미련이 떨어지지 않는구나."

루에노의 눈빛이 번뜩였다.

"그런데 너, 레너드 몬토반드. 나의 제자야. 너는 유례없이 짧은 기간에 다섯 번째 정령까지도 완전히 성장시켰다. 내가 그랬듯 너 또한 너의 스승보다 뛰어난 재능을 지녔구나."

아주 잠깐이지만, 루에노의 눈에서 질시의 빛이 나타났다가 사라졌다. 그러던 루에노는 문득 웃으며 말했다.

"나의 스승은 내가 당신을 뛰어넘자 나를 죽이려 들었지만, 나는 그와 다르다."

아니, 웃으면서 할 이야기가 아닌 것 같은데.

내가 무슨 생각을 하는지 아는지 모르는지 궁금해하긴 하는 건지 모를 표정으로, 루에노는 계속해서 말했다.

"제자여. 아니, 레너드 몬토반드. 나는 네게 가르침을 구한다."

"예?"

너무 의외의 말이라 되묻지 않을 수가 없었다.

"작은 힌트라도 좋다. 네가 그렇게 빨리 성장할 수 있었던 비결을 알려다오."

루에노의 목소리는 전에 없이 정중했다. 말투야 반말이었지만, 이 정도만으로도 이 사람 기준으로는 꽤나 예의를 챙긴 것이리라.

'라플라스.'

―알고는 있습니다만 유료입니다.

아, 그런가. 하긴 알고 있어도 이상할 건 없다.

그러나 나는 고개를 저었다.

'아니, 내가 물어보려고 했던 건 그런 게 아니야.'

나도 아직 6령급을 못 뚫었는데 여기서 루블까지 써서 남 좋은 일을? 아무리 루에노에게 신세를 많이 졌다지만 그럴 순 없다.

'루에노의 검술 실력은 어느 정도지?'

―새 주인님께서 말씀하시는 검기나 검강 같은 건 못 쓰지만, 검술 실력만 놓고 보자면 4검급의 기사와 대등할 정도입니다.

'아, 그래?'

―정령술까지 동원하면 5검급과도 대등하게 맞서 싸우겠죠.

아무래도 루에노는 내 생각보다 훨씬 강자였던 모양이었다.

"스승님."

그렇다면 이야기가 달라진다.

"저와 대련 한판 어떠십니까?"

만약 루에노가 내가 진짜 5검급을 뚫는 데에 작은 힌트라도 준다면, 나도 그 보답으로 루블을 조금 써서라도 6령급의 힌트를 줄 수도 있는 것 아니겠는가.

어찌 보면 건방진 제안일 수도 있었다. 제자가 스승에게 대련 신청이라니. 그러나 루에노는 그렇게 생각하지 않는 모양이었다.

"좋구나!"

오히려 크게 기꺼워하며 칼을 빼어 들고는, 시작 신호도 없이 바로 덤벼들었다.

*   *   *

루에노와의 대련은 포아드 경과의 그것과는 아주 달랐다.

그래도 정식 기사로서 어느 정도 격식을 갖췄던 포아드 경에 비하면, 루에노의 검술은 아주 거친 날것이나 다름없었다.

기습적으로 발을 밟거나, 박치기를 걸거나, 오금을 노려 차려 들거나 하는 공격을 예사로 했다. 그야말로 이기기 위한 검술이라 할 수 있었다.

그런데도 신기하게도 칼끝의 움직임은 예리하고도 정교하기 짝이 없었다. 특히 날카로운 찌르기가 일품이었는데, 찌르는 족족 급소를 노리는 게 보통이 아니었다.

게다가 꽤 오래 싸우면서도 나는 루에노와 칼을 맞댄 적이 한 번도 없었다. 검강으로 둘러씌워진 칼과 자신의 칼을 맞대면 일방적으로 부러질 것을 잘 알기 때문에 방어보다는 회피와 반격으로 이뤄진 고속 검술을 장기로 삼은 것 같았다.

검기나 검강을 못 쓰면서도 4검급과 대등한 검투가 가능하다던 라플라스의 표현은 결코 과장이나 허언이 아니었다.

"…실력이 좋군."

내가 할 말을 루에노가 대신했다.

"그럼 이제 좀 더 속도를 올려볼까?"

"……!"

루에노의 몸에서 정령력의 파동이 느껴졌다. 자기 정령화. 자신의 몸에 정령력을 퍼부어 스스로의 존재를 강화시키는 기술이 들어갔다. 나도 급히 따라서 자기 정령화를 사용했다.

속도를 올리자는 루에노의 발언은 허투로 한 게 아니었다. 나도 외력과 내력의 도움 없이는 인대가 늘어나거나 끊어질 정도로, 인간 육체의 한계에 달한 속도로 루에노가 달려들었다.

어째선지 내외력을 쓰면 지는 것 같은 분위기가 되어버렸다.

그러나 단순히 정령법과 검으로만 루에노를 상대하기란 벅차다. 쌓아온 세월이, 경험이 다르다. 그럼에도 불구하고 나는 이를 악물고 오기로 버텼다.

그냥 치기로 이러는 게 아니었다. 어쨌든 루에노는 나보다 뛰어난 정령사이며, 지켜보는 것만으로도 분명히 배울 점이 있을 것이라는 속셈이었다.

같은 정령사와 서로 자기 정령화를 걸고 싸우는 것은 나도 처음이었다. 첫 경험은 언제나 특별한 법이다. 좋은 의미로도, 나쁜 의미로도.

나는 내 오금을 차올리려는 루에노의 발을 막고 미간을 찌푸렸다. 막은 다리가 부러지는 줄 알았다. 이럴 때는 정령력을 잘 배분해 막는 부위의 정령력 밀도를 올려야 한다는 것을 나는 배웠다.

아니, 정령력이 무슨 내력도 아닌데! 헛웃음이 나올 뻔했지만 실제로 웃을 수는 없었다. 그럴 만한 여유가 없었기 때문이다.

칼을 휘두르다 말고 내 어깨 깃을 잡아다가 땅에 메치려는 루에노의 시도를 그냥 땅에 발 박아 넣고 버팀으로써 무력화시키고 팔꿈치를 휘둘러 루에노의 얼굴을 노렸다. 실패했다. 내 팔꿈치에 칼날을 대는데 별수 있나. 갑자기 공격을 멈추느라 생긴 빈틈을 루에노가 노렸다.

이런 식으로 초근접전을 벌이면서 정령력을 이리저리 나눠 다 쓰는 기술은 참 기가 막혔다. 따라가기도 힘들었지만 어찌어찌 따라가고는 있었다. 그러자 루에노가 말했다.

"좋구나!"

아니, 안 좋거든요? 내가 대답하기도 전에 루에노의 모습이 그 자리에서 휙 사라졌다.

머리로 생각하기 전에 이미 몸으로 깨달았다. 정령 합일이다!

눈보다 먼저 정령력의 파동이 피부로 느껴졌다. 나는 재빨리 칼을 돌려 루에노의 일격을 막았다. 그러자 루에노는 처음부터 칼을 휘두르지도 않은 듯 공격을 되돌리더니 다시 사라져 내 뒤통수를 노렸다.

도저히 따라갈 수가 없는 속도였기에, 나도 정령 합일을 썼다. 합일한 대상은 홍홍이, 정령력의 정령. 바람의 정령과 합일한 루에노의 속도는 이미 따라잡을 수 없기에, 오히려 굳건히 자리에 박혀 공방을 행해볼 셈이었다.

아, 그렇구나. 루에노는 바람의 정령이랑 합일한 거였구나. 나는 뒤늦게 깨달았다. 물론 나는 이 사실을 이미 알고 있었다. 그럼에도 새삼 깨달았다는 표현을 쓴 것은 나와 루에노의 합일이 다른 것이었기 때문이었다.

내가 하는 정령 합일이라는 건 내 몸속에 끼릭이를 숨겨 기습하거나 피식이를 폐에 가득 집어넣고 다이렉트로 산소를 때려 박는 거였다.

물론 이건 이것대로 장점이 있었으나, 루에노처럼 몸의 일부를 아예 바람으로 바꿔버리는, 물리법칙을 완전히 무시하는 방식의 활용법과는 아주 달랐다.

나는 조금 더 알아야 한다. 아니, 몰라야 한다. 물건이 하늘에서 땅으로 떨어지는 것이 당연하다고 생각해서는 안 된다. 정령력은 물리법칙을 초월할 수 있는 힘이다. 그러니 초월하는 게 더욱 좋다면 초월해야 한다. 그것이 내 깨달음이었다.

그러나 이러한 깨달음이 당장 뭔가를 바꾸지는 않았다.

그보다 몸이 바빴다.

이전보다 몇 배나 빨라진 루에노의 공격을 모조리 다 반응해서 쳐내는 건 무리였다.

무리라고 생각했다.

어, 그런데…….

'이게 되네?'

나는 내가 그간 너무 내력과 외력에 의지하고 있었음을 깨달았다.

자기 정령화와 홍홍이와의 정령 합일로 인한 유사 정령폭주의 공능은 결코 4검급의 검력에 뒤지지 않았다. 오직 정령법만으로도 나는 비슷한 일을 할 수 있었다.

그럼 여기에 검력까지 끼얹으면 대체 무슨 일이 일어날까? 생각하고 망상하면 가슴이 두근거리지 않을 수가 없다.

물론 그럴 여유는 곧 사라졌다.

빠르게 공방을 이은 루에노는 한 차례 크게 물러나더니, 매우 흥에 겨운 표정으로 선언했다.

"다음!"

저게 무슨 뜻일까? 나는 고민하지 않았다. 정확히는 고민할 새가 없었다.

루에노는 말 대신 행동으로 자신의 의지를 드러내었으므로.

"……!"

루에노의 모습이 흔적도 없이 사라졌다.

무엇을 한 건지 나는 직감적으로 눈치챘다. 삼위일체. 삼위일체. 자기 정령화에 바람의 정령, 그리고 어둠의 정령까지 합일화한 루에노는 눈은 고사하고 피부로조차 느껴지지 않았다.

싸움의 룰이 바뀌었다. 이제까지는 속도전이었다면, 지금부터는 숨바꼭질이다.

단순히 숨바꼭질이라는 단어만 들으면 애들 놀이처럼 느껴질지 모르겠지만, 숨바꼭질은 가장 효과적인 생존 수단 중 하나이다. 괜히 애들이 본능적으로 놀이의 형태로 익히는 것이 아니다.

문제는 루에노가 보통 방법으로 숨은 게 아니라는 점이다. 바람의 정령과 어둠의 정령을 동원한 삼위일체라니. 나도 5령급 정령사긴 하지만, 정령파동마저 완전히 숨겨진 루에노를 찾을 수는 없었다.

"끼릭!"

따라서 나도 정령의 힘을 빌려야 했다. 삼위일체까지는 아니더라도. 끼릭이의 스코프에는 숨겨진 것을 찾는 힘이 깃들어 있으니 아마 루에노를 찾아낼 수 있을 것이다.

나는 그렇게 생각했다. 순진하게도.

"킥!"

나는 첫 공격을 허용했다. 가벼운 공격이었다. 그러나 그 의미는 무거웠다.

눈에 댄 끼릭이의 스코프를 통해서도 공격하러 나왔다가 다시 모습을 감춘 루에노를 찾아낼 수 없었다.

만약 이게 대련이 아니었다면 이번 공격으로 죽었을지도 모른다는 생각에 간담이 서늘했다.

아, 하긴 진짜 실전이었다면 내가 유물들을 꺼내들었겠지. 하지만 이런 가정은 할 필요가 없었다. 더 강해지는 데에 방해가 되는 생각이었다.

나는 당장 이기는 데에 모든 생각을 집중하기로 했다. 아니, 이것은 짜낸다는 것에 가까웠다.

끼릭이를 정령폭주 시켜야 하나? 그러면 루에노를 찾아낼 수 있게 될지도 모른다. 하지만 루에노가 시간을 끌면? 정령폭주가 끝나고 끼릭이가 소환 해제되면 그다음은 일방적으로 유린당하겠지. 그건 정답이 아니다.

그럼 홍홍이를 끼릭이와 합일시키면 되나? 불완전한 답이다. 루에노는 찾아낼 수 있을지 모르나, 상대적으로 낮은 신체 능력 때문에 제대로 된 반격도 못 하고 당할 가능성이 컸다.

결국 답은 하나였다.

삼위일체.

지금 스승님께서 쓰고 계시는 기술.

나도 저 스승님 전용의 기술을 성공시키는 수밖에 없었다.

『레전드급 전생자』 7권에서 계속…